觀自在綠蒂詩話

—— 無住生詩的漂泊詩人

陳福成 著

文學叢刊
文史哲出版社印行

國家圖書館出版品預行編目資料

觀自在綠蒂詩話：無住生詩的漂泊詩人 /
陳福成著. -- 初版 -- 臺北市：文史哲, 民
108.06
頁；公分（文學叢刊；405）
ISBN 978-986-314-468-7（平裝）

1.王吉隆 2.新詩 3.詩評

863.21　　　　108008421

文學叢刊 405

觀自在綠蒂詩話
—— 無住生詩的漂泊詩人

著者：陳福成
出版者：文史哲出版社
http:// www.lapen.com.tw
e-mail：lapen@ms74.hinet.net
登記證字號：行政院新聞局版臺業字五三三七號
發行人：彭正雄
發行所：文史哲出版社
印刷者：文史哲出版社
臺北市羅斯福路一段七十二巷四號
郵政劃撥帳號：一六一八〇一七五
電話886-2-23511028・傳真886-2-23965656

定價新臺幣五八〇元

二〇一九年（民一〇八）十二月初版

ISBN 978-986-314-468-7　　10405

綠 蒂 近 照

2018 年 2 月王吉隆先生受邀美國洛杉磯名家講壇文學演講時合照

2018 年 2 月王吉隆先生受邀美國洛杉磯名家講壇文學演講時合照

2004 年獲頒中山文藝獎章

綠蒂 在貴州雙河溶洞朗誦會 2018

綠蒂 攝於瑞士湖畔 2018

2003 年 11 月 23 日，詩人王吉隆綠蒂主持 23 屆世界詩人大會記者會。左起：馬悅然教授、綠蒂會長、詩人鄭愁予。

2003 年 11 月 23 日，詩人王吉隆綠蒂主持第 23 屆世界詩人大會，在台北環亞飯店舉行。綠蒂擔任大會會長，開幕致詞。

本書作者陳福成（右）與詩人綠蒂，2019 春，中國文藝協會。

中國文藝協會第 33 屆理監事聯誼會於花園大飯店舉行，作者陳福成（右）與詩人綠蒂（中）出版人彭正雄（左）攝於 2019.7.5。

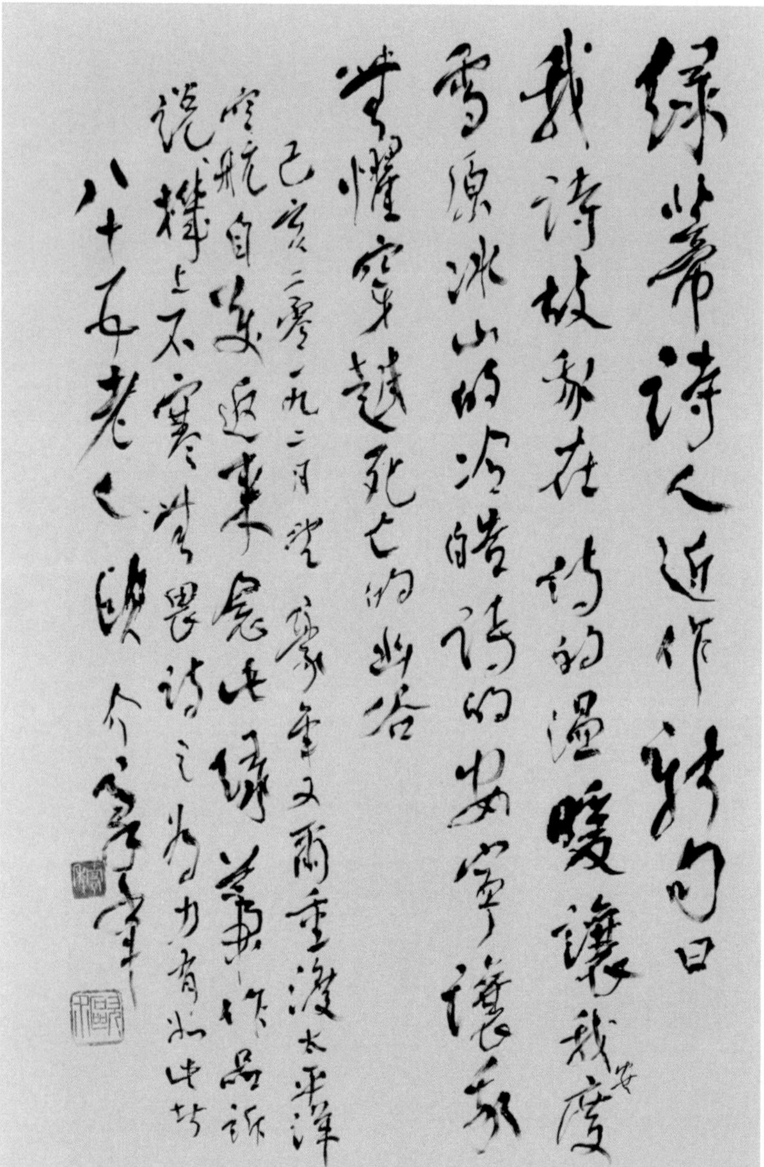

獲大書法家歐豪年贈法書

緒論兼作者序

——觀自在綠蒂詩話：無住生詩的漂泊詩人

壹、主題釋義

花了很多時間，大概深入理解綠蒂這輩子至今（二〇一九年春）創作的上千首現代詩，我訂下了這樣顯眼的主題，好好研究這位大師級詩人、「永遠的中國文藝協會義工」。但這樣的主題得先作釋義釋疑，才能讓現在與未來文壇詩界上的讀者釋然，也能自在賞觀綠蒂的作品。

「觀自在」就是觀世音菩薩（吾國歷史上也簡稱「觀音菩薩」或「觀音」）。此處按斌宗大師的《般若波羅蜜多心經要釋》一書，把「觀」和「自在」先作詮釋。（註一）「觀」是能觀之智，「世音」是所觀之境。觀有三種內容，即空觀、假觀、中觀。

何謂「空觀」？簡言之，用般若智，先觀一切外境，皆是緣起假象，當體即空，本非實法。次觀自身四大假合，終歸壞滅，離四大之外本無實我。其次再觀六識妄心，生滅無常，離根塵之外，本無自性。

何謂「假觀」？用般若智，觀一切境，雖體達空義，而不廢緣起諸法，能夠應物隨緣，於一切境土，均不生執著。

何謂「中觀」？用般若智，觀一切法，皆正中道，徹證性相不二，色空不異之理，不取不廢，圓融無礙。

總之空觀不著一切法（知諸法無性）；假觀不捨一切法（達諸法如幻）；中觀圓融一切法——雖不著而同時不捨，雖不捨而同時不著（了諸法非有非無，不生不異）。觀自在菩薩，由此三觀而得「自在」。

再說「自在」也有三種：（一）觀境自在，是說菩薩用般若智，照了真如之境，於一切法圓通無礙。（二）觀照自在，菩薩在修般若觀照的時候，能夠當下不待尋思直捷徹底照見五蘊皆空，而沒有一些間隔或障礙，明明白白，親證實相，有如經驗理論圓通的講演者「演說自在」。（三）作用自在，菩薩行深般若，親證法身本有，從體起用，一切神通作業皆得自在，能隨緣赴感，分心無礙。又，自在亦指「自」性常「在」，萬古不變，歷劫常在。

以上「觀」、「自在」是引斌宗大師的解釋。一般也常聽說某人活得很「自在」，也說他能「觀境自在」，不以物喜，不以物悲，「八風」吹不動了，顯示其修為有一定的境界。我所說，當然就是指本書的主角綠蒂，他的自在涵富在他的所有詩中。他也善於觀照，觀照主客之境。

綠蒂自在，善於觀照，觀照主客之境。故能觀人、觀事、觀境、觀心，觀一切都自在吧！至少在筆者所觀，綠蒂已經很自在。觀世音菩薩因空觀、假觀和中觀而得自在，綠蒂以不以物喜、不以物悲而得自在。

綠蒂詩的重要思想（也是意象），是「無住」，這也幾乎從他所有作品可以「感覺」到，似乎可以成為他的詩觀乃至人生觀，或他的人生哲學。「無住」是引佛經《金剛經》中，佛陀與弟子須菩提的一段對話，〈莊嚴淨土分第十〉：

> 是故須菩提，諸菩薩摩訶薩應如是生清淨心，不應住色生心，不應住聲香味觸法生心，應無所住而生其心。（註二）

這個「住」解釋成執著、迷戀、著相等。「不住色聲香味觸法」，是不執著於世間一切物質（色，可見可感的所有東西），不執著於美味和聲音，不執著於各種感覺或論述。「法」是世間各種理念或理論，「一切有為法」就是世間的一切。「無住」，一切放下，一切都不執著、不依戀！隨緣漂泊，隨業流轉。

貳、綠蒂以何因緣稱觀自在？詩人的自在與無住

以「觀自在」稱（或形容）詩人綠蒂，不說明白講清楚，不僅筆者落於妄言，不真誠，讀者也會質疑或不服。首先，筆者是一個正式皈依的佛教徒，從「眾生本俱佛性」的觀點看世間人類，參加多次佛光山佛學夏令營，師父星雲大師每次跟學員講話，都勉勵大家要勇於直下承擔「我是佛」。再者，師父在《迷悟之間》說：「人人都有觀自在，何必他方遠處求？」意思說，只要你能觀照自己，你能認識自己，你就可以自在了。（註三）例如，你觀察他人，能「人我不二」，你便自在了，你觀境自在，汝心當然自在；你八風（稱、譏、毀、譽、利、衰、苦、樂）吹不動，自然自在，你不就是「觀自在」了嗎？綠蒂和觀自在菩薩當然還不能拉上等號，但他的自在（於人、於詩）已顯現真如自性，故以「觀自在」稱名之。

一般通俗稱某人活的「自在」，是說某人放得下、看得開，牽掛很少，但真能達到菩薩境界的自在（觀境自在、觀照自在、作用自在），真是千萬中難得一人。所以，

吾等凡夫的自在，與觀自在菩薩的「自在」，必然有程度上的差別。假設，一般人的自在有高中程度，菩薩的自在是博士水平，那麼綠蒂的自在（人、詩），大約已到大學快畢業了。

再說「無住」二字，除了《金剛經》的意涵，或許也可以通俗解釋成「不住在任何固定點」，就是不執著在任何人事時地物，這和「不住於色聲香味觸法」還是相通的。因「無住」，所以始終在漂泊，如雲、如風、如江河，永無止息的漂流！漂流！隨緣漂泊！這就是綠蒂，也是綠蒂詩的核心意象。僅在漂泊過程中，無住「生詩」，他不住色聲香味觸法，卻住於詩，他「無住生詩」。

在《金剛經》中，〈妙行無住分第四〉，佛陀告訴須菩提應「不住於相」，這「相」包含「我相、人相、眾生相、壽者相」。詩人綠蒂的「不住」當然未達佛說之境界，但筆者也尚未找到他「住」在哪裡？若有所住，也僅住於詩。至於人，則始終在漂泊，在漂泊中生詩，漂泊中孤寂，孤寂中思親思鄉，又醞釀出濃濃的鄉愁。

參、綠蒂現代詩中的五個重要意象

「意象」是詩（現代詩、傳統詩）最重要的元素，算是構成一首詩的必要「組件」，由意象加上其他元素形成詩的意境。古今詩人用的意象都不同，可謂有千百種，善於捕捉（創造）意象的詩人，通常可以創作出好作品，這是可以確定的。例如，秋月、夜月、山寺、流雲……這些意象在綠蒂詩中特多。

但統合、歸納最高與最要者，是從「自在」和「無住」兩個人生意象，再衍生出孤寂、漂泊和鄉愁三個意象。就共這五個意象，涵富在綠蒂的文學思想中，都可以在綠蒂上千首詩裡閃閃發亮，散發詩的意境，當然也是詩人內心世界的展演。隨機賞讀〈漂流之歌〉一詩。（註四）

是江海流動著我
是我洶湧著江海
航行圖標示著水溫與方向
紅色是小溪
藍色是大海
驚嘆號是冷冽的冰河
疑問號是鯨群的出沒

揭開了濃霧的窗紗
我呼吸的是冰涼的湛藍
還是稠濃鹽濕的氣味
今日不期而遇的
是激流的澎湃
還是礁石的痛楚
風在航海日記繪寫起伏與轉折
有金色陽光的白色風帆
有咆哮怒吼的七級惡浪

在不同的河道與海域
你我的歲月奔流不歇
載浮載沉的
不管是泡沫或漂木
相隔的不只是風浪與黑夜

交會成為永遠的等待
燈塔與星辰一樣是遙遠處
稀微的光源與救贖
所有的流動是同一首歌
在漂流中定居
也在定居中漂流

詩一開始就以天人合一、物我交融的主客一體起首，「是江海流動著我／是我洶湧著江海」。人在山河大地間，成為山河大地的一員，詩人和山河大地無分別，破除了分別心，這是眾生平等的最高境界，此刻詩人「觀境自在」，漂流之歌就是人生之旅。漫長人生有很多酸甜苦辣，起伏與轉折、風浪與黑夜、光源與救贖……

「所有的流動是同一首歌／在漂流中定居／也在定居中漂流」。人生儘管有數不清的起落，都是完整人生的一部分，漂流和定居是兩個動靜相對詞，但二者也有了融合，彰顯詩人「自在」和「無住」之意境。再如〈彼岸的燈火〉一詩，「原來每一次泊岸都是風的偶然／每一個燈火的彼岸俱屬異鄉」（註五）。一種隨風隨緣的人生觀，但漂泊也是孤寂的，雖說處處是家，亦俱屬異鄉，淡淡的鄉愁油然而生，就讓他如風之自在與無住吧。

起程或駐足
都因風
都因偶然
飄泊只為享受飄泊
行旅只為記錄行旅
不為到達標的之歡愉

〈雲的旅程〉第二段（註六）

自在！自在！風最自在，無住！無住！風無所住，只是享受漂泊，記錄行旅，這就是詩人的境界，詩的意境。然而，永無休止的漂流，不是很孤寂嗎？人生永遠沒有一個歸處，就得持續漂泊。詩人和他的詩，始終在「兩岸」間孤寂的漂泊，意象鮮明的散發出來，撞擊每位讀者的心靈，尤以「五大意象」最為鮮明與堅定。

肆、研究範圍與不研究（書寫原則）

本書說研究即非研究，是名研究。不做嚴謹的學術研究，僅把握寬鬆的研究精神進行書寫。原因有二：一者是綠蒂的現代詩在兩岸學術界已有不少研究，並且已是大學中文研究所研究生的研究對象，例如南華大學文學系研究生陳巧如碩士論文《綠蒂華語詩研究》。（註七）加上多年來，多場「綠蒂現代詩研討會」，所發表的論文已有充分研究，筆者再研究已是多此一舉。二者是嚴謹的學術論述，通常降低了讀者的閱讀樂趣，過多學術名詞也拉大了和讀者的距離。這是我的「不研究」。

筆者把握比較隨興（性）、隨意、隨緣的書寫原則，挖掘學術論文所沒有發現的真相旨意，另起爐灶，從綠蒂的自在與無住衍繹出來。本書主要以綠蒂已出版的詩集文本為賞析範圍：

《泊岸》，台北，躍昇文化出版，一九九五年七月。

《風的捕手》，台北，秋水詩刊社出版，二千年四月。

《春天記事》，台北，普音文化出版，二〇〇三年四月。

《夏日山城》，台北，普音文化出版，二〇〇四年六月。

《秋水雲影》，台北，普音文化出版，二〇〇八年九月。

《冬雪冰清》，台北，普音文化出版，二〇一二年四月。

《北港溪的黃昏》，台北，普音文化出版，二〇一七年六月。

《存在美麗的瞬間》，北京，中國文聯出版，二〇〇六年九月。

《綠蒂詩選》，台北，台灣商務出版，二〇〇六年十一月。

以上九個詩集文本約一千多首詩，經仔細研究、歸納，梳理出二十餘子題，成為各章章題。如此大費工夫，是期待有以完整、正確的解讀綠蒂現代詩的文學風華；再者更希望現代乃至未來世代讀者，也能賞閱這位不一樣的「觀自在」的詩文才情。

伍、有感於綠蒂苦守「小廟」——中國文藝協會之昔今

每次到位於羅斯福路上的中國文藝協會九樓，總看到理事長王吉隆（綠蒂）和他的夫人，在苦幹實幹的工作，守著這個無薪的文化工作。唯一的信念和動力，只為撐起「中國文藝協會」這塊牌子。儘管中國文藝協會已經是一座比土地公廟小的「小廟」，綠蒂依然盡職盡心盡力的守住小廟。

然而，中國文藝協會在往昔不僅是全國最大的「大廟」，更可以是全國最風光的

文藝團體，所有文藝文學藝術界大師都要來「頂禮」。筆者手上有一本民國四十七年底出版的《中國文藝界聯誼會勞軍專刊》，有　蔣公中正親自題詞（如附印）。（註八）

這本專刊厚達三百五十多頁，題詞者除　蔣公外，尚有莫德惠、何應欽、黃朝琴、梅貽琦、謝冠生、林尹、黃國書、連震東。

書畫有：于右任、許世英、祝紹周、張昭芹、梁寒操、張默君、賈景德、胡適、宗孝忱、張大千、溥心畬、藍蔭鼎、黃君璧、葉醉白……四十四位大師。

論文有：劉詠堯、羅敦偉、葉醉白、朱介凡。

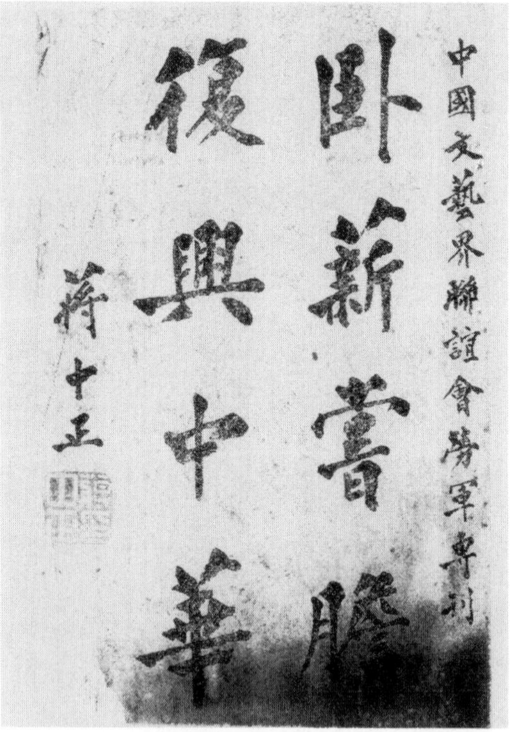

民國 47 年底的《中國文藝界聯誼會勞軍專刊》　蔣公中正的題詞

散文有：鍾梅音、王藍、南郭、呂天行、張秀亞、謝吟雪、姚葳、張雪茵、張漱菡、王琰如、侯榕生、嚴友梅、王文漪……二十四位當代大作家。

詩詞有：于右任、梁寒操、張默君、羅家倫、何志浩、覃子豪、鍾鼎文、鍾雷、姚琮、賈景德、張漱菡、霞溪老人、齊如山……近百餘詩人詞家。

小說有：陳紀瀅、趙滋蕃、彭歌、公孫嬿、郭良蕙、郭嗣汾、魏希文、潘人木、繁露、墨人、宣建人、劉咸思、呼嘯……等十餘當代著名作家。

中國文藝界曾經有過多麼風光！叫人懷念往昔的盛況。現在的「中國文藝協會」，要人沒人，要錢沒錢，每次辦活動都得靠理事長綠蒂到處「化緣」，但綠蒂發揮他的「自在」功力，不為所動，就是要把這個文藝團體撐下去，相信文藝的新世紀就快到了！

陸、小結：中國文藝協會義工菩薩、觀自在綠蒂

本書之動念寫作和研究的核心思維，是把綠蒂之人品和詩品定位在「觀自在」的形象上。這可能（或必然）會引起部份文壇詩界的質疑，本文旨在說明綠蒂以何因緣稱觀自在！及筆者如是定位之本義。

佛光山稱所有義工為「菩薩」。綠蒂一生為兩岸現代詩發展做義工，為中國文藝協會做了幾十年義工，他的法布施、財布施、體力布施、時間布施等，述之不盡。他夠資格稱「現代中國詩壇菩薩義工」，觀自在綠蒂，有你這位朋友是我的光榮。

台北公館蟾蜍山萬盛草堂主人、中國文藝協會理事陳福成　誌於二〇一九年四月風光明媚時

菩薩義工服務滿心歡喜

人間福報．二〇一九．三．十二．八版．

【人間社記者李生鳳大樹報導】佛光山義工會九至十日舉辦「二〇一九年第二十四期菩薩義工研習營」，課程安排談義工服務的態度、義工分類說明等，近二百五十人參與。此次有五十七名義工投入行政、教務、隊輔等工作。佛光山義工會會長慧屏法師表示，義工加入工作人員，使他們熟悉流程，也培養承擔能力。

開營典禮九日在佛光山麻竹園祇園廳舉行，由佛光山住持心保和尚主持並開示。心保和尚說，菩薩是發菩提心的人，也就是覺有情，能使社會更加祥和、和平。發心廣行「六度」，而六度萬行就在菩薩行中。

心保和尚以「一日修來一日功，一日不修一日空」，說明真正的佛道是在日常生活中，在發心中可以求進步，歡喜做就會充滿活力與力量。引述星雲大師所說，諸佛菩薩都是佛教的義工，義無反顧的弘揚佛法，「大家在做義工的當下，就是行菩薩道」。

「當義工後，更懂得如何待人處世。」李鴻選說，今年將從職場退休，希望學習佛法，展開「新的」、也是「心的」旅程。他說，打從第一天當義工起，就深深感到歡喜；在地藏殿服務，透過禮佛學習何謂謙卑，每當接引大家入殿禮佛，再看到大家歡喜離開，心中喜悅是難以形容的。

接觸國際佛光會，幹部經歷完整的陳秀美，去年投入義工會，看到大家歡喜，自己也歡喜。她說，很認同「義工是佛光山的資產」，希望透過義工培訓接引更多義工，大家共爲佛教努力。

註　釋：

註一：財團法人中台山佛教基金會，《般若波羅蜜多心經要釋》（台中埔里：民國九十年九月），頁五七—六二。斌宗大師，俗姓施，名能珏，民前一年（辛亥）二月初五，生於台灣鹿港。十四歲即出家，民國四十七年國曆四月七日圓寂，年僅四十八歲，為一代高僧。在新竹法源寺，有樂清朱鏡宙撰〈新竹古奇峰法源寺開山祖師斌宗和尚塔銘〉可供參閱。

註二：可參閱任何一本《金剛經》，本文引星雲大師著，《成就的秘訣：金剛經》（台北：有鹿文化事業有限公司，二〇一一年二月二十一日），附錄二。

註三：雲大師從二〇〇〇年四月一日開始，每日提供一篇「迷悟之間」短文，給《人間福報》刊用。寫了近四年，共一一二四篇，由香海文化編成十二冊出版，後來中華書局也出版。

註四：綠蒂，〈漂流之歌〉，《冬雪冰清》（台北：普音文化事業有限公司，二〇一二年四月），頁七二—七四。

註五：綠蒂，〈彼岸的燈火〉，《秋水》詩刊（台北：秋水詩刊社，二〇一八年七月第一七六期），頁七。

註六：綠蒂，〈雲的旅程〉，《風的捕手》（台北：秋水詩刊社，民國八十九年四月），頁六五—

六六。

註七：陳巧如碩士論文，《綠蒂華語詩研究》（南華大學文學系，民國一百年三月三十日）

註八：《中國文藝界聯誼會勞軍專刊》，因年久破舊，字跡不清，由內容判斷可能出版於民國四十七年底（或四十八年初），專刊除有　蔣公題詞，更有數十大師級作品。

觀自在綠蒂詩話

——無住生詩的漂泊詩人

第一章 父母是一切的源頭

——血緣是洄溯源頭的江河

我說父母是一切的源頭，乃至眾生的源頭，一切眾生必有一個源頭，有個生你的「父母」。這個「眾生」，包含人類以外的獅、虎、象、羊、魚、鳥……等一切有生命之物種；當然，花、草、樹木等植物類也是有生命的，也一定有個誕生的源頭（父母）。這是就筆者的知識領域所了解，眾生都有個生他的父母，從這樣構成的血緣關係，就產生了幾可放四海皆準的「親情」，無可替代且寶貴的親情。血緣成於先天，血緣是洄溯源頭的江河，也是不可替代，不可否認！不可造假！

近幾年來，電視上成千上萬各種節目中，屬「人」的節目我早已不看不聞，尤其政論節目簡直是造成物種「退化論」的毒藥，是血緣關係親情倫理破壞者。我只看「國家地理雜誌」的野獸節目，你仔細看，母象和小象、母獅和小獅、鱷魚和小鱷、母羊和小羊……乃至魚類、鳥類……天空地上水裡各物種，那親情多麼感動！你能說牠們沒有「倫理」關係？牠們的「真性情」超過我們很多人，也就是說，很多人是「禽獸不如」的！因為人類這物種的演化，真性情是趨向退化的！

只是並非所有人類的真性情都趨向退化，政治人物，尤其是政客，真性情流失（退化）最多是大家公認的，以致政客大多像不懂「孝順」的「人形獸」，這類人心中沒有親情倫理。保存最多真性情的物種，是文學藝術工作者，如詩人、作家、音樂家、藝術家，他們才在乎親情倫理，他們往往會在自己作品中懷念或禮讚父母，頌揚祖德。心中保有真性情越多，越是能以真誠處世待人，他知道父母是生養他的源頭，很自然的，他會從血緣關係心懷列祖列宗，不去做一個背祖逆宗的禽獸。

筆者研究過兩岸眾多詩人，如劉焦智、王學忠、方飛白、吳明興、范揚松、金土（張云圻）、台客、麥穗、徐世澤、丁潁、謝輝煌、林錫嘉等，都論證詩人保有最多真性情，常看到他們在作品中禮讚祖德、頌揚父母親情的真善美。

事實上，親情有如佛性，有如生物之本能（或本性）。大家知道「眾生皆有佛性」，那為何有人行善？又有人作惡？關鍵都在「自覺」，有自覺性才能彰顯佛性，若是被各種貪欲障礙了自覺佛性更是可怕。這世上有很多被貪婪惡欲牽著鼻子走的人，造作許多無邊罪惡；同樣，這世也有很多不孝子孫敗家子等，幹出背逆親情倫理之罪惡，這些「人形獸」不知孝順父母為何物。

我們中國人是有孝道文化的民族，自古有「以孝治天下」的傳統，更有「百善孝為先」的高品質人文思想，乃至佛法的修行，「孝道」是先決條件。六祖惠能大師在《六祖壇經》曰：（註一）

心平何勞持戒？行直何用修禪？
思則孝養父母，義則上下相憐。
讓則尊卑和睦，忍則眾惡無喧。
若能鑽木出火，淤泥定生紅蓮
……
菩提只向心覓，何勞向外求玄？
聽說依此修行，西方只在目前。

可見佛法也只是自然、簡單的道理，實乃自然界之真理都是很簡單的（就如愛因斯坦把宇宙萬象簡化成一個極簡公式：$E=MC^2$）。父母是眾生一切之源頭和基礎，也是一個簡單的道理，不孝之人說修得佛法，不僅不可能且有墮地獄之罪。佛教的《佛說父母恩重難報經》有一段經文說：（註二）

> 父母恩德，無量無邊，不孝之愆，卒難陳報……假使有人，左肩擔父，右肩擔母，研皮至骨，穿骨至髓，遶須彌山，經百千劫，血流沒踝，猶不能報父母深恩。假使有人，遭飢饉劫，為於爹娘，盡其己身，臠割碎壞，猶如微塵，經百千劫，猶不能報父母深恩……不孝之人，身壞命終，墮於阿鼻無間地獄。此大地獄……

在談到綠蒂歌詠父母春暉，讚頌親情倫理之前，先做如是略述，強調在人類文明文化演進至今，父母是親情倫理的形成源頭，血緣是洄溯源頭的江河。綠蒂幾首詩寫親情的作品，彰顯了這種高層次意涵，特別是他父親也是上一代的著名詩人，綠蒂可以說百分百的繼承了衣鉢，並加以發揚光大。先賞讀他寫父親的詩，〈如雲乘風—給敬愛的父親〉。（註三）

您的慈顏
是西天飄忽的雲彩
隨黃昏的消失而隱沒
是永遠不復黎明的長夜
是任我喊吶嘶啞
也喚不醒的
屬於您的長夜

您的一生
是本可供翻閱的書
記載著自己坦蕩而優雅的歲月
像雲一般的潔白
像雲，可以乘風飄逸
像雲，可以擁有整個廣闊的天空

像雲，可以瞭望晴朗的明日

歲月的皺紋
盡已寫上臉龐
已闔上眼
猶不減您和藹的光輝
如雲乘風而逝
帶走的是　一冊薄薄的詩集
留下的是　我永遠無盡的哀思

月光照亮了故園的紅磚小徑
卻照不透我灰鬱的身影
晚風拂動著沾淚的衣襟
卻拂不去我心頭沉重的哀傷
尋覓又尋覓

夜空裡
那顆閃耀的星是您諄諄的叮嚀

這首詩是詩人懷念父親的作品，讀來甚為感傷。「月光照亮了故園的紅磚小徑／卻照不透我灰鬱的身影／晚風拂動著沾淚的衣襟／卻拂不去我心頭沉重的哀傷」。其孺慕彌殷，是多麼深厚與純誠！這是因為綠蒂和父親的關係，除了血緣親情的連接，還有文學文化上的傳承，父子二位都是民

綠蒂父親王東燁先生的詩集封面，鄭定國編注，民國九十三年八月三十日台北市里仁書局出版，。

國以來大師級的詩人。這是千載難有的案例，筆者在台灣詩壇尚未發現第二例，放眼我們全中國，極可能找不到第二個。所以，賞讀這首詩，得先談談綠蒂的父親——前輩大詩人王東燁老先生。

按雲林科技大學教授鄭定國編注《王東燁槐庭詩草》一書（封面如附印），有關王東燁先生家世與年譜。（**註四**）老先生號槐庭，字季琮。生於清光緒十九年（一八九三），卒於民國七十一年，享壽九〇歲。據王氏族譜，原祖籍山西太原，開閩王後代，茂廈分支，龍塘派。東燁先生為第二十一世系，祖籍福建泉州府水頭鄉，曾祖父道範（十九世），於清道光五年（一八二五）渡海來台，定居在笨港（今北港）。祖父則玉（二十世）開「行口」，為台廈間貿易商，生三子，東煥、東煒、東燁。

東燁排行老三，從小住在雲林北港，小學出於蔡本升先生之門，後再受蔡然標、陳少圃二位先生之薰陶。光復後，任教於北港農校，其生平研究岐黃，是著名之儒醫與詩人。老先生是雲林縣「汾津詩社」創社成員，他一生努力不懈地為漢詩花園灌溉，成果斐然；可敬的是，他自設「尚修書房」，默默為台灣鄉土教育工作紮根十八年，功在文學教育，功在中華民族詩學之文化的傳播。

原來綠蒂有一個如此不凡的父親，並身受影響也成為一代大詩人，他的詩意人生可以揮灑得這麼「自在」和「無住」，來自血緣基因的傳承；他對中國文化有著等同親情的孺慕之情，也是淵源於祖居神州大地的活水源頭。他在〈我的父親〉一文提到，打從懂事就覺得父親是最慈祥的人，與世無爭，從不怨天尤人，「忍讓心自寬、心寬天地大」就是父親的行誼寫照。（註五）對於這位詩人兼儒醫，在中國文學史上自然佔有一席地位，新竹教育大學文學系碩士班研究生李東昇，有《王東燁及其漢詩修辭藝術研究》（DONG YE WANG AND THE RHETORICAL ART OF CHINESE）。（註六）相信未來對王東燁的詩人儒醫生命風華，定有更多研究者。

回頭賞讀〈如雲乘風—給敬愛的父親〉一詩。用「如雲乘風」形容父親的一生，真是最「自在、無住」了，在綠蒂的九本詩集一千多首詩，到處是風是雲，他該是超越了父親的自在和無住，在自在無住中生詩。「您的慈顏／是西天飄忽的雲彩／隨黃昏的消失而隱沒／是永遠不復黎明的長夜……」。只是這敬愛的風雲，飄向西天，在兒女心中有如永不復黎明的長夜。幸好，「您的一生／是本可供翻閱的書……像雲，可以瞭望晴朗的明日」，有父親這可供一生品讀的好書，綠蒂果然像雲乘風飄逸，自在無住生其詩，也用詩「記載著自己坦蕩而優雅的歲月」，只把鄉愁漂滿地球。

一位父親能成為兒女心中的「北極星」，可以說多麼的驕傲和偉大。「尋覓又尋覓／夜空裡／那顆閃耀的星是您諄諄的叮嚀」。這父子兩代都能成為當代大師級詩人，可謂中國歷史上李杜以來未有之傳奇，在中國文學史上都要佔一席地位，就是王氏族譜上也要大書特書，好好記錄這王家之光輝。賞讀一首〈決堤的哀戚──獻給母親〉。（註七）

您生命的脈動
在儀表上緩弱為零
焦慮就成為無法抑制的悲傷
淚水是氾濫決堤的哀戚

在我掌握中
一分分，一吋吋地
成為漠然的冰冷
是您，推動搖籃的手
是您，搓洗過無數衣物的手
是您，擁抱過九位子女的手

是您，牽引我穿越馬路的手
竟然是這般瘦小纖細
纖細得令我心酸
挽起疏落的白髮
弱不禁風的您
挺立為不朽的塑像
在我心中

在記憶的黃昏中
在故鄉的碎石路上
是您微微佝僂的身影
是您重複又重複的叮嚀
將我孤獨的告白
折疊成一片小小的楓紅
蕭蕭瑟瑟地飄逝

在帶點雨、帶點寒意的風中

按《王東燁槐庭詩草》一書上東燁先生年表，民國五年，詩人娶龔招女士，其後育有四男五女。長男慰聊、次子慰心、三子汀洲、四子吉隆，女生僅記載長女採蓮、次女採香。子女眾多，當媽媽的很辛苦，「是您，推動搖籃的手／是您，搓洗過無數衣物的手／是您，擁抱過九位子女的手／是您，牽引我穿越馬路的手」。這裡彰顯了母親的萬能和偉大，正是「為母則強」，接著詩產生強大的反差，這萬能強壯的手「竟然是這般瘦小纖細」，讓人在情緒產生一種衝擊感，更強化了母親在心中的地位，「挺立為不朽的塑像／在我心中。」

吾以為，天下母親都像觀世音菩薩，願意為兒女承擔一切，以無限慈愛救苦救難，照理說這世上不會有敗家之不孝兒女，但為何到處仍有敗家女不孝子？吾以為出在兒女是否俱有「自覺」的因緣，若無則難以成才，正是所謂「菩薩不度無緣人」。

詩人可能是所有物種中，比較有「自覺性」的物種，綠蒂又是有特別高自覺性的詩人，才能「覺」出父母的言教身教和心教。媽媽臨終了！當然是悲傷的，終站「微微佝僂的身影」成詩人心中永恆的形像。從今以後，再也沒有機會承歡膝下，只能「將我孤獨的告白／折疊成一片小小的楓紅……」表示對母親的感恩與懷。另一首〈返鄉〉也是以母親為主

要意涵的詩寫。（註八）

在潺潺清澈的北港溪上
漂洗天空蔚藍的絨衣
白雲的皺摺
輕輕的鄉愁
恒是搓洗不去的印痕

彷彿是母親熟悉的身影
清瘦而微微佝僂
依倚在環扣蒙鏽的老木門
詩情已沾濕了童年的衣襟

身處故里曾經的巷衖
街燈幽微

投映出宛若過客的身影
遊子心被異地的風情、紛沓的足跡
以及，從未真實擁有事物所充塞

未被寫錄的
母親的叮嚀與嘮叨總在回家或想家時
適時浮現

冬至返鄉
風冷而寒
遠處逐漸亮起華燈的街景
暖融了漫上心頭的蕭瑟

從《進化論》看眾生的親情（父母和孩子）關係，有一種現象總讓人存疑，媽媽（及其他動物的母性）和孩子始終比較親近，有很強烈的依存關係。例如，常民社會俗言「有媽的地方就是家」，台灣俚語更說「老母死斷路頭」（意說媽媽死家也散了），爸爸好像可有可無。而其他動物也差不多，獅、虎、象……交配完，公的就沒事了，自顧去生活找樂子，剩下養兒育女都是媽媽（母的）的事，媽媽真是夠辛苦的。凡此，生物學家沒有合理的解釋，只說本來如是。是故，眾生的父子關係大多較有距離，孩子對父親的情屬於敬仰式的愛，對母親的情屬於溫馨親切的愛，兒子和女兒則有些差異。

這首〈返鄉〉在內涵上，還是涵富對母親的犧牲有更多不捨和不忍之情，詠母之愛與詠父之愛，風格略異，然皆表達孺慕之情。

也不知道什麼原因，古今中外歷史都頌揚母愛，記錄著母親和母教對孩子的重要，把孩子的成才成器與母親母教連接，那當爸爸的似乎不太重要，乃至可有可無。凡此，也是奇怪現象，其深層原因難以理解，各家論說，都有些道理，並無可服眾之共識，就當本來如是。

本來如是，綠蒂有一位偉大的母親龔招女士（另有年表寫龔招治），看她教養的孩子成就：長女採蓮，小學老師、基隆市素人畫家；次女採香，小學老師、台南市東區婦女會理事長；次子慰心國小教師、校長；三子汀洲台灣飛利浦公司經理；四子吉隆（即本書研究主角詩人綠蒂）。有母親的偉大犧牲，成就兒女完成自我實現，親情乃溶入詩情「**詩情**

已沾濕了童年的衣襟……冬至返鄉／風冷而寒／遠處逐漸亮起華燈的街景／暖融了漫上心頭的蕭瑟」。年老的母親「微微佝僂」，很不捨和感傷，但母親的形像永遠是兒子心中的一盞明燈。

詩人王槐庭夫人、詩人綠蒂母親龔氏，於一九八六年膺選為北港鎮模範母親。做為一個媽媽，是她一生最高榮譽和成就，也是母親自我實現的完成，深值他的詩人兒子以詩禮讚，成為中國詩學文化裡一則芳馨的故事，亦為後人敬仰的典範。賞讀一首詩意深妙的詩，〈四個背影〉。（註九）

有四個背影
從未走出我視線的遠方

父親的背影
微微佝僂　諄諄叮嚀
交付我一生筆墨的負荷

愛妻的背影
恬靜優雅　長髮飄逸
毋須面對也能洞悉眼神的關愛

詩人的背影
扶杖前行　猶如先知
讓我孤寂獨處而不感孤獨

無法定義的背影
在不可觸及的懸崖高處
時間闖入而永恆封印於詩的深層

背影遠去對我告別
消隱在前方的光輝或陰暗

從未期待它驀然回首的牽引
也從未真正地讓它離我遠去

四個背影是平等的，對詩人而言，四個背影都如同父親或愛妻一樣重要，是有著親情血緣的重要，父親和妻子當然是可以理解的。惟後兩個背影有深意，「詩人的背影／扶杖前行……」詩人是誰？人看不到自己的背影，所以這是一個象徵意涵，表示自己把當「詩人」這件事，看得與父親或妻子同樣重要。當詩人是一生的理想與追尋，只有作為一個詩人才「讓我孤寂獨處而不感孤獨」，人生才有真實存在的意義。

第四個背影須要發揮想像力，「無法定義的背影」是什麼？無法定義當然就不能解釋說明，但詩並不是給人解釋的，而是給人欣賞和想像的。張開想像的翅膀，「在不可觸及的懸崖高處／時間闖入而永恆封印於詩的深層」。這個背影不是「靈感」二字是什麼？詩人日夜都在捕捉或創造靈感，以期創作真善美之詩品。

這四個背影，「從未期待它驀然回首的牽引／也從未真正地讓它離我遠去」，從未走出視線太遠，表示一種自然觀、因緣觀。詩人的人生是很自在的，當詩人自在，寫詩亦自在。

本章從詠父、詠母、詠妻等詩開始，因為父母親情是眾生一切的源頭，人類之所以有家庭、家族、社會、國家的構成，都從父母親情這個源頭而來。而血緣是找到這個源頭的江河，綠蒂的詩更從這個「江河」，流向神州大地，流向地球各角落，「無住」生詩！

註釋

註一：六祖惠能大師，生於唐太宗貞觀十二年（六三八年），圓寂於唐玄宗開元元年（七一三年）。中國禪宗第六祖，號六祖大師、大鑑禪師。范陽（河北）人，父親原是當官的，因故被降職流放到嶺南，成了新州百姓。在黃梅五祖弘忍禪師處受傳法衣鉢，繼承東山宗脈，主張「頓悟」法門。本文引：善性導師，《六祖壇經直解》（台北：一葉文化事業有限公司，二〇一二年三月），〈疑問品第三〉，頁一〇二。

註二：可看任何一本《佛說父母恩重難報經》，本文引：台南，和裕出版社，二〇〇四年。頁二八—三四。

註三：綠蒂，〈如雲乘風—給敬愛的父親〉，《泊岸》（台北：躍昇文化事業有限公司，民國八十四年七月），頁四二—四三。

註四：鄭定國編注，《王東燁槐庭詩章》（台北：里仁書局，民國九十三年八月三十日初版）。

註五：同註四，頁一六〇—一六一。

註六：李東昇，《王東燁及其漢詩修辭藝術研究》(DONG YE WANG AND THE RHETORICAL ART OF CHINESE)（新竹教育大學文學系碩士論文，指導教授簡翠貞，二〇〇六年），全書七章三百多頁。

註七：綠蒂，〈決堤的哀戚—獻給母親〉，《風的捕手》（台北：秋水詩刊社，民國八十九年四月），頁五二—五三。

註八：綠蒂，〈返鄉〉，《秋光雲影》（台北：普音文化事業股份有限公司，二〇〇八年九月），頁一四—一六。

註九：綠蒂，〈四個背影〉，同註八，頁三八—四〇。

第二章　在詩中講經說法，散發佛心禪意

綠蒂信仰何種宗教？筆者並未刻意尋問，但他的不少詩中有鮮明的佛法禪意，這是肯定的。這只要打開他的任何一本詩集，任意賞閱，都能感受到「有情說法」或「無情說法」的詩意。雖不能稱綠蒂的詩叫「佛教文學」，惟他的詩有很多佛法意涵，無形中提高詩的意境，更擴張了解讀層次。其中以「無情說法」較多（後面各章亦有略說），這其實是中國詩人、作家們，自古以來數千年的文化文學傳統。

為什麼佛學佛教思想會成為我等中國詩人作家的文學創作傳統？從中取得更多活水意象，以豐富自己的詩歌文學內涵。這當然和佛教北傳中國，經二千多年的「本土化」，與儒、道思想融合，成為中華文化的三個核心思想。司馬遷在《史記》卷一百一十一〈衛將軍驃騎列傳第五十一〉載：

元狩二年（前一二一）春，以冠軍侯霍去病為驃騎將軍，將萬騎出隴西，有功……收休屠祭天金人，益封去病二千戶。（註一）

這「休屠」和「金人」詞意，綜合各家研究，認為是佛教最初傳到中國的證明，「金人」一詞坐實為佛像，「休屠」是梵文 Buddha 之漢譯。（註二）由此推演下來，佛教在中國已流傳二千一百多年，已是中華文化不可或缺的基本元素，中國的作家詩人們在作品中融入佛教意象是很自然的事。如杜牧〈江南春〉，「千里鶯啼綠映紅，水村山郭酒旗風。南朝四百八十寺，多少樓臺煙雨中。」，又如張繼的〈楓橋夜泊〉，夯到全世界（倭國人最愛），「月落烏啼霜滿天，江楓漁火對愁眠。姑蘇城外寒山寺，夜半鐘聲到客船。」。凡此，都因詩中有佛教（寺）意象，大大提昇了詩的境界，擴張豐富了詩的意涵。我國宋代大文豪蘇軾深受佛教影響，現代中國著名詩人吳明興稱蘇軾文學為「佛教文學」。（註三）

綠蒂出身淡江大學中文系（原考入化學系，因熱愛中國文學，轉入中文系），數十年來他深研中華文化，浸淫中國現代詩半個多世紀，行腳神州大地所有各省，遍訪名寺古剎。打開他任何一本詩集，都能賞讀到涵富佛法禪意的作品，本文僅舉其少許。〈掌燈者——造福觀音〉。（註四）

挺立的
不只是藝術家巧手的雕塑
仰望的
不只是供膜拜祈福的巨佛
你　掌燈者
守護著和南寺的寶剎淨土
走在最前面
也走在最後面
為救贖這苦難的世界
慈悲翩然現身

掌上的楊枝淨水
要清淨貪婪的心
要渡化罪惡的行

令一切疲憊的身影
得以安心歇息

你賜給我神秘花園的通關密碼
要我自己種因結果
造就永恆春天的園地
開闢涅槃書寫的新土

你的一線光
照亮東海無邊的黑暗
你的一滴水
解渡大地萬物的飢渴
爭戰休兵
瘟疫止息
所有的祈願都將應驗

在你緩緩舒展的慈眉
當信眾進山門
你走在最前
當朝山者離去
你走在最後
你是光明的指引
也是溫暖平安的護送

這詩禮讚觀世音菩薩。在中國民間社會觀世音也常叫觀自在，或簡稱「觀音」，有「中國第一佛」的至高聖位，因為在傳統中國人家庭、社區都有觀音信仰。就是不識字的老少婦人，也知道禮拜觀世音菩薩。

根據《法華經．觀世音菩薩普門品》記載，觀世音應眾生的需求，化身到人世間的變身所示現的種類有很多，在佛典上的紀錄就有三十九種之多，未來不知道還有多少新的應化身！現在應化在花蓮縣壽豐鄉和南寺的觀音，在綠蒂詩中叫「造福觀音」。觀世音於無量劫來，成就大慈大悲法門，利益眾生，在生死苦海中，為做船筏，於無明長夜為做明燈。是故，詩人稱「你　掌燈者……為救贖這苦難的世界／慈悲翩然現身」。菩薩的一盞燈，是很多人心中的明燈，甚至照亮萬古長夜！

按《觀世音菩薩普門品》云：「眾生被困厄，無量苦逼身，觀音妙智力，能救世間苦，具足神通力，廣修智方便，十方諸國土，無剎不現身，種種諸惡趣，地獄鬼畜生，生老病死苦，以漸悉令滅。」又云：「爭訟經官處，怖畏軍陣中，念彼觀音力，眾怨悉退散。妙音觀世音，梵音海潮音，勝彼世間音，是故須常念。念勿生疑，觀世音淨聖，於苦惱死厄，能為作依怙，具一切功德，慈眼視眾生，福聚海無量。」（註五）菩薩造福無量，眾生心念菩薩即有無量福氣。

所以慈悲是觀世音菩薩的志願，慈悲亦是觀世音菩薩的德性和特殊功德。觀音由於無限慈悲的驅使，曾經救拔無量眾生苦惱，成就無量眾生的道業。這樣對觀世音的認識和禮讚，正是詩人以詩頌曰：「掌上的楊枝淨水／要清淨貪婪的心／要渡化罪惡的行／令一切疲憊的身影／得以安心歇息」。觀世音菩薩在中國民間，被奉為大慈大悲、救苦救難、有求必應的菩薩，遇難眾生只需誦念其名號，其即前往拯救解難，故名觀音。

二千六百多年前，尚未成道的悉達多太子，在今之印度菩提伽耶這地方，在一株菩提樹下結草為座，並且立下誓願：「如果不能證悟真理，我將永遠不離開這個座位。」（《佛本行集經》卷二七）。終於在十二月初八，星月交輝的時刻，恍然大悟。

據《佛本行集經》卷三十記載。（註六）頓時，如同天崩地裂，虛妄的世界消滅，呈現在他眼前的，是另外一個金光閃爍的真理世界。在這個真理的世界裡，他看見了法界平等，世間的生滅、空有、事理、成壞、愛恨等分別對待，都在一念之間完全消除；他悟到了「緣起性空」，一切因緣生，一切因緣滅，緣起緣滅是宇宙人生的真理；他領悟到人的色身雖有生老病死，但真如佛性遍滿虛空，充塞法界。所以《緣生論》說：「藉緣生煩惱，藉緣亦生業；藉緣亦生報，無一不有緣。」另在《大寶積經》說：「假使經百劫，所作業不亡，因緣會遇時，果報還自受。」凡此，都是佛陀悟出（發現）的宇宙人生真理，可以說是宇宙人生的自然法。

這些佛所悟到的真理，佛教已宣揚了二千多年，依然只有少數得到佛賜「通關密碼」的智者有所領悟。詩人綠蒂是這少數智者之一，「**你賜給我神秘花園的通關密碼／要我自己種因結果／造就永恆春天的園地／開闢涅槃書寫的新土。**」由於綠蒂對佛陀所悟之宇宙人生真理，才讓人感受到讀其詩如聞佛「講經說法」，這從他的創作「涅槃書寫」也能領會得出。是故，本書一開始，即定位詩人的生命「自在」，「無住」生詩，這正是我心中的「觀自在綠蒂」。

　　詩句「涅槃」二字是佛教專有名詞，但常被誤解為「死亡」。星雲大師解釋「開悟」就是涅槃，是一種不生不滅的境界；一個人若得到圓滿、永恆的生命，就是涅槃；能無著無染，無住、自在，代表得到解脫自在，亦是涅槃。總歸以最單純直白的語言說，「佛教認為貪、瞋、癡永盡，即為涅槃。」（註七）綠蒂的貪、瞋、癡當然是尚未永遠除盡，尚未得到圓滿永恆的生命，亦即尚未完全解脫自在。但他已悟得自在妙意，知道自己種因結果，這便是對佛陀「緣起法」的認識，一切因緣生，一切因緣滅，體現於創作便是「自在、無住生詩」——涅槃書寫。

　　這首詩開始禮讚造福觀音，「**走在最前面／也走在最後面**」；末段「**當信眾進山門／你走在最前／當朝山者離去／你走在最後**」。都是讚頌觀世音無所不在，永遠是眾生之明燈，救苦救難的依靠。

　　另在〈泊岸〉一詩，「**潮起潮落　緣生緣滅／沒有起點　亦無終點……**」。（註八）以「潮起潮落」意象比喻緣生緣滅，進而指出現象界的「沒有起點，沒有終點」。這正是佛教的「宇宙論」，西方科學家認為宇宙誕生有個「起點」，乃提出「大爆炸理論」，大爆炸後誕生了宇宙萬象以及時間和空間。但佛教認為宇宙形成都是因緣和合，緣生緣滅，沒有起點，

亦無終點。〈存在不一樣美麗的瞬間〉一詩，也有豐富的佛法禪意。（註九）

時間的運轉
以永不重複的齒輪
季節的更遞
恆是過去式的仿造

青鳥飛過
青鳥還在
鐘聲遠去
鐘聲還在
所見所聞　風花雪月
在展演的瞬間
即成過去
記憶是唯一的真實

意念是瞬間的不滅

所以要微密觀照
所以要心境清澄

從一砂　一葉
從一縷煙　一片雲
從一滴露珠　一朵寒梅
從一株欖仁樹　一隻五色鳥
從一道流動的河　以及
一片洶湧的東海
可見生命神秘的奧義
可溯宇宙不息的源頭

每天的日升月落
每回的風起雲湧

皆因感覺與文字不同的組合
而記憶
而存在
在不一樣美麗的瞬間

詩人行走大千世界的感動，一切宇宙萬象都感覺到存在不一樣美麗的瞬間，詩人善於捕捉瞬間美感，而成永恆的記憶。但「**青鳥飛過／青鳥還在／鐘聲遠去／鐘聲還在**」，這種詩語言構句，產生一種強烈的「衝突」，製造讀者內心的反差力道，會引起更深層的思考。若再進一步探索詩人所要表達境界，應該是超越了詩學，而有了哲學、佛學上的意涵。

青鳥飛過，青鳥還在，鐘聲遠去，鐘聲還在。看似不合理、不可能，其實正是佛陀說法，叫人要去除分別心。何謂「分別心？」即上下、有無、左右、大小、來去、貧富、貴賤……吾人常言「不要有大小眼是也」。所以《金剛經》〈威儀寂靜分第二十九〉曰：（註十）

須菩提！若有人言：「如來若來、若去、若坐、若臥」，是人不解我所說義。何以故？

如來者，無所從來，亦無所去，故名如來。

讀了這段經文，再賞讀綠蒂詩句，相信會有所頓悟，如來是無所不在的，不受時間、空間的限制，沒有一切分別心，詩人所追求的是這個境界。所以「**意念是瞬間的不滅**」，時間的短長分別也消除了，對宇宙人生有所觀照，心境清澄，「**從一砂　一葉……一片洶湧的東海／可見生命神秘的奧義……**」詩人對人生的意義，清楚明白；對宇宙萬象，了然於心。可以這麼說，詩人已參透了生死，即無生死之分別心，「**青鳥飛過／青鳥還在……**」，人生走過，人生還在；色身結束，法身還在，無所不在，正是《心經》所述：「乃至無老死，亦無老死盡，無苦集滅道，無智亦無得，以無所得故……」。自在綠蒂，觀照自心，觀照一切有為法，無住生詩。

綠蒂經常到和南寺，在寺中靜坐思索，與明月對話，或參與和南寺辦的活動。他的有所得和無所得之領悟，一定與和南寺有關，賞讀〈和南寺的午與夜〉。（註十一）

盛夏的陽光鍍金了廟宇飛簷
在藍天為背景的畫布

繪就寺廟輝煌金碧的莊嚴
屏幛翠綠山色而立的是
楊英風藝術精雕的觀音
聳立著慈悲的寶相
吐納廣闊天宇的精華
在綠色稜線的高處
欲渡往來匆匆如白雲蒼狗的眾生

午課時道元師父的開示
搖動了學子們掛心的風鈴
在紅色的木雕廊柱間
叮噹地迴響了整個午後
並與五色鳥及蟬鳴合奏
首演仲夏小暑的禮讚

暮鼓晚鐘指引著
東海遙遠的歸帆
沉落海底三千年的

一隻海螺浮現紅塵
與我深情對話
探討鋪滿松針的小石徑
是夕陽歇足的旅邸
還是心靈清淨的原鄉

今夜堅持沉默
就是不問百花亭主
只飲　為過客端上的一碗茶
只宿　為旅人打掃的一間房
也執意不濯洗流浪的行腳
不緺亂那桶水
那桶從一方古月井裡汲來的水
以免踩到月亮
裂碎了古井的心

沉思不語的山寺月色
悄悄地白淨了大地的喧雜

詩人在和南寺修行一日夜的感悟詩記，上午一報到，盛夏的陽光把廟宇鍍金了，讓廟宇更加金碧輝煌，加上翠綠山色的背景。這整個畫面，以陽光綠林山色構成一幅自然美景，和南寺座落其間，寺中必有一位主神（主角），正是由楊英風所精雕的觀世音菩薩，「**在綠色稜線的高處／欲渡往來匆匆如白雲蒼狗的眾生**」。詩一起首，便彰顯觀音救渡眾生之悲願，故能稱「中國第一佛」，國際上也稱「人類的仁慈保護者」。

午課時道元師父開示了什麼？詩文未提到，但「**搖動了學子們掛心的風鈴／在紅色的木雕廊柱間／叮噹地迴響了整個午後／並與五色鳥及蟬鳴合奏／首演仲夏小暑的禮讚**」。表示道元師父的開示，引起學子們的共鳴，連五色鳥和蟬都受到感動而共鳴，禮讚道元師父。

到了晚上，一隻沉落海底三千年的海螺浮現紅塵，出來與詩人對話。這意象很鮮明，但不好理解，三千年比喻很久，「沉落海底」應比喻久不見光明，或很久都沒有聽聞佛法，今聞法師開示，頓覺身心清淨。海螺可以是詩人自己，甚至是許久未能感受的佛性，對話內容是什麼？「探討舖滿松針的小石徑」，只是一些平常事平常心，佛法就是一些平常事平常心，禪也只在生活中。所以明朝王陽明詩偈曰：「飢來吃飯倦來眠，只此修行玄更玄；說與世人渾不信，卻從身外覓神仙。」即說禪者修行，也不過是一些平常事平常心，佛法亦在日常生活中。

終於要在和南寺過一夜，最大的享受是難得的清淨，整段詩意在暗示詩人如何刻意保持身心靈的清淨，「**今夜堅持沉默……執意不濯洗流浪的行腳**」。也不洗腳了，為不縐亂「**那桶從一方古月井裡汲來的水／以免踩到月亮／裂碎了古井的心**」。這幾句詩意在暗示眾生要有一顆清淨心多麼不容易，一不小心，一起漣漪，清淨心自在心都打破了；而弦外之音，失去了清淨心（踩到月亮、裂碎了古井的心），寫詩亦不自在，寫不出好作品了！

最後，萬事萬物都會歸於平靜，「**沉思不語的山寺月色／悄悄地白淨了大地的喧雜**」，這是一個寂靜的和南寺之夜。賞讀另一首〈和南寺鐘聲〉。（註十二）

蟬聲與禪聲
鳥語與誦音
混凝成野百合清香的午後
寺阮飛簷掩映天際的湛藍

立在這方高高的淨土
是心離天空最近的地方

是意境最遼闊的清晰視野
黃昏款款走近
秋意悄悄襲來
披上金色夕陽的海
遠眺成變幻多端的色相

暮鼓的節奏
擂動追夢的心思
晚鐘的迴盪
喚醒孤寂的無常

山風簌簌垂落的
是遠方鄉愁的聲音
回首的暮色
流淌在遠處
模糊又清晰地
逐漸亮起夜初的燈暉
將往事拓印成典雅的紋路

風隨鐘聲夜泊
於和南寺美麗的清寂

寫景和物化是綠蒂拿手的詩寫技巧，如「黃昏款款走近」，黃昏是不會「走」路的，這是「物化」的效果。主體與客體互化為一，藝術審美上就叫「物化境界」，用哲學語言謂「天人合一」或「主客合一」；用佛教語言就是消除分別心（物我、主客），產生「無情說法」之妙意。這首詩主題是和南寺的「鐘聲」，夏末初秋的午後，蟬聲鳥語和禪聲誦音，合奏成寂靜的午後，詩的起首要表達的是寂靜之聲。

第二段的主角是一口「鐘」，鐘說話了，「**立在這方高高的淨土／是心離天空最近的地方／是意境最遼闊的清晰視野……遠眺成變幻多端的色相**」。當然這是詩人的心意，嚮往一種高處之淨土，才能使意境最遼闊，視野最清晰。但遠離了和南寺，便成變幻多端的色相，暗示人很難始終保持清淨，一不小心又沉落紅塵，在變化多端的色相世界浮浮沉沉！只有聽到鐘聲，才又「喚醒孤寂的無常」。這寺院鐘聲的作用，似乎是人生的「清潔劑」，紅塵似大染缸，處久了身心會髒，又得回到寺院洗一洗，聽聽師父開示，又覺身心靈「乾淨」多了！

綠蒂的詩作頗多有「講經說法」之妙意，散發佛法禪意之芳香，本文僅舉其少數，亦不及深論。又如〈夢以及預言〉一詩，「**相遇而不相識／世事的無常就簡約為／最單純的輪迴記述……**」。（註十三）而〈颱風過後〉，「**風奪走鍾愛的大片林綠／卻還給一面海景的湛藍／風吹垮香雲樓看海的門／卻開啟另一扇觀雲的窗……**」。（註十四）這回，應是詩人向眾生開示，凡事都有得有失，大家要消除得失、有無、大小……之分別心，才能使身心靈永保清淨。

註釋：

註一：漢．司馬遷撰，裴駰等三家注，許東方校訂，《史記》（台北：宏業書局有限公司，民國七十九年十月十五日），頁二九二九－二九三〇。

註二：吳明興，《蘇軾佛教文學研究》（上）（台北：花木蘭文化出版社，二〇一四年九月），第二章，第一節。

註三：同註二。吳明興，民國四十七年八月四日，生於台灣省台中市，祖籍福建省南靖鄉。佛光大學文學博士，湖南中醫藥大學醫學博士，白聖佛教學院佛教學系研究部研究；一生發表現代詩三千多首，為現代兩岸著名學者、詩人。

註四：綠蒂，〈掌燈者—造福觀音〉，《夏日山城》（台北：普音文化事業股份有限公司，二〇〇四年六月），頁一四八—一五一。

註五：可查任何一本《觀世音菩薩普門品》，本文引：慧明編著，《圖解：觀世音菩薩》（台北：海鴿文化出版圖書有限公司，二〇一五年二月一日），頁二六。

註六：星雲大師口述，佛光山法堂書記室妙廣法師等記錄，《人間佛教佛陀本懷》（佛光山文化事業有限公司出版，二〇一六年五月），第二章。

註七：林維明，〈外道涅槃與佛教涅槃的比較—以《梵網經》、《五三經》及《沙門果經》為主（二）〉，《海潮音》第一〇〇卷第一期（台北：海潮音雜誌社，二〇一九年元月），頁一八—二三。

註八：綠蒂，〈泊岸〉，《泊岸》（台北：躍昇文化事業有限公司，民國八十四年七月），頁 一一一。

註九：綠蒂，〈存在不一樣美麗的瞬間〉，《綠蒂詩選》（台北：台灣商務印書館股份有限公司，二〇〇六年十一月），頁二〇五—二〇七。

註　十：可查任何一本《金剛經》，本文引：星雲大師，《成就的秘訣：金剛經》（台北：有鹿文化事業有限公司，二〇一一年二月二十一日），附錄二，頁二五一。

註十一：綠蒂，〈和南寺的午與夜〉，《春天記事》（台北：普音文化事業股份有限公司，二〇〇三年四月），頁一四二—一四五。

註十二：綠蒂，〈和南寺鐘聲〉，同註十一，頁一〇六—一〇八。

註十三：綠蒂，〈夢以及預言〉，同註九，頁二四四—二四六。

註十四：綠蒂，〈颱風過後〉，《秋光雲影》（台北：普音文化事業股份有限公司，二〇〇八年九月），頁一一二—一一三。

第三章　友情詩寫，友誼芳香永流傳

人生是很奇妙、深妙的過程，以現在地球上已住七十多億人口，卻沒有兩個完全相同過程的人生。帝王將相、販夫走卒、文人雅士等，每一個都是宇宙間的唯一，且唯一的一則故事。

每一個人的一生，必定會碰到無數的人，形成許多「關係」，公開的、秘密的、先天的、後天的……數不盡的關係，吾有一友，他手機上有四百多群組，每天光是要傳「早安」就有一百多群組或個別友人等。假設，人生所有各種關係可以極簡化成「親情、友情、愛情」三範疇，在第一章賞讀了綠蒂的親情詩寫，這章就品嘗他的友情詩寫，自古以來，文人雅士的詩歌酬唱總是流傳千古，成為文壇詩界的友誼佳話。

唐代李白和杜甫的友誼及他們相互讚頌的作品，都是不朽名篇自不在話下，不須贅舉。話說當時在涇川有個釀酒賣酒的豪士叫汪倫，對大詩人李白極為崇拜，很想拜見（也想留名千古吧）。李白好酒愛玩樂，涇川即無勝景又無名酒，他想邀請李白前來一遊，汪倫心生一計，修書一封托人送達李白。信曰：「先生喜歡飲酒嗎？這裡有萬家酒店任人品嘗；先生喜歡旅遊嗎？這裡有十里桃花令人流連忘返。」

李白見信，果然興致勃勃很快來到涇川，卻未見十里桃花，更無萬家酒店。汪倫此時才說了真相，桃花是潭名，並無桃花；萬是一家酒館老闆的姓，並無一萬家酒店，因太崇拜大詩人，才巧計把李白「騙」到涇川。但李白不以為忤，他理解汪倫友好真誠的心意，也在涇川玩得不亦樂乎！汪倫端出陳年佳釀，二人盡興遊玩宴飲。李白作有〈過汪氏別業〉二首，引其之一：

遊山誰可遊？子明與浮丘。
疊嶺礙河漢，連峰橫鬥牛。
汪生南北皋，池館清且幽。
我來感意氣，捶炰列珍饈。
掃石待歸月，開池漲寒流。
酒酣益爽氣，為樂不知秋。

友情芳香盡在詩中。李白把汪倫作為竇子明（道教傳說中的仙人）、李浮丘（周朝時代修行人）一類高人讚賞，渲染了朋友同遊的豪情雅興。李白離開涇川時，汪倫依依相送，感情豐富的李白又出一詩：

李白乘舟將欲行，忽聞岸上踏歌聲；
桃花潭水深千尺，不及汪倫送我情。

這〈贈汪倫〉和〈過汪氏別業〉二首，都是膾炙人口的名作，隨著李白而不朽，並在中國詩歌文學史上佔了一席大位。真誠的友誼是一種珍寶，人生不能欠缺友情，沒有了友情，人是很孤獨的，可能會產生「生存危機」。所以佛教《法句經》詩偈曰：「應時得友樂，適時滿足樂，命終善業樂，正信成就樂。」可見得，人生在世幾十年中，必須有真正的好朋友，得友樂與滿足樂、善業樂、成就樂，是「人生四樂」等量齊觀。要得「友樂」，只有從「誠」字一途，別無他法。

在各種人中，詩人的友誼可謂最單純、也最真誠，因「物以類聚」，詩人作家藝術家總有各種因緣成為好朋友。在我心中，當代兩岸中國詩人群像中，觀自在綠蒂的自在、無

住生詩，最能體現友情詩作的芳香，都極有可能成為傳世之經典。本文賞讀綠蒂詩寫幾位著名文友的作品

壹、綠蒂與愚溪

綠蒂與愚溪是中國文藝協會前後任理事長，愚溪當理事長時，還禮請綠蒂當秘書長，他們共同推動兩岸文藝活動，可謂是文壇夥伴之模範，他們友誼自然是深厚。愚溪，本名洪慶祐，著名詩人、小說家，二〇一三年三月一日在花蓮出家，法號道一。現為花蓮和南寺大方丈，也有很多文學作品流傳。賞讀〈浮木與燈塔—我與愚溪〉。（註一）

浮木是飄游的居住
燈塔是光明的指引
是過客必須的選項
是旅人最終的答案
屬於黑暗與海的故事
屬於夢想與真的素材

不同的是動與靜的姿態
相同的是猶如堅實有力的臂膀
支撐著流浪的永不陷落

鷗翼剪破風聲
靜浪微映星雲
寫在千年貝殼上的螺紋
是愈虛構愈真實的故事
是愈疏離愈細密的想念

如一束劍光劃破黑暗的裂口
為浮沉的寂冷開始一點暖意
指引一條隨波的航向
通往薰念堂輝煌的燈照
也通往東海明朝向陽的泊岸

夜海廣闊浩瀚
卻如相似而重複的迷宮通道
浮木是唯一可編造的方舟

駛向無災無難的位置
駛向風平浪靜的出口

游離於海天蒼茫
在共有的時空中
漂流的浮木與燈塔的光影
擦身而過
相遇而不相知
詩的依附與珍藏
是唯一美麗的交會
浮木持續波漾隨遇而安的自在
燈塔不息傳遞光暗輪迴的訊息

這首詩用浮木與燈塔比喻兩個好友，不僅神來之筆，也創造了「對立中的統一」，古今中外詩人可能未有第二例了。綠蒂自比浮木，是非常貼切的，正如我研究他的作品，自在、無住和永不止息的漂泊，就是核心意象和形像。但浮木若想「回家」或靠港，就得依靠燈塔指明方向，暗示綠蒂要靠愚溪得到安住，據筆者所知，綠蒂確實常到和南寺，不論參加活動或小住幾天，獲得身心靈短暫清淨，積聚了能量再啟程漂泊。

而將愚溪比喻為一座燈塔，燈塔是固守一個定點的，指引遠方的人船朝向正確方向前進，有鮮明的燈照指標意象。以燈塔比喻愚溪，還有較深的暗示，因為愚溪守著和南寺，一座寺廟通常也是很多人的信仰中心，就像信眾心中的燈塔，指引信眾的人生方向，乃至安定了很多信眾的身心靈，和南寺也像一座燈塔。

這兩位現代中國著名詩人，成為相互依存的詩友，一個天生愛流浪，一個只要固守。可以說兩個性格不同的人，「屬於黑暗與海的故事／屬於夢想與真的素材／不同的是動與靜的姿態」。他們都使對方產生了功能，也各自完成「自我實現」；反之，若他們二者缺少了一個，雙方將不能產生應有的功能，失去存在的意義，成了兩隻名實相符的「魯蛇」。

第三段寫詩人自己，如風如雲任意漂流，「從心所欲而不踰矩」，「鷗翼剪破風聲／靜浪微映星雲」，在人生大海洋裡飛翔，鼓翼前行，風聲在耳際呼呼！如是「無住生詩」，寫在千年的貝殼上，這一切如虛空，惟寫詩最真實。自在！無住！孤寂！漂流！卻越是疏離人間，越是細密的想念，想念那遠處的「燈塔」——老友愚溪。

第四段當然就是老友愚溪了。「如一束劍光劃破黑暗的裂口／為浮沉的寂冷開始一點暖意／指引一條隨波的航向」。流浪久了想家，想念老友，老友是一座燈塔，在夜黑的海上，一束光明指引前行的方向，孤冷的心頭升起了暖意，乃加速航行，今晚身心靈就在和南寺泊岸，聽道一法師（愚溪）講經說法。

泊岸總不會太久，流浪者志在四方，「**浮木是唯一可編造的方舟／駛向無災無難的位置／駛向風平浪靜的出口**」。最後的總結很有趣，兩個性格不同的人會成為相互需要的朋友，「**漂流的浮木與燈塔的光影／擦身而過／相遇而不相知**」。通常朋友必須相知才行，他們為何不相知？因為浮木不解燈塔為何不去流浪！燈塔也不懂浮木為何不安居一地！詩意暗示他們相互尊重彼此的志向，每個人都是獨立的個體。

他們都是詩人，這個共同點才是他們的美麗，共有的一種真性情，「**詩的依附與珍藏／是唯一美麗的交會**」。所以，要流浪的持續流浪，「**浮木持續波漾隨遇而安的自在**」；要安居的固守安居，「**燈塔不息傳遞光暗輪迴的訊息**」。如是，二者各自達成人生自我實現，完成今生今世所要實踐之大業。賞讀〈歡喜收穫——賀愚溪先生五五誕辰〉。（註二）

你在五十五個春天播種
所以人間大地
今日歡喜收穫

年少時在欖仁樹下的沉思
長成時在和南淨土的頓悟
赤子心捕捉著生命的鏡頭
智慧眼觀照出原鄉的奧義
所以不管任何角色的扮演
不管是心靈的裁縫師或提琴手
你皆如懸掛在寺院飛簷的風鈴
可隨心飄動
可隨風止息

袍修羅蘭拱築了藝術的殿堂
紫金寶衣加持為心靈的淨瓶
十方詩鈔鏤印成文學的經典
一一一卷軸舒展如生命的恆河
渾樸陶塑的究竟圓滿
不退風帆的水晶剔透

琳瑯的禮物
眾人的歌聲

匯集成愉悅的讚頌
亭上溫煦的春風
東海遙遠的濤聲
也未錯過趕集於這個盛會

在每一個春天的元宵
你溫潤播種
而讓大地歡喜收穫

和南月光遍灑
皓潔了虔誠的祝福

元宵燈火輝煌
璀璨了普天的歡慶
文字是不滅的種子燈焰
點燃火樹銀花的光照與顏色
為你齊聲亮麗歡呼……
生日快樂

詩人以禮讚朋友一生的努力和創作成就，做為五十五歲誕辰的祝賀。「你在五十五個春天播種」看似平常詩句，卻是極大之頌揚，表示愚溪從小到大都懂得要播種（種因），才有日後的歡喜收穫（結果）。一開始詩人再暗示因果論，不種善因，就沒有善果收成，這是詩人的開示，再一次在詩中講經說法，讀者是否領悟了？

重要的是，這詩是對老友愚溪而發，也暗示愚溪很早就對佛法中的因緣、緣起、因果等真理，是有天賦的，呼應了他成為著名詩人、僧人的必然。從年少欖仁樹下的沉思，到智慧觀照出原鄉的奧義，或許就是命中註定，加上自己努力追尋，這個「原鄉」是他人生終極的原鄉，許多人在找尋這個原鄉（第九章續述）。

這首詩提到愚溪的文學重要收穫，是幾部經典作品。《袍修羅蘭》是一部小說，以詩的哲學和散文意趣，透過佛法所述宇宙七大元素，混沌的「地」、流暢的「水」、明亮的「火」、氣息的「風」、虛無的「空」、繾綣的「見」和欣喜的「識」，匯集而成的大千世界，來敘述一個優美而動人的故事。

《紫金寶衣》是雙軌進行的故事，有善財尋師訪道的過程，描繪師生之情。又有「紫金寶衣」的動人故事，傳達朋友之義，以誠摯的文學意象，勾勒生命豐厚的美感與心意。可以這麼說，他五十餘部作品中，有些轟動兩岸，例如《袍修羅蘭》是金鼎獎，由大陸古琴家成公亮譜曲，在神州大地多次演出，具有不凡的意義。他拿過的文學獎更不知道有多少？國內的，國際的，作品譯成英、法、蒙等文，在世界各地流通。

綠蒂詩寫愚溪，另如〈風的故事——記愚溪詩樂〉，「**永恆的星燦／是原鄉風帆不退的航向**」。（**註三**）又如〈隨心飄動的風鈴——致愚溪先生〉，「**是新宇宙的觀照者／是大自然的魔法師……**」。（**註四**）如是之詩頌友誼，已然是當代及未來詩壇的佳話，必也成為代代流傳的故事。

貳、綠蒂與成公亮

成公亮，一九四〇年生，二〇一五年七月八日謝世。上海音樂學院畢業，是中國古琴大師，中國「文化傳承人代表人物」之一，國際上也很有知名度。綠蒂詩寫成公亮的詩有三首，如〈洞庭秋思——成公亮教授古琴演奏〉，「從古老的唐宋／從遙遠的洞庭／七絃琴音款款走來……」。（**註五**）另一首〈永恆的憶念〉也是詩寫古琴演奏，「來自千年古琴的樸拙／來自詩人文采的流觴……」。（**註六**）筆者不懂古琴，只能從詩人記述感受成教授成為文化傳人的理由。賞讀一首〈箏影〉。（**註七**）

用靈感的纖線
放一條會飛的魚
擁抱如海藍闊的蒼穹
放一隻會讀詩的丹頂鶴
載負夢想
成為天空的重量

我與古琴大師
合力打開一本海天的書
遍尋不著隱入雲翳的箏影
只聞振翼的風聲
迴響在不著一字的湛藍扉頁

風起風落
亂流的刀刃

割斷縭線的牽掛
淋浴的
是陽光
還是陰霾
是回歸的丹頂鶴
還是迷途的飛魚
一樣未曾記住雲彩
一樣未曾帶回任何風景

只有晴空遠瞻
把夏日山城
鳥瞰成一身幽閒的身影

註：古琴大師為四川成公亮教授，二〇〇四年新年有緣與其在東海海邊同放風箏。

成公亮一九四〇年生，綠蒂一九四二年生，二〇〇四年兩位年已六十幾的「老小孩」，能擁赤子之心，一起到東海海邊放風箏，是人生珍貴值得回憶的經驗。「**用靈感的纖線／放一條會飛的魚……我與古琴大師／合力打開一本海天的書**」。真是好大一本書，海天是一本書，表示宇宙也是一本書，弦外之意是兩位都能心包太虛，他們都破除了大小的分別心！

成公亮和愚溪也是有緣文友，愚溪的《袍修羅蘭》，由成公亮古琴套曲，兩度在大陸公演，象徵兩岸作家和音樂家之間的友好合作，塑造兩岸和平共榮的範例。

成公亮先後師承梅庵派大師劉景韶和廣陵派大師張子謙，在演奏技法上有更多繼承廣陵琴派風格，這個琴派有三百年的歷史，善于變換指法。他重要作品有《鳳翔千仞》、《遁世操》、《孤竹君》、《忘憂》、《文王操》等古譜，而《文王操》則是電視劇《孔子》的主題曲。

參、其他：綠蒂與鄭愁予、余光中、馬悅然、蔣芸

綠蒂寫詩半個多世紀，擔任過很多文藝界要職，如中國文藝協會理事長、中國青年詩人聯誼會總幹事、世界詩人大會主席，舉之不盡（詳見書後年表）；另他創辦的文藝雜誌刊物，如《野風》、《中國新詩》、《野火詩刊》、《文藝沙龍》、《英文中國詩刊》、《秋水》等，

有些已無從查考，這些當然並非一人可以成就，都是結合一群文友才能共成大業。所以，綠蒂這輩子所結交的兩岸文友，只能以不計其數說，文壇上大家都知道綠蒂的「人脈」通四海，他的友誼詩寫太多了，本文只能隨機取樣數首。賞讀〈波士頓的下午茶〉。（註八）

衛星導航迷路的午後
驅動的車輪像達達的馬啼
依然 停歇在美麗的錯誤
一家名叫「香港」的越南小館
旁落在舖滿槭葉的青石磚道
鄭愁予說不記得位置
只記得欲紅未紅的兩行街樹

梅芳把越南菜點得十分中國
在沒有酒牌的餐坊
金門高粱偷渡成桌上的主題

礦泉水的顏色掩藏不住跌落的酒香
迆邐成偶遇的異國風情
斜落秋陽的暖度
微醺了馬悅然的煙斗與風趣
基隆港灣與礁溪溫泉
猶記著驛站寄旅的迴流

余光中的溫雅
素描著中山大學有燈塔的窗景
以及廈門街舊居的一棵老樹
午後的溫陽
灑落在詩集的臉龐
茶聚未散　依依晚風
已對波士頓城優雅的背影告別

註：記深秋十月與鄭愁予夫婦、余光中、馬悅然教授在波士頓城小館餐敘。

這詩中出現當代中國文壇藝界三大天王級人物，鄭愁予、余光中和馬悅然，筆者就不再贅述他們一生的創作大業。舉凡中國人（含台灣、海外）多少知道他們的藝文事業，不知者亦恆不知。

「梅芳把越南菜點得十分中國」，這樣的詩句可以讓人大作文章，有很多文外之意和想像空間。照理說，越南菜就是越南菜，怎會「十分中國」呢！暗示之一，海外有很多中國人，大家還是愛吃中國菜，依市場導向法則，各國餐館都要有中國菜，否則只好關門大吉。暗示之二，越南菜已「中國化」，乃至是「全球中國化」的徵候嗎？暗示之三，余光中等一行，雖然到了異國，還是愛吃中國菜，中國人嘛！改不了五千年養成的習慣。

「金門高粱偷渡成桌上的主題」也有暗示，酒可以偷渡，其他很多東西都可以偷渡，美國是「偷渡大國」嗎？再者，詩題明明是波士頓的下午茶，詩中卻不少台灣意象，基隆港灣、礁溪溫泉、廈門街舊居、中山大學。表示這幾位大師都有濃濃的鄉愁。「鄉愁」也是綠蒂作品中的核心意象（詳見本書相關鄉愁各章）。賞讀〈故事—兼致蔣芸〉。（**註九**）

從文藝沙龍開幕的海報
到龍思良設計的廣告火柴
那盞緩緩滴流的油燈
已古董成遙遠的歷史
從瀟灑不拘的敖
到狹長朱紅的橋
都沉澱成發黃的記憶
若欲翻閱
必須陪以小心翼翼
免使乾裂的信箋為風飄走
兩杯酒精燈自煮的咖啡
一個燃燭促膝的不眠夜
都讓你那張 Jhon Baez 三十三轉的唱片
低沉而醇厚地
給典藏至今

也許，你也曾欠了別人

但我卻欠了你無法償還的許多
只為你曾留繫過風的腳步
只為你曾說：
擁有了愛，你還奢求什麼？
筆尖沾上熠熠的銀色星光
字跡依然雅俏娟秀
雲守望的詩情
仍在小小的孤獨湖畔幽居

償還不了積欠數十年的那些
只將借據壓在這詩集的最底頁
讓它隨歲月孳息
等你那日再來領取
那份飄泊的眼色
那首祝福的小詩

真正的好朋友沒有誰欠誰的問題，「士為知己者死」，能相知相惜，獻出老命都是小事。

歷史上有很多案例成為千秋典範，如：管仲和鮑叔牙、荊軻和樊於期、左伯桃和羊角哀、焦贊和孟良、孫策和周瑜、顧貞觀和吳漢槎、李白和杜甫，乃至劉關張桃園結義等，雙方都無怨無悔的付出，生命亦可獻給朋友，不存在誰欠誰的問題。

〈故事〉中詩句「**也許，你也曾欠了別人／但我卻欠了你無法償還的許多**」。這當然是詩人的謙卑和客氣，以及對朋友的讚頌。筆者並不知道綠蒂和蔣芸過往相交情形，但綠蒂在一九七二年（民六十一）創辦「文藝沙龍」，蔣芸可能幫了忙。所以詩曰：「**償還不了積欠數十年的那些／只將借據壓在這詩集的最底頁／讓它隨歲月孳息／等你那日再來領取……**」。詩是要記憶的，友情詩寫，友誼芳香千古流傳！

台灣文壇上流行著一個「傳說」，謂綠蒂為了辦詩刊等文學活動，把一棟房子賣了，因為在台灣搞文學必定是「虧本生意」。筆者並未刻意去查證，但這個「義行」必然與綠蒂的友誼詩寫，成為台灣詩壇的一段佳話，在中國詩歌文學史上，永垂不巧的流傳下去！

註釋：

註一：綠蒂，〈浮木與燈塔——我與愚溪〉，《綠蒂詩選》（台北：台灣商務印書館股份有限公司，二〇〇六年十一月），頁一〇一—一一二。

註二：綠蒂，〈歡喜收穫——賀愚溪先生五五誕辰〉，《秋光雲影》（台北：普音文化事業股份有限公司，二〇〇八年九月），頁一二〇—一二三。

註三：綠蒂，〈風的故事——記愚溪詩樂〉，同註二，頁五二—五五。

註四：綠蒂，〈隨心飄動的風鈴——致愚溪先生〉，《夏日山城》（台北：普音文化事業股份有限公司，二〇〇四年六月），頁一三八—一三九。

註五：綠蒂，〈洞庭秋思——成公亮教授古琴演奏〉，同註四，頁七六—七八。

註六：綠蒂，〈永恆的憶念——成公亮教授古琴演奏〉，同註四，頁八〇—八二。

註七：綠蒂，〈箏影〉，同註四，頁一一八—一二〇。

註八：綠蒂，〈波士頓的下午茶〉，《北港溪的黃昏》（台北：普音文化事業股份有限公司，二〇一七年六月），頁七八—七九。

註九：綠蒂，〈故事—兼致蔣芸〉，《泊岸》（台北：躍昇文化事業有限公司，民國八十四年七月），頁一四六—一四八。

第四章　五齣愛情展演劇，詩說

二〇一九年台灣區高中生作文考試題目：「問世間情為何物？」在數十萬考生中，只有一篇在多位評審老師公評之下，給了滿分，也就是作文一百分。這真是古今少有的事，到底這篇圓滿作文說了什麼？（註一）

> 問世間情為何物？汽車渴望公路，花草渴望雨露，靈魂渴望超度，心靈渴望歸宿，而我則——迫切渴望有個媳婦。眾裡尋她千百度，踏平腳下路……人生本來就短促，我又怎能就這樣默默地虛度？為了盡快給自己找一個歸宿，我決心……作文便就此打住，
>
> 問世間情為何物？佛曰：廢物，廢物！

這是網路流傳的文章，可能是大陸地區的高中生作文，因為只有大陸有些地方稱自己

太太「媳婦」。但我看中的是最後總結「佛曰：廢物，廢物！」表示這位高中生告訴世人「世間愛情是廢物」。我們這些「大人們」，你可能不認同這孩子的說法，佛也沒這樣說，但佛在《金剛經》說三千大世界都是「微塵、假相」，廢物和微塵差別何在？愛情是廢物嗎？卻不得不讓人一輩子都在思考，大家都在尋尋覓覓，想要得到愛情！道理何在？

基本上，我是假設眾生（含人以外各種動物），都有不同程度愛情需求的理念。例如，猩猩、獅子、大象……等，多少也有牠們愛情的表達方式，並非完全是交配行為可以解釋，眾生愛情表達都不一樣。單就人類這部份，相信各民族因文化差異，愛情表述也是很大不同。電影、小說等常看到這種差異情節，中國女性會以感恩圖報的形式表達愛情，西方女性則不如是，西方女性不僅將從一而終的感情與性愛分開，也不會因被解救而獻身，作為報恩的思維。很明顯的，中國文化走的是浪漫主義，大家希望以喜劇圓滿收尾；西方文化走的是現實主義，人們感動於悲劇或反諷來收尾。（註二）這只要看過幾部中國和西方文學名著，就能清楚領悟到不同民族的人，對愛情的理念和表達都不一樣。

單就台灣區這小塊地方的詩人群像，愛情觀和表達也是百花齊放。筆者研究過陳寧貴、劉正偉、林錫嘉、許其正、莫渝、鄭雅文、曾美霞、葉莎、范揚松、莊雲惠、一信等，從這些詩人所出版的詩刊創作文本，都可以找到他們或顯或隱的愛情觀，因為詩人最善於把愛情藏在詩裡。有的詩人更善於玩「躲貓貓」，把愛情緊緊的藏住，惟只要用心找，一定可以找出詩人在「金屋」裡藏了什麼？

本文就是要從綠蒂用詩構築的「金屋」中，找尋他藏在金屋裡的愛情，到底浪漫唯美的長像如何？才發現他藏得很緊，比我研究過的詩人都緊，很不容易發現。證明綠蒂一貫的創作手法「含蓄」，「不著一字，盡得風流。語不涉己，若不堪憂……淺深聚散，萬取一收。」（司空圖《詩品》）。按愛情的存在和可能的變化，將其展演方式區分五種。

壹、愛情展演（一）：創造愛情理想國

絕大多數人都知道愛情難得，就算已經得到，讓你緊緊的抱在懷裡，緊握在自己手裡，其「保鮮期」也是極短，很快就會過期、腐壞，乃至滅空，承受不住失去的痛苦的人，可能跳海跳樓或造成更大傷害。是故，各類詩歌文學中的愛情展演，創造愛情理想國應該是最多最普遍的形態。如綠蒂這首〈車上的畫像〉。（註三）

是一首幽美的小詩
你的名字，每次我輕輕朗誦的時候

天上總有一顆星子為你發亮，為你失落
你長長的睫毛是網
是用無數春天的纖維含蓄地編織的
緊緊地網住了我整個記憶
你那秀髮上不用裝飾的芬芳
就似來自故鄉的遙遠的氣息
長夜地攪亂了我稚氣的睡夢
……
你的眉毛淡淡的
淡淡地掃落我善感的憂鬱
……
你的心胸是滿風的銀帆
載滿綠郁郁的希望與記憶
……

你的靈魂之窗是自己發亮的恆星
是富詩意的茵夢湖
深邃的予我無限的靈感
你的淚珠就像嵌在花朵上的露珠
它滾動時
總令我記憶蒙上一層紗霧
令我疑惑以往我為何是那雲
那喜愛浪遊四方的雲
你的腳步如早臨的春
復活了凝固已久的大地脈搏
踩綠了滿街枯萎的落葉
而你背影消失在小巷的盡頭時
無聲的祝福將隨你迆邐而去
玉！只有你的小手才是柔美而真實的世界
擁有它的時刻

如果我仍是清醒的
我將清醒地為拿破崙獲得的貧乏悲哀
你的話語像朵朵的浪花
像滿天飛絮的白雲
為海的藍裳鑲上純白的花邊
為山的沉默配上適度的點綴
那我就不再如此說的
說遠處的太迷濛，近處的大陌生

你的臉色像九月的晚天
映紅了我長遠的凝望
唉！就是太明亮了些
該剪片朦朧的雨絲做你面紗
否則在你掀動腮邊的小酒窩時
我總忘卻我該為自己造作塑像

去屹立在詩的國度裡
你小巧的鼻樑
挺秀地立在維納斯之上
而令我端莊地悟及距離的美
你的腰纖細地令秋天寂寞起來
……

而你的微笑呢
原諒我的無能吧
那是筆所無法描繪的
因那不屬於莫娜麗莎的
而似笑非笑的嘴角
卻將我年輕的矜持悄然溶化
……

這首早期作品，是我讀到綠蒂千首詩中最長、意象最繁複的一首詩，共有一百零七行、七大段之譜。詩中對所愛之人的眼、耳、鼻、舌、身、意等全身各部作特別描述，也等於提出愛人必須俱備的條件（水平、境界），這是愛情理想國宣言詩，乃至是幻想。當然，也可能是一個叫「玉」的初戀情人，留下一生唯美、浪漫的回憶。

整體內涵上，這首詩融合浪漫主義、唯美主義和理想主義三大意涵。但詩人為何有如此浪漫唯美的作品，通常和年紀有直接關係，這首詩收在一九六三年（民 52）由野風出版社出版的第二本詩集《綠色的塑像》，時年二十二歲。大多數人在少年到二十多歲期間，內心充滿幻想或可謂是理想，這是生物成長過程，很少有例外，詩人又是天生最多情的物種，幻想理想體現於詩創作內涵，就是浪漫唯美的詩。這種風格的內涵，會隨著年紀成長而消失，到了三十多歲幾乎就是浪漫唯美的「終結者」。

這其實也是人類這物種成長的必然過程，隨著歲月經久歷練，日愈看到人性的種種「真相」，以及自己身歷實境的經驗教育，自然會變得日愈理性與務實，乃至成為「現實主義」者。在筆者所有研究過海峽兩岸的詩人，能寫出最浪漫的情詩，都在二十多歲時，過了三十歲雖仍有情詩創作者，已遠離了浪漫唯美和理想主義，而趨向理性與務實，綠蒂當然也是。

這首詩的浪漫唯美內涵意境，大約可以比美徐志摩在前期(和陸小曼結婚前)的情詩，但在情境描述的用詞技法可謂前無古人，後亦難有，顛覆了物種進化原理！打破了所有的常情常規。「你的腳步如早臨的春／復活了凝固已久的大地脈搏／踩綠了滿街枯萎的落葉」。已經「死」在地上枯萎的落葉，給愛人一踩就「綠」了回來，真的荒唐的太超現實了，這就是愛情的神力。愛情可以無所不能，有如觀世音菩薩的淨瓶水，可使埋入土裡的人參果重新長回樹上，使結局圓滿。

愛情到了一定境界都是超現實，成為美麗的科幻世界。如「你的名字，每次我輕輕朗誦的時候／天上總有一顆星子為你發亮，為你失落」、「你的靈魂之窗是自己發亮的恆星」，都是在幻想愛人的圓滿和高貴，「只有你的小手才是柔美而真實的世界」，三千大世界裡，只有愛人是真善美，別處沒有，只有愛人是真實的，其他皆虛假。這是對愛情、愛人最高境界的讚頌吧！限篇幅不多列舉說明，讀者可自行賞閱論證。

貳、愛情展演（二）：眞情告白

告白可以對人說也可以內心獨白，說明白講清楚是也，到底你把愛情當寶物！還是當廢物！這是很多戀愛中人要過的一關，以使事情盡快能「修成正果」。至少也表達自己對

愛情的誠實，以獲取對方信任。賞讀〈秋分的兩樣禮物〉。（註四）

一生中的兩樣珍藏
水晶和愛情
同樣是晶瑩剔透
同樣會蒙塵暗晦

美麗的秋分日
獲贈一只精緻的水晶花瓶
它有可掌握的冰潔
也有可懷抱的璀璨

它是非賣品
無法價量
同一個秋分日

收到一則遠方淡淡的告別
它有無法掌握的冰冷
也有無法懷抱的遙遠
它也是非賣品
無法價量

同以愛心珍惜呵護
一個儲放於有燈照的透明櫃
來折射眩亮的稜線
一個要以書寫隱喻在精裝的詩冊
來典藏不滅的心靈燈焰

詩人將愛情和水晶等同齊觀，二者屬性相同，晶瑩剔透和蒙塵暗晦，有感性有理性，也是向愛人告白，會將她如水晶般呵護。但二者的重要性還是有差，水晶「**儲放於有燈照的透明櫃／來折射眩亮的稜線**」，它只是放在客觀世界，「心外空間」的櫃子裡，有燈光照射，供人觀賞，無論如何仍是心外之久，遲早滅壞成空。

而愛情「**要以書寫隱喻在精裝的詩冊／來典藏不滅的心靈燈焰**」，愛情是主觀世界，「心內空間」的靈魂深處，以詩歌文學的外形表達出來，成為不朽的經典，流芳百世，即等於典藏不滅的心靈燈焰。如同現在我們讀《詩經．關雎》愛情名篇，幾千年了，那愛之火焰依然在每個時代，鼓舞眾生勇於追尋愛情。賞讀〈這一生〉。（**註五**）

一粒砂子
能漫起滿天風塵
一顆種子
能長成蓊鬱森林
一片白雲
能遊走無限天空
一朵浪花
能掀動整個大海
一個微笑

已佔據我全部心靈

給我千手
也不能寫出更多更美的詩篇
給我千眼
也不能看到更遠更闊的世界
給我十輩子人生輪迴
也不能當你更甜蜜更無私的奉獻
因為我這一生
為你全心傾注的愛　已然豐沛足夠

最後一行是全詩的靈魂，「因為我這一生／為你全心傾注的愛　已然豐沛足夠」，其他是多餘的，只是用於比喻詩人一生對愛情的渴望，詩人很容易受到愛情的感動，你的一個微笑就能佔據我全部心靈。

這首詩的解讀也可以昇華到精神上的愛情，如「梅妻鶴子」的愛，詩人把愛傾注於詩，詩是詩人的愛情。這似乎也很合乎現狀，綠蒂這輩子傾注於詩的愛，評估起來可能多於愛情。在〈一生中的兩樣〉一詩前半部，與〈秋分的兩樣禮物〉情境相同。（註六）也是表達愛情的永續性。

參、愛情展演（三）：把性愛藏在詩的花叢中

性愛，分開是「性」和「愛」，我等凡人的愛情通常必須性愛合體，才能產生愛情。至於柏拉圖式和梅妻鶴子的愛情，是世間稀有之存在，不屬於吾等凡夫所能為也。所以，性愛（含想像）是愛情的「酵母」，是情詩最基本的內涵，完全抽離性愛，即無愛情，也寫不出可以誘人動人的情詩，這應該已是基本常識。

按弗洛伊德（Sigmund Freud,1856-1939）理論，人類的性慾就是一種Libido（譯生命力），所有文化、文學、詩歌、藝術等，都是「生命力」發展的結果。（註七）以《情人》一書風行全世界的莒哈絲（Marguerite Duras）這麼認為：激情，帶領情人超越日常生活的單調乏味，唯有愛，才能與死亡抗衡，才能對付惡，才能抵擋生命中的厭煩，世界上沒有一種愛可以取代愛情的愛。（註八）凡此都證明本能「生命力」對人生，對兩性正常關係的建立，尤其對愛情，有強大的影響。

前面說過綠蒂創作把握得極含蓄，豐富的感情在詩裡藏得無影無跡，何處捕捉性愛的影子？仔細挖，能挖出一些暗示，如〈最末的一個秋〉，「美麗不是天生的錯誤／逾越的愛也非罪惡」。（註九）這「逾越的愛」是什麼？賞讀〈風的祝福〉中間段落。（註十）

唇上櫻桃色的呢喃
長長的睫，在回眸中
閤起夜的千眼
閤起所有燈光的流盼
夜就成為純粹的黑
成為溫柔的一切

激情的烈焰
在風的喘息中
熄弱成微微星火
依舊，這夜中唯一的璀璨

是你不曾哭泣的
無悔青春

晚上所有燈都熄了，「唇上櫻桃色的呢喃／長長的睫……」這場景好像在牀上，男人啊！你只會看看她的櫻桃小嘴嗎？「激情的烈焰／在風的喘息中……」這就夠清楚了。賞讀一首一夜情之愛，〈普吉島之夜〉。（註十一）

將一海躍動的藍
還給攬盡青翠的山色
將一夜無言的溫柔
還給卸裝後依舊豐潤的唇
我乃是低迴投向波光的
孤飛海鷗
往事就拖曳成汽艇後的浪花
不須藉口的

翻滾飛逝
在拂面不寒的風中
向誰問起
鍾愛的花朵
為何只盛開一夜
豐盈的體貼
為何只纏綿一刻

這裡的性愛暗示也不難查覺，「將一夜無言的溫柔／還給卸裝後依舊豐潤的唇……」在第二段「鍾愛的花朵／為何只盛開一夜／豐盈的體貼／為何只纏綿一刻」。一夜情是很多人的故事，不論真實或想像，也是很多作家的題材，這首普吉島之夜寫得很真實。一夜情是愛情嗎？

肆、愛情展演（四）：修成正果，結婚！愛情死亡

西方俚語說：「婚姻是愛情的墳墓」。這是大家常聽到的，也認為是，但為什麼大家死命的談戀愛，追求所愛，努力修成正果，結果就是讓愛情加速死亡？實在是很矛盾的事。民國以來的「情詩聖手」、愛情至上的大詩人徐志摩，追陸小曼寫的情詩至今仍是典範，無限浪漫唯美。但與陸小曼一結婚，幻滅之感馬上從心生起，瞬間轉成悲劇。對這種婚前婚後快速變局，梁實秋先生曾有一段話可視為評論。（註十二）

> 志摩的單純的信仰，換個說法，即是「浪漫的愛」。浪漫的愛，有一最顯著的特點，就是這愛永遠處於可望而不可即的地步，永遠存在於追求的狀態中，永遠被視為一種極聖潔高貴極虛無縹緲的東西。一旦接觸實際，真個的與這樣一個心愛的美貌女子自由結合，幻想立刻破滅。原來的愛變成了恨……

徐志摩死後，後人對他的婚姻有不少討論和批評，無論他多麼失敗！也是愛情展演變化面貌的一種。綠蒂的詩極少寫到婚姻，只有這一首〈祝福的邀約〉。（註十三）

在沉澱的潮聲中
愛語凝結為珠貝中最晶瑩的絕響

出岫的雲　終在
風的港口繫情泊岸
相約　把彼岸的異鄉
繪寫成萬家燈火的溫柔等待
相約　把將臨的歲月
典藏成詩集末篇的鶼鰈情深

華美的詩情點亮起秋末向晚
攜著您的祝福
光臨我的婚宴
來讀取在尋尋覓覓之後
我對生命瑰麗的答語
這是誠摯般切的邀約

「我愛妳」如浪潮始終不知道向誰說，現在終於把感情沉澱，情「定」了下來，向愛人說了出口，「愛語凝結為珠貝中最晶瑩的絕響」。就如飄出山谷的雲，在一個安定的港口泊岸。從此以後，白頭偕老，鶼鰈情深是兩人共同的期許。

邀請了親朋好友，「**攜著您的祝福／光臨我的婚宴／來讀取在尋尋覓覓之後／我對生命瑰麗的答語**」。請大家來見證並理解，詩人是經過「尋尋覓覓」的，得之不易。體現詩人追求愛情的渴望，愛情展演的收穫是修成正果，若能將愛情永保新鮮，才是詩人的浪漫唯美。

伍、愛情展演（五）：變調與幻滅

高中時讀物理，老師講過一個大科學的定理，意謂世間萬事萬物都是趨向壞滅前進，不可回逆的。長大後接觸到佛法，不論大師說或經典記載，也都這樣言說，冷靜想一想，應該也是。有一回和朋友去買衣服，朋友看到一個品牌說「這種不好，穿久了就壞。」我反問他：「那有什麼東西是經久不壞？」他若有所悟。

愛情也好婚姻也罷！其實保鮮期都很短，這是「物理」，更是「人理」，說白了也沒啥好困惑的，一切都是緣起緣滅。只是人們很難透澈理解「緣起法」，在愛情變調至壞滅間，會感受到許多煩惱或承受不住的痛苦。賞讀〈守候的夜晚〉。（註十四）

沒有序曲
沒有餘音
耗盡應屬剪燭的浪漫
縱容傷害心情的演出
構寫著無終曲的樂章

窗外的流星
辨不出休止符的方位
心中各自擁有的滄海桑田
波瀾洶湧
無法匯流為共鳴
爭論不成悠揚的音符
冷戰不是即興的溫柔

當音樂歇止後
能否只期盼
一點裝扮的笑容

一盅烈酒的溫暖
來融化無名的冰冷
床首的燈光
不為誰點亮
鏡檯上的玫瑰
單調成現實的質問

離別和相逢一樣
是不須理由
也不須詮釋
且把邂逅的夜雨
和曾經的擁有
風乾成沒芬芳的花瓣
壓夾在這守候的夜晚

夫妻或情人吵架，都是無厘頭、沒頭沒尾，也沒有合理的解釋，婚姻專家都說夫妻間「談情不談理」。大家都無「理」，事情就難辨了，「沒有序曲／沒有餘音」，雙方都堅持己理「縱容傷害心情的演出」，使兩造心傷更深，加速變調與壞滅而未自知。

有時吵架會持續很久，冷戰數天，雙方都拉不下臉來認錯或說句好話。「**心中各自擁有的滄海桑田／波瀾洶湧／無法匯流為共鳴……**」冷戰持續，乃至熱戰和冷戰交互展演，最可怕是歹戲一拖數月或數年。

幸好，詩人的愛情展演算是很溫和的，兩人只要「情」還在都好辦，還能期待「**一點裝扮的笑容／一盅烈酒的溫暖／來融化無名的冰冷**」。吵架過後，能「裝扮」出一點笑容，表示事情已和緩下來，雖然「床首的燈光／不為誰點亮」，至少兩人仍躺在一張床上。「床」是夫妻和解、和好最佳的道場。

但這齣愛情展演的結局，並非和解和好。「**離別和相逢一樣／是不須理由／也不須詮釋……**」。**因為一切的解釋都不是**「**完全解釋**」，只會越描越黑，相信多數夫妻或戀人都有這種經驗。這守候的夜晚，很難熬！另一首〈告別你棄守的孤城〉也是類似情境。（**註十五**）

當曳地的白紗
步上紅毯的彼端

飛花喧嘩的盛宴裡
……
緣盡而餘韻香醇
如杯中的凍頂烏龍
你純潔依然
飄逸如窗外飛雪

從緣聚到緣散，展演著千古以來的愛情悲喜劇，問世間情為何物？眾生各有定見。寶物耶！廢物耶！大情聖、大詩人徐志摩是這麼說的：「我們靠著活命是愛情、敬仰心和希望。」「戀愛是生命的中心與精華；戀愛的成功是生命的成功，戀愛的失敗，是生命的失敗，這是不容疑義的。」（註十六）讀者以為呢！至少筆者是不認同的，世間事都有不同面貌、意義和價值，牛頓三大定律也不是四海皆準。例如，德雷沙修女、吾師父星雲大師，他們一輩子沒有談戀愛，更沒有愛情或婚姻，但他們生命的成功，想必是古今少有的，可能是空前絕後的，他們是已經進入「聖位」的人，已非凡人。

而我等凡人、俗人，談戀愛，享受愛情的滋味，依然是難以抗拒「致命的吸引力」，不可抗拒的「爽」。這是人類的生理需求，如同吃飯，誰能不吃飯？愛情也是自我實現的一個「關卡」，得與不得，對生命、對人生，都有重要意義。

註釋：

註一：這是在網路上流傳的文章，趣者可自行查閱全文，相信不難查知。

註二：劉滌凡，《長生不死與愛情的抉擇》（台北：文史哲出版社，二〇〇五年九月），第七章〈結論〉。

註三：綠蒂，〈車上的畫像〉，《綠色的塑像》（台北：野風出版社，一九六三年十一月），頁四二—四九。

註四：綠蒂，〈秋分的兩樣禮物〉，《秋光雲影》（台北：普音文化事業股份有限公司，二〇〇八年九月），頁八六—八七。

註五：綠蒂，〈這一生〉，同註四，頁一四四—一四五。

註六：綠蒂，〈一生中的兩樣〉，《春天記事》（台北：普音文化事業股份有限公司，二〇〇三年四月），頁五四—五七。

註七：彭歌譯，《改變歷史的書》（台北：純文學出版社，民國六十四年五月卅一日），頁二六八。

註　八：瑪格麗特・莒哈絲（Marguerite Duras），繆詠華譯，《懸而未決的激情：莒哈絲論莒哈絲》

（台北：麥田出版，二〇一三年七月），頁一六六。

莒哈絲，法國女作家，一九一四年生，一九九六年逝於巴黎。一九八四年，以《情人》一書獲法國龔古爾文學獎，暢銷世界各國，《情人》乃成為普世皆知的浪漫傳奇。

註　九：綠蒂，〈最末的一個秋〉，《泊岸》（台北：躍昇文化事業有限公司，民國八十四年七月），頁一一二—一一四。

註　十：綠蒂，〈風的祝福〉，同註九，頁一〇〇—一〇一。

註十一：綠蒂，〈普吉島之夜〉，同註九，頁一四四—一四五。

註十二：劉心皇，《徐志摩與陸小曼》（台北：大漢出版社，民國六十七年八月十五日，二版），頁一五六—一五七。

註十三：綠蒂，〈祝福的邀約〉，《風的捕手》（台北：秋水詩刊社，民國八十九年四月），頁一八一。

註十四：綠蒂，〈守候的夜晚〉，同註九，頁二八—二九。

註十五：綠蒂，〈告別你棄守的孤城〉，同註一三，頁六八—七〇。

註十六：金尚浩，《中國早期三大新詩人研究》（台北：文史哲出版社，民國八十九年七月），詳見第三章，第四節第三款。

第五章　弔古悼今：屈原、古丁與覃子豪

詩人情感豐富，對已故乃至歷史上的詩人同道，總是懷念特別多，多少有些弔古悼今作品，綠蒂亦是。本文僅舉綠蒂詩作之古今三大名家。屈原是偉大的詩人，自古以來就是歷代詩人緬懷的對像。

而古丁和覃子豪都是現代詩人，惟古丁謝世至今（二〇一九）已三十八年，覃子豪則已五十六年，對台灣詩壇貢獻至鉅者，唯此二位大師。筆者試圖利用賞閱綠蒂作品的難逢機會，再邀請二位詩壇前輩「重出江湖」，再一次站上筆者所構築這詩壇一方舞台的正中央，並簡述他們一生之文學大業，禮讚他們精神永垂不朽！

壹、綠蒂，〈告白—悼古丁〉，古丁簡述

古丁（一九二八—一九八一）。（註一）本名鄧滋章，湖南瀏陽人，一九二八年元月二

十八日生，一九四九年隨政府來台，一九八一年元月二十七日辭世，得年五十三歲。古丁是中央防空學校畢業，歷任軍職。

一九四七年開始寫作，一九六二年與王在軍、文曉村、陳敏華等前輩詩人合創《葡萄園》詩刊，並擔任副總編輯。又先後創辦《中國英文詩刊》、《秋水》詩刊及《中國風》雜誌。曾任《食品工業》月刊編輯，曾獲國軍新文藝金像獎長詩將及理論獎。

古丁創作文類有：論述、詩、散文、小說。古丁作品是對所處時代的理解、貢獻和責任感，他心中充滿對中國的熱愛和表白，同時不忘對大自然的禮讚。他雖壯年早逝，但有涂靜怡這樣的女弟子，為他把《秋水》詩刊守護一輩，他應含笑九泉了。以他對中國文壇的貢獻，他不僅永住中國文學史，也應是西方極樂世界有道修行者。

綠蒂和古丁的因緣很早，一九七三年（民六十二）九月，綠蒂、鍾鼎文和古丁合創《中國英文詩刊》（Chinese Poetry）；次年元月，綠蒂、古丁和涂靜怡共同創辦《秋水》詩刊。對於這樣的文學事業夥伴早逝，綠蒂當然是萬分感傷，賞讀〈告白—悼古丁〉。（註二）

任誰也喚不醒
你親手雕塑的冰冷

匆匆地
你寫下這個
不該有的
END

垂淚的雨絲
嘆息的寒風
哀傷的黃白菊花
鋪你冷冷的歸程

你已不能，像往昔
為一個意象的詮釋
為一個小小的，偏誤了的感性
來做長夜秉燭的爭論
才知，你理想的城

已在喧嘩中遽然孤絕

下一個春天
你已不再需要
越過黃昏
越過那些疏落的白楊
依舊，要帶份懷念去看你
你已毋須，掙扎地立起
橫看，豎看
我只知，古丁
暗地裡，你依舊昂昂獨立

全詩充滿感傷、懷念和敬仰的氣氛。「任誰也喚不醒……」無論何種原因，走了就是走了！讓詩壇諸友傷痛的是走在不該走的時候，以及走在身體健康的中年；還有，「嘆息的寒風」，詩句是一個質疑伏筆，嘆息怎會有「寒風」？詩壇上流傳一種說法，古丁辦《中國風》雜誌得罪某些人。設計一個車禍，他被車從後面撞死，這種「陰謀論」始終在流傳著，詩壇中人大多聽過。然而，老兵來台，孤家寡人一個，誰能為他奔走呢？就像「二二八」也死一堆「外省人」，他們無親無故，誰能替他們申冤呢？

只有詩友的懷念嘆息，「你理想的城／已在喧嘩中遂然孤絕」。這個「理想的城」，是《中國英文詩刊》、《中國風》和《秋水》詩刊，前二者隨著古丁逝世而結束，只有《秋水》維持了四十年，最大的功臣是他的女弟子涂靜怡，這是兩岸詩壇都公認的，未來中國詩史也必然如此記錄一筆。

在無限時空歷史長河裡，他依舊是一尊讓人啟敬的詩人形像，「我只知，古丁／暗地裡，你依舊昂昂獨立」。是故，我等詩壇後輩小子們，應該記述並宣揚他的作品，使古丁文學永流傳，以下區分三類。

論述類

《新文藝論集》，台北，文藝月刊社，一九六七年。

《截斷眾流集》，台北，長歌出版社，一九八〇年。

詩歌類

《收穫季》，台北，葡萄園詩刊社，一九六三年。

《革命之歌》，台北，葡萄園詩刊社，一九六六年。

後來國軍新文藝運動輔導委員會、文藝月刊社、幼獅文化公司、黎明文化公司都出版過。

《星的故事—古丁詩集》，台北，秋水詩刊社，一九七五年。

《古丁自選集》，台北，文藝月刊社，一九八三年。黎明文化公司在「中國新文學叢刊」也出版。

合集類

《古丁選集》（詩、論述），台北，黎明文化公司，一九八三年。

《古丁全集》（墨人、向明、綠蒂、涂靜怡編，三冊，詩、評論、散文各一冊，附錄〈古丁年譜〉及涂靜怡〈編後記〉等二篇。

貳、綠蒂，〈哲人恒默—敬悼覃子豪先生〉，覃子豪簡述

覃子豪（一九一二—一九六三）。（**註三**）譜名天才，學名覃基，四川廣漢人，一九一二年元月十二日生，一九六三年十月十日辭世，享年才五十二歲。他在一九四六年五月來台兩個月後因故離台，一九四七年又回台任職台灣省物資調節委員會專員。

北平中法大學孔德學院畢業，曾任第三戰區政治部設計委員。來台後，曾主編《新詩週刊》，與余光中、鍾鼎文等創《藍星》詩社，於《公論報》創藍星週刊，主編《藍星詩選》、《藍星季刊》，擔任過很多文藝界重要職務。他是台灣詩壇最重要的第一代「詩的播種者」，可謂桃李滿台灣，如：向明、瘂弦、麥穗、楊華銘、小民、秦嶽、邱平、藍雲、張效愚、彭捷、一夫、雪飛……等等，都是覃子豪的得意門生。賞讀〈哲人恒默—敬悼覃子豪先生〉。（**註四**）

……
肅穆如山，如山崇高
深淵如海，如海浩瀚
無法剖析你存在的奧義

永恆對你不再是一種神秘
你震撼詩壇
以溫和而真實的魄力
蓬勃舊葉
茁壯新芽
你不攜走什麼
卻遺撒下無數不死的種子在詩地上
……

不必引多少行詩句，這幾行就證明了覃子豪已經離人世間半個多世紀，還經常有門生到他墓前獻花上香。而研究他作品的文論，半個世紀來也從未斷過，常在文學雜誌上有人寫懷念他的文章。所以，「永恆對你不再是一種神秘」，很自然的，理所當然的，活在每一代詩人作家心裡，也等於活在中國文學史之大位上，代代詩人向你頂禮膜拜。

不是盲目的膜拜，「肅穆如山，如山崇高／深淵如海，如海浩瀚／無法剖析你存在的奧義」。李白、杜甫、蘇東坡……中國歷史上的偉大詩人們！有誰得到過這樣「超偉大」的讚頌。

也是詩壇上後起之後才劉正偉認為，覃子豪對現代詩和後人有七大貢獻與成就：（一）道地的愛國詩人、（二）與時俱進的純真詩人、（三）我國第一位海洋詩人、（四）台灣現代詩推手、（五）現代詩「詩的播種者」、（六）現代詩的捍衛戰士、（七）藍星的象徵。（註五）故詩曰：「**你震撼詩壇／以溫和而真實的魄力／蓬勃舊葉……卻遺撒下無數不死的種子在詩地上**」。他播下的詩種子，向明、瘂弦、邱平、藍雲……都在兩岸詩壇上發光發熱，成為一代大家。因此，我等詩壇中人，永懷覃子豪，略記他的著述，區分以下四大類概說。

論述類

《詩的解剖》，台北，藍星詩社，一九五八年。後普天出版社、曾文出版社（皆台中）也出版。

《論現代詩》，台北，藍星詩社，一九六〇年。後普天出版社、曾文出版社（皆台中）也出版。

《詩的表現方法》，台中，普天出版社，一九六七年，一九七一年再版。後曾文出版社、新企業出版社也曾出版。

詩　類

《自由的旗》，浙江，青年書局，一九三九年五月。

《永安劫後》，漳州，南風出版社，一九四五年六月。

《海洋詩抄》，台北，新詩週刊社，一九五三年。

《向日葵》，台北，藍星詩社，一九五五年。

《畫廊》，台北，藍星詩社，一九六二年。

《覃子豪詩選》，北京，中國友誼出版公司，一九八四年。

《覃子豪詩選》（彭邦楨編），香港，文藝風出版社，一九八七年。

《沒有消逝的號聲》，長沙，湖南文藝出版社，一九八六年。

《覃子豪詩粹》（李華飛編），重慶，重慶出版社，一九八六年。

《覃子豪短詩選》（屠岸主編、中英對照），香港，銀河出版社，二〇〇六年。

散文類

《東京回憶散記》，漳州，南風出版社，一九四五年。

合集類

《覃子豪全集》（覃子豪全集出版委員會編）。共分三輯，第一輯，詩，一九六五年出版；第二輯，詩論，一九六八年出版；第三輯，譯詩及其他，一九七四年出版。

《新詩播種者・覃子豪詩文選》（向明、劉正偉編），台北，爾雅出版社，二〇〇五年。

參、〈屈原的身影〉，醫人魂救國魂的不朽仙藥

歷史上研究屈原作品或各種論述不計其數，我們今日有個「詩人節」就是在讚頌這位偉大的詩人。筆者對研究屈原的總結定位，是「醫人魂救國魂的不朽仙藥」。（註六）文學是民族之精神糧食和民族靈魂所在，而屈原精神和作品最俱備這樣的能量。只要中國人還能心懷屈原並傳頌他的文學能量，中華民族的壯大和中國夢的實現，是必然將要達成的願景。賞讀這首〈屈原的身影〉。（註七）

五月的薰風

吹散凝結在你髮際的風霜
喧囂的鑼鼓
在混濁的江水中掀起白浪
競渡的龍舟
吆喝的節奏震聾發聵
槳櫓齊一地划出力爭上游的希望
艾草、野花的芬芳
靜默無聲地召喚
詩人憂患的胸懷
夕陽般紅漫漫　鋪陳出
悵然的寬闊無際

躍身投入的汨羅江
不是你歸宿的原鄉
吟詠的長歌

長久流浪在嘆息的風中
尋覓復尋覓
三閭大夫啊
拂去離騷卷冊上厚厚的歷史風塵
彷彿在煙波蒼茫的遠方
你昂首獨立

每年各地都在慶祝詩人節，有中國人的地方都會紀念屈原，但「競渡的龍舟／吆喝的節奏震聾發聵」，言下之意，是否暗示現在大家即「聾」且「聵」？並未深悟屈原精神，故須震之，讓大家驚醒！屈原震醒一代代中華子民。在另一首〈詩人之歌──弔屈原〉：（註八）

昨夜，汨羅江掀起波濤萬丈
在怒吼

在控訴
……
你憂鬱地敲響
撼震著所有詩人的心靈
召喚著民族的大旗永遠飄揚

屈原的偉大，在他的精神能撼震所有中國詩人的心靈，能召喚中華民族大旗永遠飄揚，所以是「醫人魂救國魂的不朽仙藥」。在文學創作上，屈原也是「發憤抒情」以詩言志的典範代表，他的《離騷》、《九歌》、《天問》等都是。司馬遷在《史記・屈原賈生列傳》說：（註九）

> 屈平疾王聽之不聰也，讒諂之蔽明也，曲邪之害公也，故憂愁幽思而作《離騷》。離騷者，猶離憂也。夫天者，人之始也；父母者，人之本也。人窮則反本，故勞苦倦極，未嘗不呼天也；疾痛慘怛，未嘗不呼父母也。屈平正道直行，竭忠盡智以事其君，讒人間之，可謂窮矣。信而見疑，忠而被謗，能無怨乎？屈平之作《離騷》，蓋自怨生

也。

屈原偉大的人格和發憤之作，使歷代詩人作家更理解詩歌抒發怨憤之情，他是「詩言志」的典型代表。「**三閭大夫啊／拂去離騷卷冊上厚厚的歷史風塵／彷彿在煙波蒼茫的遠方／你昂首獨立**」。你獨立在中國文學史之上，成為中華子民永遠頂禮膜拜的神祇。

大家常說「詩人沒有真性情，何得稱之為詩人？」司馬遷讚屈原的人格性情說：「其志潔，故其稱物芳，其行廉，故死而不容自疏。濯淖缺泥之中，蟬蛻於濁穢，以浮游塵埃之外，不獲世之滋垢，皭然泥而不滓者也。推此志也，雖與日月爭光可也。」（**註十**）正是他的人格性情可比日月光輝，到今天依然是中國人所敬仰的一尊偶像，所有詩人心中的「粉絲」。

寫本文時，「韓流」夯全台，夯到大陸和海外，但不知能夯多久。而「屈流」已穿透時空，夯了兩千多年了。未來將夯向中國強盛夢想的實現。

註釋：

註一：古丁的基本資料可參考：封德屏主編，《二〇〇七台灣作家作品目錄》第一冊（台南：台灣文學館，二〇〇八年七月），頁一二三—一二四。

註二：綠蒂，〈告白—悼古丁〉，《泊岸》（台北：躍昇文化事業有限公司，民國八十四年七月），頁九四—九五。

註三：覃子豪的基本資料簡介：同註一，第三冊，頁一〇一一—一〇一三。

註四：綠蒂，〈哲人恒默—敬悼覃子豪先生〉。《綠色的塑像》（台北：野風出版社，一九六三年十一月），頁一一五—一一七。

註五：劉正偉編選，《台灣詩人選集—覃子豪集》，二〇一〇年八月二十五日。本文轉引：陳巧如碩士論文，《綠蒂華語詩研究》（南華大學文學系，民國一百年三月三十日），頁五七。

註六：陳福成，《從魯迅文學醫人魂救國魂說起》（台北：文史哲出版社，二〇一四年五月），第一章。

註七：綠蒂，〈屈原的身影〉，《北港溪的黃昏》（台北：普音文化事業股份有限公司，二〇一七年六月），頁六〇—六一。

註八：綠蒂，〈詩人之歌—弔屈原〉，《綠色的塑像》（台北：野風出版社，一九六三年十一月），頁一一八—一一九。

註九：漢．司馬遷撰，裴駰等三家注，《史記》（台北：宏業書局有限公司，民國七十九年十月十五日），頁二四八二。

註十：同註九。

第六章 鄉愁㈠：故鄉鄉愁、夢中洄游

說到鄉愁，筆者依然從生物性看問題，即眾生都有鄉愁，差別只在鄉愁意識的強弱。眾生之中，有最強烈鄉愁意識者並非人類，鮭魚和某些品種海龜的鄉愁意識都最強烈。當然，人類各民族或個人，也是濃淡不一的鄉愁意識，鄉愁是生物的本能。

當我在研究綠蒂的鄉愁詩時，也在找尋各種有關鄉愁的文獻資料，希望更深化理解人的鄉愁意識。發現了這張「流放三百年黑龍江人來台尋根」剪報（如次頁），最是叫筆者感動和感慨。

清康熙六十年（一七二一年），台灣朱一貴抗清事件，死刑犯的直系親屬受連坐流放大陸黑龍江。現年六十多歲的黑龍江省甯安市民黃斌，從族譜文獻查出他的先祖是此一事中從台灣屏東枋寮流放來的。事件後，在雍正三年其先祖流放黑龍江寧古塔（今甯安市），當時有男女二十四人，現成了三百多戶一千多人，到黃斌是第四代。

二〇一四年三月，黃斌偕妻楊杰來台，到枋寮鄉大庄村找到黃氏宗親，能到自己的根祖居地祭祖，感到人生無憾。這是鄉愁的牽引，讓他們有動力方向尋根，也是中國人比其他民族鄉愁意識更強的證據。事實上，中國人的鄉愁意識是世界各民族之首，錢林森說：「中國人眷戀自己的家園，甚至不認為別處可以發現更好的東西。」埃爾偉・聖・德尼也說：「我將盡力向讀者揭示中國大家庭的所有成員身上都具有一種特別明顯的傾向，這種傾向在別的任何民族中都沒有這麼根深蒂固，這就是對家鄉的眷戀和思鄉的痛苦。」（註一）中國人強烈的鄉愁意識，生根在基因裡，在靈魂深處。且看中國人在三千多年前強濃的鄉愁，《詩經・

流放300年 黑龍江人來台尋根

【本報屏東訊】清康熙六十年（西元一七二一年）台灣朱一貴抗清事件多人遭處死，死刑犯的直系親屬則受連坐處分流放大陸黑龍江；六十四歲的黑龍江省寧安市民黃斌，從泛黃家族譜書和文獻考證比對查出，他的先祖是三百年前從台灣流放邊疆的台灣屏東枋寮人，日前偕妻來台圓了尋根夢，也解開千餘後代的身世謎團。

黃斌二十日偕妻子楊杰來台，二十三日在枋寮戶政事務所協助下找到枋寮鄉大庄村的黃氏宗親、到宗祠祭祖，他說，能利用僅有的線索找到祖居地，嗅到先祖曾經生活的土地味道，無憾此生。

「人不能忘本」，黃斌說，先祖留下泛黃的家族譜曆和序言是解謎的唯一線索，可謂「字字如金」；族譜只有記載「福建台灣」和「大昆麓寮」，他考證後者是屏東枋寮大庄的古名，這個重大發現激發他的尋根鬥志，再從序言「流放兩千里安置」，比對並佐證鳳山縣誌和諸羅縣誌等相關史料，慢慢找出方向。

他說，可以確定清廷在台灣朱一貴抗清事件中，逮捕五十七名首要分子處死，包括他的先祖黃阿五和黃阿赤，直系親屬則受連坐處分，在雍正三年流放黑龍江寧古塔（現在的寧安市），兩地相距二千三百公里還要跨海，估計要花八至十個月；他還發現，當時流放黑龍江的不僅黃氏族人，還有楊、賴、劉等姓氏，男女共二十四人，現有三百多戶、千餘人，務農居多，他是第四代。

2014.3.26 人間福報

發遣寧古塔反清義士之黃氏後裔
三百年後重返臺灣祖居地尋根祭祖

清朝流放大陸黑龍江的台灣後代黃斌（左二），偕妻來台解開身世之謎。圖／潘欣中

小雅・采薇》。（註二）

采薇，采薇，薇亦作止，曰歸，曰歸，歲亦莫止。
靡室靡家，玁狁之故。不遑啟居，玁狁之故。
采薇，采薇，薇亦作止。曰歸，曰歸，心亦憂止。
憂心烈烈，載飢載渴。我戍未定，靡使歸聘。
采薇，采薇，薇亦剛止。曰歸，曰歸，歲亦陽止。
王事靡監，不遑啟處。憂心孔疚，我行不來。
彼爾維何？維常之華。彼路斯何？君子之車。
戎車既駕，四牡業業。豈敢定居，一月三捷。
駕彼四牡，四牡騤騤。君子所依，小人所腓。
四牡翼翼，象弭魚服。豈不日戒？玁狁孔棘。
昔我往矣，楊柳依依。今我來思，雨雪霏霏。
行道遲遲，載渴載飢。我心傷悲，莫知我哀！

這是三千多年前我們中國先祖的鄉愁，濃烈的鄉愁經過近四千年時空典藏，竟完全沒有「淡化」的感覺。這樣的感覺，我在研究綠蒂詩中鄉愁深有同感，且綠蒂的鄉愁意識豐富而普遍，在所有千首詩中，涉及鄉愁的作品至少二百首以上，在不同高低層次裡都有鄉愁內涵。

為理解綠蒂詩作鄉愁的深度和範圍，本書將其鄉愁研究區分：故鄉鄉愁、鄉愁漂滿地球、中國文化鄉愁和人生終極原鄉鄉愁四部，各為一章，本章僅針對故鄉鄉愁。「故鄉」，通常就是自己的出生地、早年生活處、父母所在地等，或追到前幾代先祖居住地。如黑龍江人來台尋根、台灣人到大陸尋根，乃至「媽祖回娘家」活動等，中國人有強烈鄉愁，中國神的鄉愁也很濃，不是嗎?賞讀〈鄉愁〉。（註三）

椰梢上的風
把夕陽熟悉的色調
在小巷上的那端繪成悵望
已步過
依舊要回首

童年依稀就在那兒

逃避著陽光與人潮
去燈光閃爍的樂聲中喝采
很粉紅的康乃馨
也化不去若有所失的情懷

或去有銀幕的黑暗中
把黃昏換成　一段嘩笑
或是一片較深的感動與孤獨

路總有一段是歸程
它依然會在巷街的那端
守候你

人對童年成長的地方都有一份依戀情懷，長大後對往昔情境如深刻在靈魂中。「夕陽熟悉的色調」，小朋友每天黃昏伴著夕陽遊玩，所以「熟悉」，不論人到了何處，總覺「童年依稀就在那兒」，這是很多人共同的感覺。第二段「**很粉紅的康乃馨／也化不去若有所失的情懷**」，是一個含蓄的暗示，人在大都會裡打拼，心中想著故鄉的母親，無論送去多麼艷紅的康乃馨，還是難以平息思鄉的情緒。有什麼辦法可以「殺」時間度寂寞呢？

「或去有銀幕的黑暗中」看電影吧！打發時間，消解人生的孤獨。無論如何！「**路總有一段是歸程／它依然會在巷街的那端／守候你……**」那「守候你」的是誰？是母親！家人！故鄉！還沒回家，只是在想家，想得眼前一片茫然，「覆蓋你　以淒白的月色／或蒼茫的煙雨」。這到底是什麼？就是乍起的鄉愁。但鄉愁不一定用「愁」表達，如〈廟〉。（註四）

石雕的飛龍圖騰
浮掠著兒時的憧憬
晨鐘不在雲方出岫
而在喧攘的市集

暮鼓不在香火簇擁的神殿
而在童年的一方院落迴響

祀典是小鎮的慶生日
街衢充塞了羅鼓的聲浪
鞭炮的哨煙在天空疊積成雲
出巡的神輿
千里眼巨碩的猙獰
廣場的棉花糖與彩色汽球
恒是孩提不褪色的畫頁

廟門上的
守護神已經幾度彩繪
粗糙的石獅子已撫摸光滑
拱橋下的魚池

突然變得好小
後院的文昌殿
靜靜斯文成一種古蹟
如同童年曾經的膜拜

這首詩即無「鄉愁」又無「愁」字，可謂不著一字亦得鄉愁，乃是對童年生活環境印象回憶，情感上有著依依眷戀。尤其人到了較長的年紀，更是「剛才的事忘光光，童年的事浮現心頭」，老夫好像也越來越經常在做童年時光的白日夢。

〈廟〉詩的場景和情境，大概四、五年級生都很熟悉（含筆者），那是我們童年生活的共同回憶。只是那個情景對你有多少啟蒙？就看每個人的慧根了，詩人顯然是有慧根的，「石雕的飛龍圖騰／浮掠著兒時的憧憬」。中國人住的地方必有廟，有廟必有龍，龍是中國的圖騰，也是鴻圖大展的象徵，但誰能在兒時就有這個憧憬呢？詩人果然從小與眾不同！

小鎮常有廟會活動，「祀典是小鎮的慶生日……恒是孩提不褪色的畫頁」，這是小朋友們的快樂時光，成為一生美好的回憶，再讓時間醞釀成鄉愁。為何「拱橋下的魚池／突然變得好小」？含蓄的意指時光跑得太快了，是童年突然就結束，人也突然「轉大人」，再看兒時的東西都變小了。賞讀〈冬日懷鄉〉。（註五）

歲月有時沉重
有時輕盈
拓印著城市不同的色調
離家北上的那天
故里已縮小為狹窄的圖面
浮貼在斜陽拉長的陰影裡

城市有時張望
有時沉睡
高牆的廣告
預告標示未來的面貌
工地圍籬內

暗裡構建明日的夢想

吵雜而溫暖的星巴克咖啡裡
落地窗望出雨中的街景
濕冷地提醒著
早已風乾的怯怯鄉情

冬天　木棉花葉落盡
北港溪畔的楊柳
還垂釣著綠意嗎

從小鎮到台北
是一條生活聯想的直線
從磚砌小屋到十五層上的公寓
是一張泛黃的褪色照片

從童年到古稀
從一首詩到另一首詩
是一個冬天對另一個冬天的懷念

讀小學時老師常說「光陰似箭、歲月如梭」，讀初中寫作文也這樣起首，但那時候覺得時間真多，每天玩得不亦樂乎，從不覺得光陰似什麼箭！歲月似什麼梭？梭是什麼也從來沒人問起，沒有人知道！

大約要過了不惑之年或更年長，才會突然驚覺人生如白駒過隙。「**從小鎮到台北／是一條生活聯想的直線……從童年到古稀／從一首詩到另一首詩／是一個冬天對另一個冬天的懷念**」。生活聯想的「直線」，直線是兩點間最近的距離，表示從小到老，就像一首詩到另一首詩，一年過一年，感覺快速而接近的。

詩一開始，從離家北上那天的回憶啟動淡淡的鄉愁，「**故里已縮小為狹窄的圖面／浮貼在斜陽拉長的陰影裡……**」。故鄉縮小成地圖上的一個面或小黑點，甚至連一個小點也沒有，所能看到的只有水泥叢林裡各種廣告和工地。人生多麼孤寂，去喝一杯咖啡，看看街景，「濕冷地提醒著／早已風乾的怯怯鄉情」。鄉愁風乾了依然是鄉愁，沒有解藥，也不會突然消失！

所以想家就想吧！思鄉就思吧！「冬天　木棉花葉落盡／北港溪畔的楊柳／還垂釣著綠意嗎」。得不到做不到的，就用想用思也可以，雖非解藥，卻可解饞！賞讀〈等距等深的想念〉。（註六）

海上旭日昇起的斑斕
西山晚紅垂落的溫柔
都屬納風亭守望的風景
荷葉留不住的露珠
隨光影晶瑩滑落大地
菩提掛不住的蟬聲
被薰風徐徐納入亭內
落在紙鎮下未竟寫的卷軸

我思　我在

宛若超越時空的別境
亭 不屬於我
屬於不經意的午寐
屬於神秘的聯想
淡泊的隱喻

二十年的光陰
與一首詩
在此是等距等深的想念
欖仁樹的枯榮年年見證
五色鳥的鄉愁
隨季候往返遷徙

風是透明翅膀的精靈
放雲在天空的拼圖中

思索模擬的位置

五色鳥有鄉愁正合筆者邏輯，但此處是詩人的鄉愁，假借是五色鳥而已。綠蒂創作最善於「物化」，創造主客合一之境界，不論寫景寫物皆如是，如「海上旭日昇起的斑斕／西山晚紅垂落的溫柔／都屬納風亭守望的風景」。納風亭只是一個涼亭，是個「無情物」，它不會「守望」海上旭日和西山晚紅。真在守望的是詩人，詩人為何守望呢？也許是要遠望故鄉，以解鄉愁，在亭內納風，靜靜的午寐聽蟬。

蟬和五色鳥常出現在綠蒂的詩中，如〈和南寺的鐘聲〉和〈和南寺的午與夜〉（見《春天記事》）。這是一種文學藝術上的寂靜意象，人須要寂靜才能沈思，大凡藝術或修行必須善於沈思，思考存在的意義，故「我思　我在／宛若超越時空的別境」。釋迦牟尼佛亦鼓勵弟子們，要常在林中靜坐思索，「我思故我在」啊！

「二十年的光陰／與一首詩／在此是等距等深的想念」。表示經營一首詩的慎重，文章千古事，惟詩能不朽。所以，寫詩是詩人一生的春秋大業，與人生要度過二十年、三十年，等同重要，等距等深的想念。「五色鳥的鄉愁／隨季候往返遷徙」，人生無論思索，遷徙到何處？鄉愁都是存在的，如影隨形的跟著你。

綠蒂鄉愁之多，當然也得自父親的真傳，父子倆都是民國時代的著名詩人，父親鄉愁多，兒子豈能少？賞讀他父親王東燁先生的兩首思鄉作品。（註七）

〈雪夜思鄉〉

茫茫大地盡成銀，舉目無親獨自親。
一點關心故園事，門前掃雪尚無人。

〈思故鄉〉

長風吹動故園心，雨滴芭蕉淚滿襟。
極目家鄉何處是，鶴鳴山下碧雲深。

父子倆雖同是民國時代詩人，但父親所處年代，國民出國旅遊尚不普遍也有些管制；到了綠蒂所處年代，出國旅遊大為風行，所以綠蒂有機會將「鄉愁漂滿地球」。這是時機因緣的不同，才有機會在世界各地遍灑詩種。

故鄉鄉愁是人生最近的鄉愁，因為時空環境和血緣距離很近，絕大多數人會有，後三種（以下三章）就很多人沒有，算是比較少有之物。

註釋：

註一：兩段引文來自錢林森編，《牧女與蠶娘》，上海古籍出版社（一九九〇年六月），頁二八—二九、三七六。本文轉引陳巧如碩士論文，《綠蒂華語詩研究》（華南大學文學系，民國一百年三月三十日），頁八一。

註二：可查任何一本《詩經》，本文引：裴溥言編，《中國歷代經典寶庫》。《詩經》下（台北：時報文化出版企業有限公司，民國七十六年元月十五日），頁四九〇—四九八。

註三：綠蒂，〈鄉愁〉，《泊岸》（台北：躍昇文化事業有限公司，民國八十四年七月），頁四八—四九。

註四：綠蒂，〈廟〉，《風的捕手》（台北：秋文詩刊社，民國八十九年四月），頁七三—七四。

註五：綠蒂，〈冬日懷鄉〉，《冬雪冰清》（台北：普音文化事業股份有限公司，二〇一二年四月），頁九三—九五。

註六：綠蒂，〈等距等深的想念〉，《夏日山城》（台北：普音文化事業股份有限公司，二〇〇四年六月），頁五二—五四。

註七：鄭定國編注，《王東燁槐庭詩草》（台北：里仁書局，民國九十三年八月三十日），頁一〇七。

第七章 鄉愁㈡：鄉愁漂滿地球

綠蒂除了是現代著名詩人，也應該算是旅行家，數十年來他漂泊整個地球，走遍近百個國家。就這樣他「無住生詩」，叫他旅行作家、漂泊詩人均不為過，試想現代文壇上各大名家，有那位作家詩人走遍近百國家，可能三毛未必能及！

綠蒂每到地球某一角落，必有詩作感想發表，所以他的十多本詩集中，有很多行腳異國的詩。據聞，旅行是重要醞釀靈感之途徑，所以很多詩人作家靠旅行「生產」作品。筆者以為，這應該是個人習慣和習性不同而已，選擇了不同的創作方法。我是不旅行的人（隱居），因為在我的創作經驗裡，旅行和靈感無關，更與創作方法論拉不上任何關係。所謂「行萬里路勝讀萬卷書」，對我而言，完全是八卦，用處不大！

但按筆者對綠蒂的了解，與對他詩作研究概要的領悟，他一生熱中於旅行，他的旅行有豐富的漂泊、漂流意涵，漂泊與孤寂則是一對如影隨形的「好兄弟」。這兩個好兄弟最易產生鄉愁，於是鄉愁乃跟隨詩人行腳，漂滿整個地球。本書第十二章專講詩人的孤寂詩作，二十章談其漂泊作品，本文只述鄉愁。賞讀〈夜遊尼羅河〉一詩。（註一）

畫舫上的笙歌
以肚皮舞姿的律動
擠壓著歷史的節拍
從法老王的盞蓋
到中東緊促的戰鼓
從輕聲細語的呢喃
到姿意激清的高吭
舞女含蓄古典意味的手語
波揚起
尼羅河沈睡未醒的神話
王朝的金碧輝煌

已拱陳在博物館
克麗歐佩德的嫵媚
也殭化成木乃伊的枯癟
塌陷了鼻樑的人面獅身
默默地守護著金字塔
在風蝕之後
猶昂立著
千年不移的雄偉

以麥酒釀成的醉意
以薄霧織就的輕紗
為你蒙上拙雅的古樸
期待為故事感動的訪客　是我
來臨摹壯觀奇景的畫者　是我
寂寞　是拂面不冰冷的涼意

寂寞　是不為水花沾濕的鄉愁

詩人在第一段先描述一下中東的現狀，地球自有人類以來，戰爭沒有止息過一天。因此，就算戰火最慘烈的地區，「前方吃緊、後方緊吃」也是極普遍的現象，最貧窮的地方也有揮霍的富豪，紅羊浩劫與燈紅酒綠始終並存。「**以肚皮舞姿的律動／擠壓著歷史的節拍……到中東緊促的戰鼓／從輕聲細語的呢喃／到姿意激清的高吭／舞女含蓄……**」。戰火、政治動亂、示威遊行、人浸淫在性愛聲色裡，共織一幅人間無明悲喜複雜圖像。

第二段是很多觀光客愛看的「死人和墳墓」。（在我看來，木乃伊不過是死人，金字塔不過是個極大墳墓，世人花銀子和時間，不過就是看死人和墳墓，文化和精神與自己完全無關，實在費解，這是筆者看法。）當然，每個文明都有很多故事，詩人來感受不一樣的文明情境。

克麗歐佩德，世稱「埃及艷后」，古埃及托勒密王朝末代女王（前五十一年到前三十年），她的嫵媚千古不朽，也成了現代女人學習的對像。

詩人到中東旅遊或洽公，夜遊尼羅河，前兩段詩文是他的所見所聞，該看該玩都有了，「以麥酒釀成的醉意／以薄霧織就的輕紗」，聲色享受也見識過。但為何依然感到寂寞？

鄉愁又從心升起？

「寂寞　是拂面不冰冷的涼意／寂寞　是不為水花沾濕的鄉愁」。遠離故鄉再思念故鄉，在漂泊中享受寂寞，這便是人生的探索和追尋，生命的意義和價值由此詮釋，而詩在這「無住」中誕生。賞讀〈愛琴海的日落〉。（註二）

吉他彈奏著異國情調的黃昏
笑與歌聲滿載了渡輪
是多種國籍摻合的協奏曲
金紅的愛琴海
在剎那間
就浪漫成另一種難忘的風景

海鷗是不須簽證的訪客
追逐著船尾迤邐的浪花
翻滾著燦白無盡的往事

不為飛翔展翅
是浪者最優美的姿勢
低迴地去擁抱一海耀眼的金波

直到它暗成深藍
暗成雅典城盞盞的燈火
終須要把鄉愁泊岸
彼岸的太陽神殿也屬異鄉

晚風信手地
把逐漸褪色的黃昏
連同鄉思閤起
夾在印滿希臘文的旅遊指南裡

難怪多年來渡輪旅遊始終很熱門，愛琴海長期以來都是世界觀光的熱點，因為它讓人快樂，使人暫時忘憂。「吉他彈奏著異國情調的黃昏／笑與歌聲滿載了渡輪……在剎那間／就浪漫成另一種難忘的風景」。戰火動亂、人間苦難也剎那不見了。

第二段描述美麗的海景，只是在那快樂的當下，「翻滾著燦白無盡的往事」。誰的往事？海鷗浪花沒有往事，當然就是詩人的往事，往事如浪花滾滾，「不為飛翔展翅／是浪者最優美的姿勢」。不為什麼！詩人就是愛漂泊，漂泊是流浪者最美的姿勢！

詩人漂泊，背包裡裝滿了鄉愁，白天有很多節目，鄉愁不會跑出來。但晚上夜深人靜，「暗成雅典城盞盞的燈火／終須要把鄉愁泊岸／彼岸的太陽神殿也屬異鄉」。人就是這樣，異鄉就是異鄉，怎麼看都不是故鄉，異鄉要變故鄉至少要花近百年光陰。當然，「晚風信手地／把逐漸褪色的黃昏／連同鄉思閤起」，睡著了，也就不管異鄉或故鄉。賞讀〈永遠的少女峰〉。（註三）

小雪夜
旅邸的一面落地窗
是一幅寫妳的水墨
對語不眠的

是風的鄉愁與山的飛雪
是夜的黑還是妳的白
還原了最初的顏色

搭乘冰河的列車
振起仰望的羽翼
登臨歐洲最美的屋脊
標指阿爾卑斯最高的峻秀
足下的冰河淌成一曲無聲的歌
流瀉著遠自亙古的磅礴氣勢

路消失在藍天與雪地交會的盡頭
所有的鏡頭都忙於搜尋
調整詞彙讚美的焦距
複製著讓天使也沉醉的傳說

我撫觸妳冰潔細緻的肌膚
竟遺忘了高山症的暈眩
以及生活疲憊的重量
在海拔四千一百的寒意中

當雪雕成一個純美的意象
孤寂的深情是未竟的殘句
埋入妳千年不化堅貞的神話
沒有地址
只有標高

巔峰的雲與蒼鷹
為我遞回風衣沾雪的戳記

綠蒂的鄉愁又漂上後少女峰，把少女峰擬人化成一個可愛的少女，很能引人遐想。「小

雪夜／旅邸的一面落地窗／是一幅寫妳的水墨」，用「水墨」二字描述少女，極有深意，應知水墨是中國國畫的一種，用墨筆調水繪畫，與著色畫對稱，中國水墨講究空靈意境，給人極大想像空間。詩人遠觀少女，感受到迷茫空靈的美感，但這是潛意識埋下的暗示，雖然欣賞的是洋美女，腦海中的思維邏輯還是很「中國化」，用中國的審美藝術論來詮釋這位洋少女。於是，「**對語不眠的／是風的鄉愁與山的飛雪**」，思念故鄉之情油然而生！

中間兩段基本上是少女峰的景物描寫，少女峰是遊瑞士必到景點，當然有不凡的景觀，「**流瀉著遠自亙古的磅礡氣勢／／路消失在藍天與雪地交會的盡頭**」。但詩人的心思還是放在對「少女」的遐想，裡面隱含有兩性間的吸引力，頗有情詩的味道。「**我撫觸妳冰潔細緻的肌膚／竟遺忘了高山症的暈眩／以及生活疲憊的重量……**」這已經是愛情才有的力量，如同前面寫愛情展演劇引〈車上的畫像〉一詩，「你的靈魂之窗是自己發亮的恆星……只有你的小手才是柔美而真實的世界」，是否味道相近？

大概只有愛情的力量可以淡化鄉愁，也只有愛情可以使異鄉變故鄉。綠蒂為這位歐洲「少女」寫兩首詩，另一首〈告別少女峰〉，「悄悄在雪的灰燼中／種植起愛情最隱密的符號……剪貼著回憶重逢的故事」。（註四）可見詩人對這位「少女」，用情頗深！

我對中國人有比其他民族更濃厚的鄉愁，有些很想探索的好奇心，不知得道高僧有沒有鄉愁？唐朝玄奘大師九死一生的到達印度時，在異域看到來自家鄉的人，顫抖啞嗓，激動不已，這是史書真實記載，不是神話。（註五）想必唐三藏也有鄉愁！中國人普遍的鄉愁意識，在綠蒂作品中普遍的存在，不論他身在何處！賞讀〈夢以及預言〉。（註六）

鄉愁是準確的預言
想念是最真實的夢

因旅程的新奇或疲倦
在日月潭細密的夜雨
或布拉格廣場的黃昏
在離家不及百里的車程
或飛越萬里重洋的孤旅
甕陳了數十年的鄉愁
從未走味

因想念
夢有了透明的色彩
織就出無限可能的新境
可以是微笑的海
可以是綴滿星光的湖

預言是沒有文字的碑刻
也僅僅為我個人的私密
夢的鐘錶啟動齒輪
校正所有美好的時間
海上的流雲追逐著起伏的波浪
夢與預言在浪尖
相遇而不相識
世事的無常就簡約為
最單純的輪迴記述

某日 早餐桌上讀報
發現 曾經的夢以及預言
壓縮成副刊角落的
一首小詩
所有守候的熟悉與陌生
都模糊地消失
在晚春四月的雨氣裡

在綠蒂的多本詩集中，《風的捕手》也有〈夢或者預言〉一詩，詩題意境相近，「預言是另一種薄荷味鄉愁／鄉愁是沉澱在行囊的負荷……所以啟程時／要攜一本筆記／來記載鄉愁的預言……」。（註七）也就是說，綠蒂走遍地球各洲洋，他的行囊裡都裝著鄉愁，啟程時不忘攜一本筆記，是為記載鄉愁，這是綠蒂鄉愁漂滿地球的原因。他的詩文創作中，鄉愁乃成為重要核心意象和意涵，這是讀綠蒂詩必然可以感受到的。

而〈夢以及預言〉一詩開宗明義第一行「鄉愁是準確的預言」。眾所皆知，預言很難用「準確」二字形容的，「預測」是科學語言，預言則是「非科學」語言。所以，「預言」二字有很多解釋，乃至隨個人喜好解釋，故不能「準確」。但，這裡談詩，就得從「詩語言」詮釋，「詩語言」和「科學語言」，是兩種不同的「語言系統」。

詩人在說，他的鄉愁是普遍性的存在，這是很準確的，無可質疑的，比科學更準確。「**在日月潭細密的夜雨／或布拉格廣場的黃昏／在離家不及百里的車程／或飛越萬里重洋的孤旅／甕陳了數十年的鄉愁／從未走味**」。不論他走到地球那一角落，鄉愁「從未走味」，大約就是不會「變質、變淡、變無」，他遲早仍會回到故鄉的懷抱。不會像有些人，久住美國成了美國人，久住日本成了倭人！難怪綠蒂鄉愁漂滿地球！

說到鄉愁，一九四九年前後來台的人，有著最多的鄉愁。著名作家齊邦媛在她的巨著《巨流河》的序說：「我在那場戰爭中長大成人，心靈上刻滿彈痕。六十年來，何曾為自己生身的故鄉和為她奮戰的人寫過一篇血淚記錄？……書前寫我跟著父母的靈魂作了返鄉之旅，從大連海岸望向我紮根的島……」。（註八）這是多麼深沉、傷痛的鄉愁，《巨流河》於焉誕生──鄉愁最美、最有效、且無價的解藥。

綠蒂的鄉愁到底是什麼？難以定義，無法詮釋，為何也會漂滿地球？不思議！不思議！只能說那無所不在的鄉愁，如風如雲！如呼吸的空氣。

鄉愁是飄忽的風
密實的窗也擋不住
他信手翻開
那一頁，都是夢牽魂縈
那一頁，俱是年少情懷

──〈心弦〉第二段（註九）

綠蒂鄉愁漂滿地球的詩很多，如〈耶路撒冷之秋〉、〈伊斯坦堡的中秋夜〉、〈登大峽谷〉、〈巴黎過客〉、〈漂流在靜止的秋寒中——洛磯山脈記遊〉等，典範在他所有詩集中，在未來的文學史慢慢的發酵。

註釋：

註一：綠蒂，〈夜遊尼羅河〉，《泊岸》（台北：躍昇文化事業有限公司，民國八十四年七月），頁四四—四五。

註二：綠蒂，〈愛琴海的日落〉，同註一，頁六八—六九。

註三：綠蒂，〈永遠的少女峰〉，《春天記事》（台北：普音文化事業股份有限公司，二○○三年四月），頁二○二—二○五。

註四：綠蒂，〈告別少女峰〉，《夏日山城》（台北：普音文化事業股份有限公司，二○○四年六月），頁二一四—二一六。

註五：周遠馨，〈追隨玄奘之路〉（上），《人間福報》，二○一九年三月四日，十五版。

註六：綠蒂，〈夢以及預言〉，《綠蒂詩選》（台北：台灣商務印書館股份有限公司，二○○六年十一月），頁二四四—二四六。

註七：綠蒂，〈夢或者預言〉，《風的捕手》（台北：秋水詩刊社，民國八十九年四月），頁一八二—一八三。

註八：齊邦媛，《巨流河》（台北：天下遠見出版股份有限公司，二○○九年十二月十日），頁八—十五。

註九：鄉愁，〈心弦〉，同註一，頁一二二—一二三。

第八章　鄉愁㈢：中國文化鄉愁

我研究任何命題，只要時間和文獻許可，總喜歡窮追源頭，乃至探索源頭的源頭。本文要研究綠蒂的中國文化鄉愁，須要找到一些源頭。中國是世界四大文明古國中唯一有文化持續性的民族國家，即數千年文化沒有中斷過，任何正常的中國人都會感到生為中國人的光榮。弘一大師就說過，人生有三難得：遇明師難、得佛法難、生為中國人難。（註一）

但綠蒂更為特別的，他不僅以身為中國人為榮，他更熱愛神州大地每一寸山河，數十年來早已走遍大陸所有省市，親自主持或參與的兩岸文化文學藝術活動，只能以千百場次形容。整體來說，他對中國文化的愛是親情的昇華，是血緣關係洄溯的認同，而「中國文化鄉愁」則源自我國近百年的動亂，帝國主義強權入侵給人民帶來的苦難，詩人悲天憫人情懷所引起，這些應該都是源頭。此外，筆者亦發現另一個源頭，就是他父親王東燁先生，老先生的思想行誼必然對兒子有影響，以下試讀兩首王東燁題名〈國花〉的詩。（註二）

勝過櫻花意義深，冰肌締結美人心。
光華原有精神骨，未許鄰邦寸土侵。

凡卉難同節操深，偏開雲裡印徽襟。
劇憐五出稱民族，含蕊精神團結心。

王先生這兩首詩涵富強烈的中華民族精神，對中國文化有強烈的認同感。梅花是中華民族的象徵，松、竹、梅「歲寒三友」，梅、蘭、竹、菊「四君子」，在中國詩歌、文學、書畫等，有很重要的意涵；而櫻花則是倭國的象徵，在一個認同中國文化的詩人，當然是「勝過櫻花意義深」，這是極正常的道理，「光華原有精神骨」乃是我們中國之民族精神，要發揚民族精神，「未許鄰邦寸土侵」，絕不許可小日本鬼子倭人侵略我們一寸土地。

「劇憐五出稱民族，含蕊精神團結心」。梅花五瓣象徵中華民族的五大民族，期許大家要團結才能抵抗倭鬼入侵。王先生真是民族詩人、愛國詩人。再賞一首〈辛卯詩人節紀念鄭成功〉。（註三）

耿耿詩星耀兔宮，追懷追日一元戎。
淪亡帝代心猶擊，別創王基世所崇。
忍孝為忠明志節，驅荷據虜漢英雄。
而今親植梅長在，青史流芳化大同。

引這首詩的重要用意，在說明王東燁對中國歷史上的民族英雄，如鄭成功的事業和精神，是有高度認同的，這又代表什麼呢？筆者舉一負面實例，台灣從李登輝以後的「台獨政權」，開始搞「去中國化、去蔣化」。到了蔡英文，更擴大「去鄭成功化、去媽祖化」等，就是要「清洗」掉所有「有中國意涵」的東西，瓦解所有「中國認同」，這是中國文化的背叛。

相對於王東燁的思想行誼，他是中華民族的好兒女，深值代代中華子民頌揚；他的文學詩歌涵富著民族精神，在中國文學史上不僅有一席地位，他的志節情操也是後世詩人之典範。有這樣憂國憂民的「愛國詩人」父親，綠蒂的中國文化鄉愁就更濃了。賞讀〈向西奔流的鄉愁——伊犁河記遊〉。（註四）

絲路的長旅停歇在迎風的橋畔
金燦的夕陽落在向西奔流的伊犁河
日光還未游越多風的對岸
白楊樹已整齊羅列
編織異國情調的圖案

廣角鏡獵取伊河的壯闊
取景窗搜集散落的詩情
哈薩克兒女高吭的歌聲
驚起河面流淌的孤寂
在雲的沉思中
伊犁河幾度更換各式晚霞的彩裝
最後　披上傾瀉銀白的月色

褐黃、鬱綠、暗紅墜落的繽紛
混淆地在足下鋪成初冬的地毯
未等候來春傳遞訊息
頭頂的欖樹已悄悄迸出新綠
預先校正換季風景的流行色調

河　不管追尋的定義
是不是無盡的飄泊
河　依然向西湍湍奔流
不息的美麗流成中國最西疆土的標記
也流成心靈永遠的鄉愁

絲路、伊犁河、白楊樹，一幅蒼茫的鄉愁意象，似乎有了異國情調，因為這裡有中國少數民族，但向西奔流的意象好像快速要出國，前往西方去，詩人甚為不捨，故鄉愁油然而生，這是文化鄉愁！

第二段寫的是白天和晚上的景緻，但熱鬧的觀光人潮和節目表演，並未淡化詩人思鄉之情，「**哈薩克兒女高吭的歌聲／驚起河面流淌的孤寂／在雲的沉思中……**」。月亮在中國詩歌文學本有鄉愁意涵，「披上傾瀉銀白的月色」，詩人大概正在「舉頭望明月，低頭思故鄉」，否則怎知這夜的月色！詩人善於沉思，不因客觀環境的喧鬧而動搖他的思索，詩就在這種情境中慢慢醞釀出來。初冬風景如彩色詩篇，「**褐黃、鬱綠、暗紅墜落的繽紛／混淆地在足下鋪成初冬的地毯**」。中國的大西部地區。因「一帶一路」建設，如今成了世界旅遊的熱點，絲路、南疆、北疆旅行團，一團團出，是否思念祖國大地的人越來越多？

「**河　不管追尋的定義……不息的美麗流成中國最西疆土的標記／也流成心靈永遠的鄉愁**」。河的不追尋定義，相對彰顯詩人追尋定義的與眾不同，從詩人的心思觀境，伊犁河湍湍向西奔流是鄉愁，長江黃河當然是向東奔流的鄉愁，傾瀉銀白的月色更是鄉愁了。

賞讀〈風景中的風景—記洛陽牡丹花節〉。（註五）

錯過了，城外冬天的那場雪
錯過了，牆垣上皓白的銀裝
陽光游吟在洛水河畔的草地

擦肩的　是春風蕩漾的臉龐
迎面的　是蝴蝶芬芳的花語
橙黃、純白、淺緋的眩目
深紅、淺紫、灑金的艷麗
渲染著萬紫千紅的顏色
綻放出花中之王的丰采
澎湃的花海驚艷了洛陽的春光
灼灼的燦爛點亮了清寂的黑夜

真正令人難忘的景色
是存在風景中的風景
我承受了春神最豪華的餽贈
也閱讀了洛陽最飽滿的丰盈

日暮回首

所有的花影蕊姿
一半飄入風中
一半沉入心靈的密林
過眼的風景
其實從未消失
恆以文字波漾成記憶的詩篇
對著那曾經的青蔥歲月
傳遞著一些不捨的思念
或一種鄉愁的訊息

牡丹花歷來有「花中之王」美譽，富麗堂皇，國色天香，自古有富貴吉祥、繁榮昌盛的寓意。我國自唐代以來，一千多年中「天下牡丹之勝莫過於洛陽」，洛陽牡丹甲天下，千年不衰，乃世界史之奇譚。所以，到洛陽賞牡丹花，無論何時到都是太晚了，「錯過了，城外冬天的那場雪／錯過了……綻放出花中之王的丰采／澎湃的花海驚艷了洛陽的春光／灼灼的燦爛點亮了清寂的黑夜」。這是洛陽牡丹花節的盛況，必定日夜都吸引來自全球各地的觀光客。

但詩人不是單純來看熱鬧的，詩人所見也和常人不一樣。「真正令人難忘的景色／是存在風景中的風景……」，這是境界極高的觀照，人和各種景物都是風景中的風景，地球也是宇宙風景中的風景。此乃「因緣法」，萬物都是因緣和合而成，沒有所謂獨立的存在，詩人在賞花風景中這樣的感悟。中國文化鄉愁的感悟！

「日暮回首／所有的花影蕊姿……傳遞著一些不捨的思念／或一種鄉愁的訊息」。詩人到洛陽賞花，見識牡丹花節的丰盈，最後化成一首詩，核心意涵是一些不捨的思念和鄉愁。言下之意，只是要神州大地梅、蘭、竹、菊及其他各種花所傳遞的訊息，對詩人而言都是鄉愁的訊息，有如親人在呼喚，詩人心懷神州大地！心懷俱有五千年的寶貝中華文化。賞讀〈大草原記遊〉。（註六）

風擁抱了整個草原
吹奏著悠揚的鷹笛
雲優雅行吟
將放牧在山坡上的羊群

繪寫成碧綠海上
移位緩慢的黑白珍珠
在陽光下漂流閃光

驟雨洗亮青青草原
遠方炊煙裊裊直升
絢爛彩虹婉約落下
著陸草原
築成一道半圓的七彩拱門
迎接所有的往事和過客
霧濛所有的煙雨與鄉愁

草原的黑夜
稀微了眾星的光輝
草原的浩瀚

沉寂了大地的聲音
今夜棲息的旅店
是羊毛氈圍成的溫暖
是沒有門牌編碼的蒙古包
冷光屏幕的手機訊息
被遙遠阻隔在外
天窗不慎跌落的星光

閱讀著一頁頁的漂泊
遺忘或被遺忘的
都擱置在油燈幽微的角落
詩情未眠
輕盈隨風萬里飄遊

說起外蒙古，我心中就冒起無明火氣，無明火之黑霧也在「遠方炊煙裊裊直升」，落下的不是「絢爛彩虹婉約」，而是烏煙瘴氣，眼前即刻浮現一批世界級的魅魑魍魎。這已經超越鄉愁的情緒，為何？

我所認同「現在的中國」，也是統一後的中國，是現在中華人民共和國版圖，加上台灣和外蒙。外蒙成為「蒙古國」，雖然當時國際環境險惡，但蔣介石要負主要責任，是在他手上丟掉的。後來「蒙古國」國會兩度通過議案，要回歸中國，可惜時機不成熟！

我所認同「未來的中國」，包括滿清時代被俄國佔領的領土，現在的倭國（日本），當然琉球、釣魚台、南海那些被菲、越佔領的小島，全部要收回。尤其倭國（日本列島），吾國元朝就要收回，筆者著書立說，主張二十一世紀以核武消滅倭國，收服該列島改設「中國扶桑省」。（**註七**）為何要消滅倭國？所謂「大和民族」實是地球上最邪惡之生物，乃亞洲和世界之禍害，必須除之。詳情可見余所著，《日本問題的終極處理——廿一世紀中國人的天命與扶桑省建設要綱》一書。這些由於詩人的蒙古旅遊，引起我的另一種「鄉愁」！我的政治鄉愁！

詩人至少熱愛神州大地每一寸土地，他和這山河大地草原才有心靈上的連接。「**風擁抱了整個草原／吹奏著悠揚的鷹笛／雲優雅行吟／將放牧在山坡上的羊群……**」。好美的一幅天成風光！是我中華民族永久生存所必須的「基地防衛」，若蒙古（內、外）不安，我們全國都會有安全上的威脅，乃至威脅民族生存命脈。筆者乃研究大戰略、國家戰略、軍事戰略、野戰戰略之人，才會看到這層次問題。（註八）綠蒂是純粹的詩人作家，他對祖國大地的鄉愁不會像我那樣激烈，而是一種浪漫與深沉的鄉愁。「迎接所有的往事和過客／霧藹所有的煙雨與鄉愁／／……今夜棲息的旅店／是羊毛氈圍成的溫暖／是沒有門牌編碼的蒙古包……」。詩人的血緣、基因本有鄉愁，在神州時空中加以醞釀，一首首文化鄉愁的詩篇，自在、無住的誕生了。

月色遲疑的瞬間
薄霧奔湧而來
遮起星光微微傳遞的訊息
島　滿泊著陌生青澀的鄉愁
湖　依舊是不識哀愁的湖

〈千島之湖〉末段（註九）

等不及月亮在海面撒網

鋪陳溫柔的光輝
已擁你堅持千年的清純
與飄遊萬里的鄉思入夢

〈吉光片羽—大理的風花雪月〉第二段（註十）

守候著午後十時的落日
降臨的卻是清晰艷色的長虹
飄散在落地的半圓拱門下
是屬於中國的
輕輕鄉愁

〈大草原組曲〉（三）之部份。（註一一）

中國現代詩發展到現在一百年了，許多詩人用各種不同風格表達對中華文化的熱情，對國家民族的熱愛，對這片廣闊的神州山河永恆之愛。但經由散發鄉愁的濃度和普遍性，表達把親情血緣之愛昇華到祖國之大愛，綠蒂恐怕是百年來第一個新詩人。綠蒂這種鄉愁之愛，直可比美艾青的愛，二者等同的高度和不凡。艾青的〈雪落在中國土地上〉一詩，「雪落在中國的土地上／寒冷在封鎖著中國啊……」；另在〈我愛這土地〉一詩，「為什麼我的眼裡常含淚水？／因為我對這土地愛得深沉……」。（註十二）綠蒂和他父親王東燁先生，都對中華民族有高度的認同，對身為中國人也有永不變質的認同感和國家愛，因而父子兩代詩人都有濃濃的中國文化鄉愁。賞讀〈微雨的大明湖〉。（註十三）

垂柳彎下暮色的背脊
殘荷撐起最末的秋意
風摺縐千佛山的倒影
雨濕漉了傍依明湖的
荷與柳的對話

雨水沿階而下
淨明如鏡地流漾著往事
湖面寒風輕推小舟

消瘦的是詞人清照的雕像

歷下亭帝王的豐碑
斑剝為導遊拼湊的傳說
四面的荷浪
湧擠成一闋蕭瑟的秋思
岸邊葦花芒白一片
與斜細的雨絲一同紛飛
模糊了手機傳來的訊息
分不清是思念還是鄉愁

讀綠蒂的作品，讓我想起早年作家胡秋原所述，中國人的詩必須表現中國人命運、願望的特點，也必須運用中國語言文字的特點……然中國新詩之正道，同時也是中國民族政治之正道。中國人必須超越西化、俄化之外走自己的道路。這是很重要的國族認同正道（註十四），我在綠蒂和他父親的作品，都發現在詩文字內外意涵表達了這樣的正道，只是他們的表達是一種典雅、浪漫的文化鄉愁。

想當然如是，若中國詩人作品盡在頌揚別國的好，否定或醜化自己的國家；只要人家文化高尚，自己文化下流。這還是「中國現代詩」嗎？還能叫「中國詩人」嗎？不論他是誰？諾貝爾文學獎也不會接受這種作品吧！

註　釋：

註一：弘一大師確實說過這樣的話，趣者可自行查弘一大師行誼，不難查知。另在修行界也有「人身難得、直法難聞、中土難生」說法，概括為三難。「中土」就是中國，是世界文化的中心，能生在中國是三生有幸的機緣，修仙得道之門就在中國。

註二：鄭定國編注，《王東燁槐庭詩草》（台北：里仁書局，民國九十三年八月三十日），頁六四。

註三：同註二，頁一一九。

註四：綠蒂，〈向西奔流的鄉愁—伊犁河記遊〉，《春天記事》（台北：普音文化事業股份有限公司，二〇〇三年四月），頁一〇二—一〇四。

註五：綠蒂，〈風景中的風景—記洛陽牡丹花節〉，《綠蒂詩選》（台北：台灣商務印書館股份有限公司，二〇〇六年十一月），頁七—九。

註六：綠蒂，〈大草原記遊〉，《冬雪冰清》（台北：普音文化事業股份有限公司，二〇一二年四月），頁八五—八七。

註　七：陳福成，《日本問題的終極處理——廿一世紀中國人的天命與扶桑省建設要綱》（台北：文史哲出版社，二〇一三年七月）。

註　八：陳福成，《國家安全戰略關係》（台北：時英出版社，二〇〇〇年三月）。

註　九：綠蒂，〈千島之湖〉，同註四，頁八六—八八。

註　十：綠蒂，〈吉光片羽——大理的風光雪月〉，同註四，頁一一〇—一一二。

註十一：綠蒂，〈大草原組曲〉，《風的捕手》（台北：秋水詩刊社，民國八十九年四月），頁二五—二八。

註十二：艾青作品介紹可見：高準，《中國大陸新詩評析》（一九一六—一九七九）（台北：文史哲出版社，民國七十七年九月），頁二〇二—二二四。艾青，一九一〇年生，本名蔣海澄，浙江金華人，也是中國現代愛國新詩人。

註十三：綠蒂，〈微雨的大明湖〉，同註六，頁二一六—二一七。

註十四：胡秋原，《中國大陸新詩評析》序，同註十二，頁一—一三。

第九章 鄉愁㈣：人生終極原鄉何在？

在本書從綠蒂詩之詩想內涵所歸納解析的四層次鄉愁，以鄉愁（一）故鄉鄉愁最俱普遍性，因為人人都必然一個以上的故鄉（出生地、成長地、父母所在地等）。是故，可謂眾生都有鄉愁，只有少數的例外，如世界主義者可能就沒有鄉愁。

鄉愁（二）和（三）就有所限制，多數人不會「鄉愁漂滿地球」，而中了「台獨」毒素的人不會有中國文化鄉愁。台獨份子由於中毒已深，他們基本上不承認自己的血緣關係，醜化自己的文化（中華文化），背叛自己的民族（中華民族），一個祖宗父母都不要的人，怎麼可能有「中國文化鄉愁」？

至於本章討論「人生終極原鄉何在？」更是只是極少數人會思考的層次，因為涉及人生終極的「家」在那裡？這是哲學和神學的命題。在筆者所研究現代兩岸中國詩人群像裡，會在作品中思索人生終極原鄉，俱有終極鄉愁意涵者，就僅碰到這位「永遠的中國文藝協會的義工」、詩人老友綠蒂先生。

「家」這個字，從五千年前有「豕（猪）」才是「家」，到現在大家常說有「媽」才是家，所以中文的家應改成「㝞」。未來可能又變了！因為有些地區可以同性結婚，「家」就難以定義。但就每個人而言，他的人生最後往何處去？已經不是單純說「天國」或「西方極樂世界」可以回答的命題。這人生最後的歸宿、最後的原鄉，即最後的家園何在？成了各說各話的迷思。歷代智者或大師們常在提問，如吾國明朝憨山德清禪師曰：（註一）

滾滾紅塵古路長，不知何事走他鄉；
回頭日望家山遠，滿目空雲帶夕陽。

這是何樣境界？「滾滾紅塵古路長」，人生路走到何處是盡頭？最終歸宿何在？「不知何事走他鄉」，糊里糊塗過了一輩子很可惜！「回頭日望家山遠」，離家鄉愈來愈遠，到老病交加時更是「滿目空雲帶夕陽」，眼前一片茫然，不知道人生最後歸宿何在？

憨山的詩並未指出人生終極原鄉何在？主要詩意在啟示珍惜光陰，珍惜生命，把握當下歲月。否則歲月不饒人，轉眼老病死就來臨，人生空餘怨嘆，何苦呢？但人有時很執著，上天下地非要找到這個原鄉。

三界無家誰最親，十方惟有一空身；
但隨雲水伴明月，到處名山是主人。

北宋・沖邈禪師（註二）

三界是欲界、色界和無色界，「三界無家誰最親，十方惟有一空身」，是說已出離三界，無家之人，體悟世間無常，五蘊皆空，連身子也空了。「但隨雲水伴明月，到處名山是主人」，隨雲水行腳，名山盛水皆可安頓身心，山水都是主人，到處可以為家。原來人生並不須要追尋什麼原鄉吧！連在元朝當宰相的耶律楚材也說：「從征萬里走風沙，南北東西總是家；落得胸中空索索，凝然心是白蓮花。」（註三）高僧、禪師、宰相皆如是開示，並未明說人生終極原鄉何在？但也說了，山河大地四海都是家，他們鄉愁是否更「愁」？詩人綠蒂原鄉又何在？賞讀〈他鄉遇故知〉。（註四）

微風

自你髮梢走過
夾以草原青綠的芬芳

月光
為夜色塗上
不炫耀的象牙白

眼神
深情地傾聽
夜蟲與花卉的私語

心情
溫柔地脈動著
不為你我單獨留駐的時光

故事
是寫在黑板上
擦拭後不留痕跡的告白

短詩
是鏤刻在風中
久久不散共同的鄉愁

此境
只在今夜
卻是夢幻成真的天堂

通常說人生的終極原鄉鄉愁，大多指神學、宗教信仰或哲學之原鄉。但中國傳統文人（作家、詩人、藝術家等），較多還是以文學藝術為人生原鄉，所以中國人講「文以載道」，這個「道」就有了宗教味道。「道」可以指宇宙法則、自然規律、人生終極原鄉，中國文學是可以讓文人取代宗教，也就是中國文學俱有宗教功能。綠蒂的原鄉鄉愁，主要是文學藝術上的鄉愁，文學藝術是他人生的歸宿，而不是宗教或哲學的。

一如這首詩，他鄉遇詩友，眼神、心情、故事都對味，志同道合，在詩中得到人生自我實現。「短詩／是鏤刻在風中／久久不散共同的鄉愁／／此境／只在今夜／卻是夢幻成真的天堂」。如是簡單又單純就構築成詩的原鄉，一夜間就到達天堂，這是文學詩歌的天堂，不是佛教或基督教的天堂。詩人的「道」達成，「朝聞道，夕死可也」，人生終極歸宿不就如是。賞讀〈雨中行——記秋水詩刊聚會〉。（註五）

撐起一傘梅雨
踩雨足濕漉的鄉愁
這般詩意的天氣
清晨，就來趕「秋水」的集

塗滿泥濘的草地喊著春
掛著晶瑩的柳樹喚著綠
長亭上沈思的少年

是誰昔日的影子
傘外
風撒播著青春
傘內
笑語如雨滴落

你何不
把刻繪在歲月上斑剝的結語塗去
再序寫一頁新的璀燦
我的祝福
也是你的祝福
攜著它
我來赴會

什麼樣的盛會必須雨中趕往？只不過是一個詩刊詩友的聚會，詩人當成自己的春秋大業在實踐。詩，是詩人的生命歸屬和人生歸宿，雖然只是一個詩刊的活動，依然「撐起一傘梅雨／踩兩足濕漉的鄉愁……」他是詩刊創始人，他「愁」的是，如何盡善盡美！可長可久！

一九七四年（民63）元月，綠蒂與古丁、涂靜怡共同創辦《秋水詩刊》，綠蒂任發行人。古丁走後，長期由涂靜怡主編，到二〇一四年（民103），《秋水詩刊》結束了「涂靜怡時代」；綠蒂不忍詩刊就此結束，同年十月接任《秋水詩刊》主編，並改版擴大發行，開啟詩刊新生命，啟航詩刊的「綠蒂新時代」。原來，一個詩刊能延續，正是文學火種的傳承就是綠蒂的文學歸宿，更是他的心靈原鄉。

單從詩語言看，是綠蒂一貫詩創作的技巧，如草地喊春、柳樹喚綠、風播青春等，都是綠蒂最熟悉的詩歌創作方法論，文學語言是物化、是物我合一；若用佛的語言，可以是「無情說法」，後面相關章節會談這個題目。賞閱〈早讀〉。（註六）

陽光斜斜地，自窗外投影
給早餐舖陳了明亮的
格花圖飾的桌布
澄汁勻和著曙色在杯中
為初醒裝飾的慵懶
染上深深鵝黃

剛啟開的視窗
擁塞了滿目的文字訊息
拋棄紛擾的政治語言
翻越沉重的社會亂象
聳動的影劇花絮
跳躍的體育音符
給了思維暖身的晨操
讓瀏覽的節奏緩步在副刊的人行道上

夢中的鄉愁
突然壓縮成副刊角落的
一首小詩
如同細細咀嚼的全麥土司
佐配以沉澱了靈感的黑咖啡

晨風索沙翻報
瀟灑的預言

雲的旅程再起
我將不是唯一的漂泊
今日天氣：晴　多雲無雨
適合心情的旅行

早餐佐配報紙，發現副刊上自己的作品，「夢中的鄉愁／突然壓縮成副刊角落的／一首詩」。這是夢中的鄉愁，就是朝思暮想的春秋大業，人生文學藝術的原鄉；而追求這樣的人生大業，對詩人已經平常如生活，自然如吃飯睡覺，「如同細細咀嚼的全麥土司／佐配以沉澱了靈感的黑咖啡」。但「自然」也是不容易的，詩人夢中的「愁」，也在愁著如何寫出經典好作品，上乘之作要醞釀、要苦思。如李白說：「借問別來太瘦生，總為從前作詩苦。」杜甫則說：「語不驚人死不休」。。在苦思中追求最高境界，這夠詩人「愁」了！夠詩人磨一生歲月，成為詩人終極大業！終極歸宿。

詩的第二段「拋棄紛擾的政治語言／翻越沉重的社會亂象……」。表示詩人對政治亂象、電視八卦等，都不想去深入碰觸，只當成早晨思緒的暖身操，要關心注意的是副刊上的文學訊息。

最後，詩人持續他的文學之旅，「雲的旅程再起／我將不是唯一的漂泊／今日天氣：晴

多雲無雨／適合心情的旅行」。對詩人而言，行腳之旅，心靈之行，都是文學創作的途徑或過程。賞讀〈望雲〉。（註七）

一行詩句打亂
滿滿一窗等待排列的文字
一個午寐錯過
盈盈一池豐美迎風的夏荷
望海的眼眸
透藍成一雙絕色的寶石
雁行展翅
在天空佈寫鄉愁的象形

白雲是蒼狗
是棉絮絲絨
白雲是磨菇
是冰雪山巒

還是百變的蒼芎魔術師
坐看起風的山色
摸不清天空的遠近，以及
雲谷的深淺

詩人一生都在經營詩、耕詩種詩，看似容易，要有經典傳世很難。所以歷史上詩家都在研究寫好一首詩，須要何種條件，如詩有二要、二廢、四不、四深、六迷、七德、十九體、二十四詩品等。（註八）為一字、一句、一行，要如何安排，傷透肝腸，「一行詩句打亂／滿滿一窗等待排列的文字……在天空佈寫鄉愁的象形」。詩題「望雲」是形，遠望思索人生的文學詩歌事業才是詩之「意」涵，如何找到文學藝術的原鄉才是「望」雲本旨。這原鄉尚未找到前，總叫人愁！

尤其詩人一把年紀了，白雲蒼狗，誰知明天將如何！「坐看起風的山色／摸不清天空的遠近，以及雲谷的深淺」。這怎不叫詩人心急呢?望雲，是望人生之文學原鄉，只是現在仍望不出遠近深淺，看來還要持續努力，再下苦工夫了。

人生終極原鄉的追求，如同「人各有志」一樣，是千奇百樣的，運動家志在打破世界記錄，冒險家志在完成最奇險壯舉，宗教家志在實踐救世救人使命……賓拉登志在消滅美國，有錯嗎？可謂人各有其「天命」。而做為詩人的綠蒂，追尋文學詩歌的理想國是他的天命，是他的心靈原鄉，少部份作品則有宗教原鄉之意涵。

暮鼓晚鐘指引著
東海遙遠的歸帆
沉落海底三千年的
一隻海螺浮現紅塵
與我深情對話
探討鋪滿松末的小徑
是夕陽歇足的旅邸
還是心靈清淨的原鄉
……
沉思不語的山寺月色
悄悄地白淨了大地的喧嘩

〈和南寺的午與夜〉部份（註九）

返抵傍山依海的家園
耐冬的雲彩和綠色的儀仗
列隊在花園迎候歸來
欖仁樹今歲末落成光禿的枝椏
蛀洞的赭紅與鬱綠參差在昏黃的暮色中
菩提在風中入定
……
所有的浮雲遊子
今夜皆在原鄉憩息
萬物期待立春溫暖的喚醒
復始宇宙嶄新一年的律動

〈除夕返鄉〉部份（註十）

依山傍海的家園是位在花蓮的和南寺，以和南寺為家園，若是實際的家園便要出家做個僧人，詩人未出家，應指心靈家園，心靈上安身立命之處，也有宗教上的寄託。「所有的浮雲遊子／今夜皆在原鄉憩息」，浮雲游子可能是詩人或宇宙萬物，也在「原鄉」找到心靈寄託。

「**沉落海底三千年的／一隻海螺浮現紅塵／與我深情對話**」。這是詩人的超現實奇想，「紅塵」是佛教對這世界的比喻，「是夕陽歇足的旅邸／還是心靈清淨的原鄉」是詩人的提問，企圖引起讀者深思，最後沉思不語的山寺，暗示一切答案都要自己去找。

宗教上的終極原鄉，說到終極就如佛教《大智度論》所述，「佛教眾生父，般若能生佛；是則為一切，眾生之祖母。」人的智慧和善法，未來成賢成聖，都依靠佛陀才能生出菩提道果，所以佛陀有如娑婆世界眾生之慈父。

佛之所以能成佛，是因為有般若，所以說「般若能生佛」。但般若為一切眾生所有，佛生出眾生，般若能生佛，以此類推，般若如同是我們的祖母。因此，人生沒有比證悟般若更重要的事了。

針對以上四章鄉愁之研析，主張眾生都有鄉愁是筆者基本假設，有假設就要求證，四個層次的鄉愁都經由綠蒂的作品加以論證。求證多多愈善，求證也可以推翻假設，但假設若被多次證明為真，便不容易被推翻了。今為再度證明我的基本假設，舉別的詩人作品，賞讀紀弦〈年老的大象〉一詩為鄉愁四章之結論。（**註十一**）

年老的大象，
無論走了多遠，
一旦病重，自知活不久了，
就會馬上回頭，
回到牠小時候喝水的地方，
躺下來，靜靜地死去。

至於我，我不也是一個
懷鄉病的患者嗎？

我在地球上散步，
從一個洲到一個洲，
從一個國到一個國，
從一個城到一個城，
看山，看水，看花，看樹，
看那些動物，看那些女子，
到如今，已經沒有什麼好玩的了，

我很想回到揚州，
去看看瘦西湖的風景。

紀弦也是綠蒂敬仰的前輩詩人之一，紀老已經按他所願魂歸揚州，或正在瘦西湖賞花看月，那是鄉愁唯一的解藥，相信也是他的人生終極原鄉所在，祝福他；而像綠蒂、筆者及尚能在人間創作的詩人們！你的人生終極原鄉何在？想必是要持續加把勁吧！

註釋：

註一：憨山德清。明嘉靖二十五年（一五四六年）生，明熹宗天啟三年（一六二三）圓寂，明代高僧，字澄印，號憨山，謚號弘覺禪師。南直全椒人（今屬安徽），傳承臨濟宗，為禪宗復興重要人物。憨山資料引自星雲大師《星雲說偈》。

註二：沖邈禪師，北宋詩僧，生卒不詳，在《宋詩紀事》卷九十二有《翠微集》傳世，詩引星雲大師《迷悟之間》第一冊。

註三：耶律楚材。宋光宗惇紹熙元年（一一九〇）生，蒙古乃馬真后四年（一二四四）卒。字晉卿，法名從源，號湛然居士，又號玉泉老人，契丹族裔，曾任宰相，對改革蒙苦陋風很有建樹。

註四：綠蒂，〈他鄉遇故知〉，《泊岸》（台北：躍昇文化事業有限公司，民國八十四年七月），頁二二六—二七。

註五：綠蒂，〈雨中行—記秋水詩刊聚會〉，同註四，頁二二六—二二七。

註六：綠蒂，〈早讀〉，《風的捕手》（台北：秋水詩刊社，民國八十九年四月），頁四三—四四。

註七：綠蒂，〈望雲〉，《春天記事》（台北：普音文化事業股份有限公司，二〇〇三年四月），頁九〇—九一。

註八：蕭水順，《從鍾嶸詩品到司空詩品》（台北：文史哲出版社，民國八十二年二月），第三章。

註九：綠蒂，〈和南寺的午與夜〉，同註七，頁一四二—一四五。

註十：綠蒂，〈除夕返鄉〉，《綠蒂詩選》（台北：台灣商務印書館股份有限公司，二〇〇六年十一月），頁一六一—一六三。

註十一：紀弦，〈年老的大象〉，《年方九十》（台北：文史哲出版社，二〇〇八年六月），頁一六二—一六三。紀弦，本名路逾，河北省清苑人，有「台灣現代詩點火人」美稱。民國二年生，二〇一三年七月二十二日逝世。

第十章 社會關懷與政治批判

社會和政治表面看是兩個不同領域，大學裡也是不同科系，但實際上二者是一掛的，很難用一條明顯的界線切割。不論那個朝代的什麼事，二者常有連動或因果關係，例如政治腐敗黑暗，必然帶來社會動亂，人民也必然要活在水深火熱之中，度無邊之苦海。一個很簡單的道理，「政治是管理眾人之事」，人只要活著，很難完全排除政治的干擾，對任何人都有不同程度的影響，不管你是誰？逃往何處？詩人作家藝術家文人等，何處才是你安全的創作環境？

筆者自年輕時代就有些創作上的好奇心，長期關注（研究）當「天下不可為」時，詩人作家等文人的行為模式，古今中外東西方竟極為相似。都會產生一種逃避心理，試圖逃離政治影響，追尋一個安全的「避風港」，建構自己的文學詩歌理想國。但深入觀察分析，避風港並非完全可以避風，理想國也並非真的很理想，從詩人作家作品中，依然可以看出潛在的心理還是關心國家民族，大約不外就是社會關懷到政治批判，本書所研究的主角、詩人綠蒂，更有比古代「竹林七賢」有較多關懷和批判。

沒有篇幅可以容納世界各民族詩人作家的「避難法門」，僅就我們中華民族幾千年來略為一說，看我們中國詩人作家在大動亂時代是怎樣「避難」。中國史亦如世界各民族史，分久必合，合久必分，總是戰爭與和平輪流光臨，戰亂苦難來臨時，詩人文士大多走向三條避難法門，也就出現三種作品風格。

第一條「避難法門」是縱情山水，因而有田園山水之作。東晉到南北朝時代，尤以晉室東渡，偏安政局已定，雄心壯志消磨已盡，只有寄情山水以遣殘生，謝靈運是山水詩代表人物。山水詩發展另一形式是田園詩，陶淵明是代表人物，都是設法遠離政治影響，追尋心靈的理想世界。到盛唐的王維和孟浩然，發展壯闊成山水田園詩派，創造出中國詩歌文學的新境界。

第二條「避難法門」是沈緬清談，因而有神仙玄理之作。東漢末年到魏晉南北朝，玄學之風極為流行，易、老、莊被稱為「三玄」，詩人文士一片玄風與清談。

> 嵇康寓居河南之山陽縣，與之遊者，未嘗見其喜慍之色。與陳留阮籍、河內山濤、河

南向秀、籍兄子咸、瑯琊王戎、沛人劉伶、相與友善。遊於竹林，號為七賢。（三國志注引魏氏春秋）（註一）

當時社會變動繁遽，政治腐敗黑暗，詩人文士乃有退隱求仙之念，這種情緒必然影響了詩歌文學創作。但帶起玄風的是何晏和王弼，這些風格作品史稱「正始文學」，正始是魏齊王芳年號，他在位十四年被司馬師所廢。

第三條「避難法門」是荒於酒色，因而有唯美宮體之作。「宮體」類似今之色情或情色，帝王貴族有能力縱情於酒和「色」，一般詩人只能縱情詩酒，尋求解脫（其實是麻醉）。宮體詩的形成，因處亂世受「人生幾何」的反激，走上享樂與縱欲之風，加以帝王生活的恣肆和佚蕩，帶動文學詩歌一片淫逸風格。如梁武帝的〈白紵辭〉、簡文帝〈美女篇〉和〈詠內人畫眠〉、陳後主〈玉樹後庭花〉等，都是宮體之名篇。

以上三種文人的避難模式，歷朝歷代都有許多文人雅士可歸入這三者之一或混合式。就是現在的台灣從一九四九年至今，亦至少有數百詩人可納入這些模式，原因是這半個多世紀「中華民國在台灣」，完全是一六四四年後的「南明」再版，不論是兩蔣政權，或李登輝開始的「台獨政權」，都不是詩人作家創作的正常環境。選擇逃避、避難，是唯一可以安全創作的辦法，我敢於斷言，現在全台灣所有詩人作家（含筆者在內），創作上多少有幾分安全顧慮或逃避心理。大家提到「政治」尤其是統獨，都心理毛毛怕怕，作品風格只好逃向「含蓄」，但詩人終究心懷國家前途，不吐亦不快啊！

綠蒂是絕不「碰」政治的詩人，但他「苦守」中國文藝協會，文友們都心知肚明，他是要守住「中國文藝協會」這塊牌子。曾有人要求綠蒂，換成「台灣文藝協會」，但綠蒂依然不為所動，就是要在台灣地區將「中華文化」高高舉起，對於身為中國人的血緣和文化認同，對於台灣地區人文關係，綠蒂不言說，亦「不立文字」，但他的詩無論多「含蓄」，也藏不住他的社會關懷和政治批判。賞讀〈硝煙掩不住的美麗〉。（註二）

硝煙、沙塵暴遮蔽天空的蔚藍
哀鳴、爆炸聲覆沒了大地黃沙
一場沒有前線的戰爭
牽引著全人類的視線
網獵戰士離家的鄉愁
特寫傷殘無助的眼神

戰火熱辣地端上
每一個閱讀家庭的餐桌

燒燬的旗幟
摧倒的銅像
都是激情的喧囂
無關信仰或強權
也無關正義或解放
戰爭封緘為時代的廢墟
和平虛擬成山城的燈火

關掉螢幕充斥的炮聲
掩卷報章氾濫的戰火
殘留的映象是悲憫無語的註解
逃避著命運眷顧的永遠質疑

滿天星爍垂落大地的寂沉
月光在東海的地平線垂落又昇起
因風　沉重的心靈遽然輕盈
因風　詩情清淨而純粹
亙古羅盤指引星圖
排列成戰爭豁免的祥和告示
蒼芎皓潔清澄
春分　依然是最美麗的節氣

這首詩是對戰爭的反思、反感和批判，按文意並未確定那裡的戰爭，美國侵略伊拉克、阿富汗或煽動敘利亞內戰，都有幾分神似，但「燒燬的旗幟／摧倒的銅像……關掉螢幕充斥的炮聲／掩卷報章氾濫的戰火」，太像是發生在台灣的場景，只好「關掉螢幕、掩卷報章」。

第一段是遠方的戰爭牽引全人類的視線，「戰火熱辣地端上／每一個閱讀家庭的餐桌」。地球村時代，任何訊息傳遞僅在幾秒間，戰場上的傷殘哀鳴、戰士的鄉愁，都在瞬間傳到全球每一家庭。這段是給人棒喝「吃飯佐戰火」，再反省戰爭與和平問題。

第二段有反諷人類愚昧之意，大家打得死去活來，竟無關信仰、正義或解放，大家都不知為何而戰，只是給政客和軍火商牽著鼻子走。結果戰爭在無聲無息（大家都不反對）中，製造很多廢墟，和平如山城燈火，忽明忽暗，只是假像！

把戰火放逐於心外之邊陲吧！回到東海找尋心靈平靜，「**因風　沉重的心靈遽然輕盈／因風　詩情清淨而純粹……春分　依然是最美麗的節氣**」。硝煙全都消滅了，人間處處「掩不住的美麗」！賞讀〈裁縫師與提琴手〉。（註三）

從來不是戰士
也不懂憬英雄
只是不小心
選取了一個遠景
畫就了未來的圖騰
其實東海的湛藍
宏明山色的翠綠

不論輪替或者交融
皆一樣是賞心丰美的風景
　　是悅目靈動的色彩
你說要當我的裁縫師或提琴手
不讓民調起伏的百分比預言
不讓造勢吶喊的分貝左右
「三二〇」公投決定角色
是裁縫師或提琴手

裁縫師或提琴手
針線或琴絃
都需要藝術氣質的巧手
回歸納風亭
裁縫師會以藍天為布
　　山水為線
為我縫補心靈遺憾的缺口
為我裁製一襲春暖儒雅的長衫
或者飛到遠方的古城上

迎風舉杯
提琴手為我演奏激昂的勝利交響曲
然後重譜隱密浪漫的月光曲

你說不管結果
你將扮演恰如其份的角色
春分可以在硝煙之外
　可以安靜而美麗
可以是裁縫師
可以是提琴手
重點是，你是朋友
乾杯！永遠的摯友
以不滅的北極星光見證
為即將成往事的現在時刻見證

整體來說，這是一首批判民主政治選舉文化的詩，而以台灣地區為批判對象。「不讓民調起伏的百分比預言／不讓造勢吶喊的分貝左右」，這是詩人的期許，選民要有獨立判斷的智慧，不要凡事被民調牽著走，受到造勢現場激情所左右。但顯然是讓人失望的，因為全世界凡是搞民主選舉的國家，人民都受制於政客的操弄，使整個社會陷入動蕩不安，如英國脫歐、美國瘋人總統等，都是民主的假像（民主制度之病）造成，期待人民的覺醒而改善制度很難，除非革命！

「三二〇公投決定角色／是裁縫師或提琴手」。很多人把公投當成民主政治的「神主牌」，以為公投神聖萬能，這種過度簡單思維的二分法，最容易被政客操弄，給社會帶來災難。

「三二〇公投決定角色／是裁縫師或提琴手」。這是詩人的含蓄，也是詩文學的想像空間，詩人不願意說破或直說真相，留給讀者自己去想像和詮釋。公投當然是決定某事的選向（大方向、角色），通過或不通過，主政者會成為裁縫師或提琴手，兩種角色都能為善為惡。詩人期許掌權的人能為善，裁縫師能「為我縫補心靈遺憾的缺口」而提琴手「為我演奏激昂的勝利交響曲」。這是詩的本旨，前面論述只是我「解詩人」誠實的破解。賞讀〈隔離的春天〉。（註四）

從春天的尾巴延伸到仲夏

我們的島被捲入
陌生而驚悚的名稱
一個叫 SARS 或非典的風暴
被號召的全民
用口罩阻隔開生活原本的容貌
用測溫計遠離不見敵人的戰禍
堅壁清野的思維
把城市隔離
成陽光焦躁或疫病晦暗的角落

把繁華隔離
成莫名的逃亡潮或孤獨的清寂
有人　被法令與罰鍰隔離
有人　被自我的恐懼隔離
人性的慈悲與生存的重量　拔河
親情的召喚與驚慌的疏離　角力
你幾度？替代成使用最多的問候

一個輕咳驚起全週遭圍剿的眼神
每一種發燒都焦慮成要命的症候
拒絕握手　拒絕群聚
敬而遠之的藩籬
隔離了　密室與空曠的需要
隔離了　疑似與可能的差異
隔離了　英雄與棄甲的界定
隔離了　用水與不用水的洗手
隔離了　步行、捷運、計程車
也隔離了今年的春天記事

「你窮，有人跟著你，就是幸福；你病，有人照顧你，就是幸福；你錯，有人包容你，就是幸福；幸福不是你能左右多少人，而是多少人在你左右；幸福不是你存了多少錢，玩了多少地方，而是你天天身心自由的做自己想做的事；幸福不是你吃好穿好有多少財富，而是沒災沒病……」網路上流傳的嘉言，好友們相見都以此共同勉勵，希望大家在邁向人生終站的這段銀髮歲月，都得到幸福美滿快樂，獲得人生更高的意義。

人窮了、病了、老了，確實最能真正知道身邊人有多少愛？人性的真相總在災難來臨才見其光輝或陰暗！善良或邪惡！乃至測知一個人所持信念為何？對信念又能有多少堅持？這種故事可以堆滿整個地球！

社會上每發生一個事件，從「韓流」到「九一一」或「三一一」，也都是對某一群人的「人性測驗」。而綠蒂的詩說的是台灣被「殺死」（SARS）入侵那年，同樣可以看到很多人性的考驗，「**成莫名的逃亡潮或孤獨的清寂／有人　被法令與罰鍰隔離／有人　被自我的恐懼隔離／人性的慈悲與生存的重量　拔河／親情的召喚與驚慌的疏離　角力……**」。拔河！角力！擴張解釋，人生何處何時不拔河？何處何時不角力？無時無刻不在選擇或不選擇的情境中，顯露人性的真相！愛的程度！真誠的程度！美善的程度！

這首詩對一個社會事件的發生與經過，有濃濃的關懷和淡淡的批判，太過恐懼隔離或輕忽都不適當，英雄可敬，但「棄甲」亦不可取。企圖引發人們對事件的檢討反思，應是詩人要表達的心意。賞讀〈傾聽與觀照〉。（**註五**）

紛沓的收視率與民調分析
眩迷了自己

遲鈍了聽力
原鄉在呼喚　在指引
以心傾聽　用心觀照
傾聽一切的囈語與神話
觀照一切有聲與無聲的言語

在生命的旋轉門開開闔闔之間
傾聽蜿蜒的來路
也傾聽飄忽的出口
傾聽風聲雨勢
也傾聽鳴蛙秋蟬
傾聽百花綻放
也傾聽落葉歸塵
傾聽雨後青天的彩虹
也傾聽西斜落日的紅霞

傾聽鼓的擂動
也傾聽鐘的悠揚
傾聽古琴的清音
也傾聽弦外的隱喻
傾聽謊言栩栩如生的幻影
也傾聽詩筆營造的純粹世界

傾聽真實
也傾聽虛幻
傾聽遠方漁火的輕輕搖曳
也傾聽深海螺貝的千年迴音
傾聽島嶼亢奮的對立
也傾聽海洋浩瀚的包容
傾聽身邊一切可及的美麗與孤寂

也傾聽遙不可及的冷光與鈴聲
傾聽等待的無盡
是一首無終篇的詩歌
從不流失
也從未變成過去

如觀自在對眾生的開示，也是高僧大德給每一個人的啟蒙，但詩人的本意是要擁有權力的人多多傾聽和觀照。所以，詩的重點首先批判了台灣政治人物的迷思，「紛沓的收視率與民調分析／眩迷了自己／遲鈍了聽力／原鄉在呼喚　在指引／以心傾聽　用心觀照」。所有媒體全天候以「民調」轟炸全民，全民和政治人物都得到精神分裂症，而在權力欲望的潛意識裡，「原鄉」在呼喚！

這「原鄉」是什麼?是良心，是列祖列宗、是未顯現的善性。

但詩人明知有些人中毒太深。不可能回頭從良，也只好警示他們以心傾聽，用心觀照。「傾聽一切的囈語與神話／觀照一切有聲與無聲的言語」。

基本上，這首詩不光是對眾生有啟示性，也最適合所有當「領導」的人，包含工業企業界各級領導，政府組織裡各級領導或管理者，都要傾聽觀照。因為「人」這物種有一劣根性，只要有一點點小小的小權力，如村幹事、小組長等，就會自大膨脹、耀武揚威，有機會就要「吃人」。所以要懂得傾聽觀照，他會自然的「大起來」，成為眾人尊敬的太陽，而不是眾人討厭的政客奸人！

至於要傾聽觀照什麼？詩人在整首詩列出很多，是很含蓄的詩語言比喻表達。「蜿蜒的來路、飄忽的出口、風聲雨勢、鳴蛙秋蟬、百花綻放……弦外的隱喻……島嶼亢奮的對立……」。可以是任何事，有聲或無聲，如民心的聲音、時代潮流、部屬不言之事等。

傾聽觀照要持之以恆，「是一首無終篇的詩歌／從不流失／也從未變成過去」。是現在進行式，永遠不會成為過去式。詩人的社會關懷和政治批判，即不強烈亦不鮮明，屬含蓄、溫和又厚道，正彰顯綠蒂一生人品詩品的自在和慈悲性情。

註釋：

註一：孟瑤，《中國文學史》（台北：大中國圖書公司，民國八十二年六月四版），頁一四三。

註二：綠蒂，〈硝煙掩不住的美麗〉，《夏日山城》（台北：普音文化事業股份有限公司，二〇〇四年六月），頁一三〇—一三二。

註三：綠蒂，〈裁縫師與提琴手〉，《綠蒂詩選》（台北：台灣商務印書館股份有限公司，二〇〇六年十一月），頁一八七—一八九。

註四：綠蒂，〈隔離的春天〉，同註三，頁一九七—一九九。

註五：綠蒂，〈傾聽與觀照〉，《秋光雲影》（台北：普音文化事業股份有限公司，二〇〇八年九月），頁一〇〇—一〇二。

第十一章　四季風華，記載生命的感動

在仔細閱讀綠蒂上千首詩中，發現他對「四季」亦情有獨鍾，把春、夏、秋、冬名相納入很多詩題。二〇〇三年起，連續出版《春天記事》、《夏日山城》、《秋光雲影》和《冬雪冰清》，四本以四季題名的文本。二〇一三年再將四本合成一本《四季風華》，近二百首詩六百頁的巨著，顯然詩人對季節變換特別敏感，四季之所以風華，在詩人心思感情上應有某種獨特而豐富之意涵。

《春天記事》綠蒂在書前〈書的旅程〉短文說到，「這本《春天記事》其實也是我兩年來心靈的窗口與生命的記事簿……同時更要提起的是我客居的『香雲樓』與『納風亭』，它猶如我心靈的家居，它的潮聲、鐘鼓聲，一花一木，一隻五色鳥或一隻小貓等等，都曾予我溫馨而熟稔的對待。這也是這本《春天記事》順利誕生的因素。」（註一）壬午年（二〇〇二），詩人在雨霧縹緲的仙境裡，坐在香雲樓古樸的書桌前，寫下春天的開場白。

《夏日山城》一書的代序〈存在不一樣美麗的瞬間〉一文，詩人寫著，「獨鍾的山城，不在遺世的深邃或邊陲，而在東海岸的一片山林……欖仁樹的新裝，結束了『春天記事』，納風亭的清寂，開啟了『夏日山城』。閱讀美詩美文，是我最舒暢的心靈饗宴……『夏日山城』淡雅幽靜地記載著你我一段短暫同行的月色，在雲影逐漸淡出的星光海岸。我的詩心依然殷切期盼，期待明年『落在湛葉的秋光。』」（註二）甲申年（二〇〇四），萬物處於半滿未滿的小滿時，詩人在納風亭避暑納涼，賞花看月，享受清寂，捕捉一切可以建構成詩的美麗。

《秋光雲影》詩集的自序〈秋光雲影〉，詩人在秋天的感情有些蒼白，「秋的黃昏，獨坐在清風徐來的納風亭上……『走進秋天』我蒼白得像一朵雲，飽含著太多憂鬱的水滴；走進秋天，我輕浮如一片落葉，寫滿被風放逐的情傷；走進秋天，如走進你過肩的長髮，浸染在芬多精的清香氛圍；走進秋天，為了等待，等待青鳥飛過，飛翔仍留在我的天空；等待浪潮退去，潮濕的波痕殘留右礁；等待擁抱的手放開，觸摸的溫暖仍在懷中；等待愛情長眠，墓誌銘就是給你的獻詩。這就是『告別秋天』的心情寫照。」（註三）這個秋天蒼白且憂鬱，但詩人詩心熱熾，依然期待明天第四本「冬雪冰清」，以四部曲精裝成生命的「四季詩抄」，存檔為「詩美學」的永恆風景，原來情傷之苦是詩美學的重要元素。

《冬雪冰清》一書〈序〉詩人記載，「七十載的風花雪月，漫長行腳的塵與土，砌造了一座小小城堡，是鴿灰色的方整與牢固，困圍了春風、困圍了未曾寫就的思念，雖然不再期待，但書寫依舊如流動不息的護城河。春、夏、秋、冬是一個個串連的季節，『四季詩抄』將在春風、在夏日、在秋雨、在冬雪裡展現我的詩貌，期盼你的分享與指教。」（註四）壬辰年（二〇一二），詩人歷時十年建構的大工程——一座小小詩的城堡，終於完工大吉，城堡雖小，包納宇宙萬象。

在四合一的《四季風華》序裡詩人記下生的感動，「在四季風華裡，我以詩來記載每一則生命的感動……我砌造屬於自己的城堡……它讓我在世俗生活中安然去享受孤寂，也在眾聲喧嘩裡得以幽雅地疏離。在春風、夏日、在秋雨、冬雪，四季風華都孤寂而美麗的存在，這就是我的詩，我的城。」（註五）詩人在序中坦誠自己的老朽會厭倦生命的本身，卻從未厭倦於不息的濤聲和思念，因為四季風華成人生之絕代！

綠蒂從十五歲開啟「詩的起程」，到現在詩之旅程已航行半個多世紀，本文僅針對以春、夏、秋、冬為詩題的作品，隨機選樣，觀其在現代中國詩壇創下之絕代風華。賞讀〈春天記事〉。（註六）

今年春季
就在這場微雨中草草結束
平鋪在沙塵上的雨痕
是唯一未遺失的情節
悄悄就立夏了
帶點潮濕的風景
是乾旱中清涼的顧盼

你炫麗的眼色
如五色鳥跳躍的燦爛
來了又去
我也告別了花東海岸
回歸炙然喧囂的城市
感覺上未曾離開過的
海光與山色的爭豔

沉思與微風的對語
都遺留在納風亭角落裡
那已靜坐二十多年的老籐椅上
鏡頭內的鳳凰花嫣紅了
樹下所有春的記事

回憶是永不關門的旋轉門
輪迴著流星的哀傷
輪迴著野百合嘹亮清新的號角
在擁有與失落的縫隙中
在海洋與雲天的交接處
孤帆漂泊等待
不網獵驚喜
也不收穫親密

霧裡　紅色的燈舟亮起
守候另一個節氣
多風而無雲的小暑

綠蒂在社會關懷和政治批判作品風格，顯得含蓄而幽雅；但綠蒂的拿手是寫景造境，尤其行腳各地的自然風光，山河大地草木鳥獸的詩寫，則年輕到老保持一貫的明朗、浪漫和唯美詩風。讀他任何一首詩，都可以領略到這種感覺，他的詩風是他的一塊「名牌」，包含這首〈春天記事〉，一切事情的發生都那麼自然，花開落落、春去春又來，詩人心境恬淡自如，不為所動！

「如五色鳥跳躍的燦爛／來了又去……不網獵驚喜／也不收穫親密」。詩人似乎到了不以物喜、不以物悲，八風吹不動的境界，這是面對客觀環境的變動，詩人內在世界保持如如不動。情境就像宋朝雲蓋智本禪師的一首詩。（註七）

一年春盡又一春，野草山花幾度新；
天曉不因鐘鼓動，月明非為夜行人。

春盡又春來，花謝花又開，是永恆不休止的輪迴。但人生就這麼一回，詩人感情豐富，多少仍帶感傷。「**回憶是永不關門的旋轉門／輪迴著流星的哀傷**」。天亮不是因為敲鐘鼓才天亮，月亮不是為夜行人才亮，勉勵大家不要太在意環境變動而情緒浮動，要能把持自己當下因緣，心境平和「守候另一個節氣／多風而無雲的小暑」。守候另一個春季來臨，又見納風亭旁五色鳥的燦爛。

「春天記事」到底記了一些什麼事？要記下來的事通常是大事，但整首詩未見任何人生大事。不外就是一些春雨後「**平鋪在沙塵上的雨痕……沉思與微風的對語**」，以及鳳凰花嫣紅了等事。詩作如是布局，在暗示詩人凡事都平常心看待，如自然天成一般的創作詩觀。司空圖《二十四詩品》之〈自然〉品，詮釋「自然」乃「俯拾皆是、不取諸鄰」，想來這就是綠蒂詩的誕生，生活就是詩。賞讀〈春天的秘密花園〉。（註八）

春天有眾多的花園
從陽明山的杜鵑
到西湖翠堤的桃紅

從荷蘭的鬱金香
到京都滿溢的櫻海
所有的遊客都能購買入場

春天還私藏個秘密花園
傍山依海在寺院後方
僅有少數人與蜜蜂蝴蝶們分享
欖仁樹透綠著嫩葉
木麻黃碩紅了果實
松鼠跳躍在樹上採食桑椹
人面蜘蛛在杜鵑叢下結網
遍地野百合吹起清馨號角
五色鳥敲著木魚說春來了

我有個更隱密的花園

僅有春天和我知曉
以詩為守門的密碼
種植的是愛的氛圍
耘犁的是深情的風景
那天，你迷離的眼色不輕意地
飄忽成春風幽微的陷阱
唇角的微笑就燦開為不凋的典藏

天光雲彩徘徊不捨
不為園裡花開花謝的輪迴
而是回首風中
婷立在初荷葉上的晶露
折射你嬌燦如朝陽的光譜

三種花園，層層緊縮，從眾人皆可購買（或不必購票）的公園，到極少人知曉的和南寺「後花園」，到最隱密只有詩人獨享的「詩花園」。第一種不重要，第二種詩人常去賞觀、修行和創作，此二者都為彰顯第三者的重要性。「僅有春天和我知曉／以詩為守門的密碼」，這表示詩是詩人的春天花園，不論任何季節（夏、秋、冬），詩人開筆就是在創造一個「詩的春天花園」；同時詩的弦外之意，在說只有詩才是人生的春天，寫詩能使四季如春，詩人之樂亦在詩花園有了成果。

詩人的秘密花園屬性為何？栽種的是什麼花？「種植的是愛的氛圍／耘犁的是深情的風景」。原來是詩人的「愛情花園」，種的當然就是「情花」啦！想必情花朵朵開，詩人一心就想賞情花。「那天，你迷離的眼色不輕意地／飄忽成春風幽微的陷阱／唇角的微笑就燦開為不凋的典藏」，這正是回眸一笑成為永恆不凋的典藏，藏在詩人心中最美的回憶。這種感覺（感情）如露珠般晶潔，又如朝陽讓人有了精氣神。賞讀〈靜靜的初夏〉。（註九）

靜靜的初夏
靜靜的納風亭
蝴蝶飛舞　靜靜地
蒼鷹展翼　靜靜地

沒有驚起風聲
沒有湧動氣流

陽光靜靜地撒落
在一塵不染的石階
微風靜靜地停駐
在剛換新裝的欖仁樹
野百合靜靜地開滿山坡
浮雲靜靜地在藍空悠遊

靜靜的眼神
靜靜的問候
交會的步履　靜靜地
觸地的竹杖　靜靜地
時間與潮水　以固定的節奏

靜靜地　推移

夏天選擇了一個牆角的
有景觀有陽光的
可以遠眺的位置
把思念遠遠地拋入東海
讓潮水靜靜推移

初夏　靜靜地
納風亭　靜靜地
我起身
從自己離開
靜靜地
連背景也不想驚動

三十行的詩有十七個「靜靜」詞彙，到底有沒有寫到初夏的寧靜？真靜還是假靜？有境界的靜還是沒境界的靜？即「靜」的意境是否呈現出來？古來詩人就有不同論述。有謂遠離紅塵人群的喧嘩，隱於山林田園，觀瀑聽泉謂之靜；有謂不須逃入山林，隱於都市叢林而能保有內心寧靜，才是真靜。筆者以為，兩派各有勝出，依個人性格志向因緣等而定，如陶淵明應屬後者，他的〈飲酒〉歌，「結廬在人境，而無車馬喧。問君何能爾，心遠地自偏……」陶淵明就算住在現今之台北、北京，他依然過著寧靜的日子，寫出最有意境的作品，他因而成為中國詩歌意境論的先驅。

回到綠蒂這首〈靜靜的初夏〉，寫的是詩人獨坐東海和南寺納風亭，享受初夏的寧靜。值得注意的是，詩中沒有人跡和人聲，只有兩種動物，蝴蝶飛舞（無聲），蒼鷹展翼（很遠亦無聲），其他都是自然景物，如浮雲、微風、石階、陽光、野百合、欖仁樹、東海等，這確實是一個安安靜靜的世界。最後詩人說「我起身／從自己離開／靜靜地／連背景也不想驚動」，靜是夠靜，但不知意境是否由「靜」生出？

關於這問題詩史上也有一些看法，有詩人寫山林田園的鳥叫蟬鳴為靜，有的寫鳥不叫蟬不鳴為靜。但詩評家認為「鳥不叫蟬不鳴」，雖安靜，卻違反自然，故降低了意境。而綠蒂這詩的現場，應有五色鳥和蟬，為何牠們都保持緘默了？賞讀〈秋光雲影〉。（註十）

隨著潮音與風向
搜尋秋的遺跡
以專注的傾聽
以書寫的感覺

霜降已過
為何秋的腳步依然停駐
在這幽靜的山城

蟬嘶繼續孤單
欖樹欲紅未紅
晚霞豔豔燒遍海洋的天空
落葉在納風亭上散了又聚
等待我來收割

這一年最後的秋光雲影

微風飄著輕薄的衣襟
你我依然有一段共同的登臨
倚靠青山的翠微
悠如閒雲的自在
放眼東海的波瀾壯闊
試論詩壇的風雲豪傑

遠處的晚鐘悠悠
足下的松濤簌簌
夕陽投射在寺院金黃的屋頂
在華麗耀眼的波光中

我們共同閱讀與眉批

此篇山寺秋色的美詩美文

王國維有「寫境」與「造境」之說，綠蒂這首詩應屬有境界的寫境之作，寫境之作側重真實地描寫客觀景物，且能情景交融，物我合一。否則，「我們共同閱讀與眉批／此篇山寺秋色的美詩美文」，就成為一種「單相思」，「我們共同」是詩人和誰？當然就是詩人與秋光雲影、自然景物共同閱讀和眉批秋景。

因為詩人與秋景融合為一了，才能聽到秋的腳步停駐在山城，才能聽出蟬鳴的孤單，才見納風亭上落葉散了又聚，也才感受到「微風飄著輕薄的衣襟／你我依然有一段共同的登臨」。如是人與自然合體，境界於焉生出，如王國維說：「境非獨謂景物也，喜怒哀樂，亦人心中之一境界。故能寫真景物、真感情者，謂之有境界。否則謂之無境界。」（註十一）當然實質上都是詩人心靈的寫照，詩人以專注的傾聽觀照，得知秋的訊息，詩中「停駐、燒遍、收割、投射」等詞的運用，也讓詩有了動感，賞讀〈雪的容顏〉。（註十二）

除了雪　以外
還是更紛飛的　雪

除了冷　以外
還是更澈骨的　冷
除了孤寂　以外
還有更深邃的　孤寂
時光推移了雪原廣闊的淨土
夢想的一切回歸為
單一的冷
純料的白

屋頂疊壓厚雪的木屋
透著微亮燭光的小窗
是雪地裡唯一溫暖的風景
勁風捲起千堆雪
雪霧漫天
誰也無法看清冰潔的諾言

青澀容顏婉約為細柔初雪
想念的詩歌被封入冰窖
成為擁有永久保鮮期的童話場景

綠蒂的詩作多不註明時空關係，但「成為擁有永久保鮮期的童話場景」，大約就是丹麥這個世界童話王國了。可能是某年詩人北歐之旅的詩記，前六行都是以加強語氣，以冷、白、孤寂意象整合成「雪原廣闊的淨土」，因廣闊而覺得孤寂。第二段是雪景的描寫，「**雪霧漫天／誰也無法看清冰潔的諾言……想念的詩歌被封入冰窖**」。雪有什麼諾言？詩人怎知雪有諾言？又是綠蒂最拿手的物化藝術構思，審美主體與審美客體互化為一的境界，藝術進入此一物我同一的境界，意境就誕生了。

綠蒂以春、夏、秋、冬四季入詩的作品，可能有數百之多，鮮明者除本文所舉，餘如〈告別春天〉、〈夏夜聽雨〉、〈走進秋天〉、〈冬日懷鄉〉等，都可以欣賞他的四季風華。他的四季，在自在、無住中生詩；他的四季，在孤寂中漂流，也在漂流中孤寂，如是享受孤寂而不孤獨。因此，他的四季風華，如無門慧開的詩曰：（註十三）

春有百花秋有月，夏有涼風冬有雪；
若無閒事掛心頭，便是人間好時節。

對綠蒂而言，四季都是旅行漂流的時間，更是創作詩的季節，故能四季風華。無門慧開的詩意另有意境，四季更替如人之生老病死過程，要能正面看待無常、得失，那麼隨時都能安詳自在，當下人間就都是最好最美的時節，如綠蒂的作品，四季皆美！是詩人生命的感動。

註釋：

註一：綠蒂，〈詩的旅程〉，《春天記事》（台北：普音文化事業股份有限公司，二〇〇三年四月），頁五—六。

註二：綠蒂，〈存在不一樣美麗的瞬間—代序〉，《夏日山城》（台北：普音文化事業股份有限公司，二〇〇四年六月），頁七—八。

註三：綠蒂，〈秋光雲影—自序〉，《秋光雲影》（台北：普音文化事業股份有限公司，二〇〇八年四月），頁一〇—一二。

註四：綠蒂，〈序〉，《冬雪冰清》（台北：普音文化事業股份有限公司，二〇一二年四月），頁二—三。

註五：綠蒂，〈序《四季風華》〉，《四季風華》（台北：普音文化事業股份有限公司，二〇一三年七月），頁三—五。

註六：綠蒂，〈春天記事〉，同註一，頁二〇—二三。

註　七：雲蓋禪師，宋景祐元年（一〇三五）生，宋大觀元年（一一〇七）圓寂。俗姓陳，名守智，劍州龍津（今福建南平）人，嗣法於白雲守端，資料來源可查「古哥」。

註　八：綠蒂，〈春天的秘密花園〉，同註一，頁一二六—一二九。

註　九：綠蒂，〈靜靜的初夏〉，《綠蒂詩選》（台北：台灣商務印書館股份有限公司，二〇〇六年十一月），頁三一八—三二〇。

註　十：綠蒂，〈秋光雲影〉，同註三，頁二六—二八。

註十一：陳慶輝，《中國詩學》（台北：文史哲出版社，民國八十三年十二月），第四章〈詩歌意境論〉，頁一三八。

註十二：綠蒂，〈雪的容顏〉，同註四，頁五六—五七。

註十三：無門慧開禪師，宋淳熙十年（一一八三）生，圓寂於宋景定元年、元世祖中統元年（一二六〇）。俗姓梁，字無門，浙江杭州人。為南嶽下十八世，臨濟宗楊岐派。常奉詔為宋理宗說法，曾因祈雨應驗而獲賜金襴法衣，並敕封「佛眼禪師」。著有《無門慧開禪師語錄》、《無門關》。資料參閱：《星雲說偈（一）千江映月》，頁七〇。

第十二章　自在、無住，在漂泊中孤寂

孤寂（孤獨、寂寞）和漂泊（漂流、無住），是綠蒂現代詩五個最常出現的意象之二，其實二者是一體之兩面，尤其對綠蒂言確如是。他在自在、無住中漂泊、飄飛；也在漂流過程中享受寂寞而不孤獨。但本文為研究寫作上的方便，僅針對「孤寂」意象賞析作品。

說到孤寂，以筆者認知和觀察理解，應該是人類生來就有的本質屬性，乃至眾生（含人以外其他動物）在本質上都是孤獨寂寞的，生死都是「千山獨行」。佛法所述亦說「一花一世界」，世界與世界之間必然是各自的「獨立個體」，就算個體之間有溝通也不可能是完全的、百分百的。所以，任何個體（眾生）的孤寂感必然是存在的，差別只有孤寂的程度和如何運用孤寂。

如何運用孤寂？怎樣發揮孤寂的功能？詩人作家應該最拿手，筆者先舉三個因孤寂而有經典傳世的案例。第一個是丹麥安徒生（Hans Christian Andersen, 1805~1875）。他生長在一個貧困家庭，爸爸是窮鞋匠，媽媽是洗衣婦又酗酒兼精神病，加上他長相古怪，從小內向孤獨。他常說：「我總是孤獨、孤獨、孤獨，不會有女孩願意看我一眼。」他一輩子都在漂泊中孤寂，在孤寂中創作，只有創作他才不感到孤獨。

原來，《醜小鴨》是他的自傳故事，《賣火柴的小女孩》是他窮困的回憶，《小美人魚》是他得不到愛情的寫照，《小錫兵》就是自己一出生便有缺陷。

安徒生十四歲便逃離故鄉家園，在各處飄泊流浪，居無定所，孤獨寂寞過一生。後世讚美他：安徒生雖不曾做過父親，但他卻成了全世界孩子的床邊故事爸爸。

二〇一四年（民一〇三）五月二日，台灣區各大報刊出大消息：「孤獨國」國王、詩人周夢蝶昨天下午二時四分病逝於新店慈濟醫院，享壽九十四歲。（**註一**）

周夢蝶在一九七七年獲「十大詩人」榮銜，他選擇退出，因為他認為這是商業行為。高師大副教授曾進豐讚譽周詩「霜雪淬礪的生命滋味」，可和唐詩宋詞並列。周夢蝶則形容自己「天生是僧命」，且是「江湖一把傘，興吃不興攢」的「雲水僧」。這種雲水僧人生哲學，倒和綠蒂有些相近。

著名詩人張默說：「周夢蝶是孤絕的，周夢蝶是黯淡的，但是他的內裡，卻是無比的豐盈與執著。」（**註二**）孤寂中之最孤寂者謂之「孤絕」，才能成就一代「孤獨國」國王之榮銜。

第三個案例現在正流行中，馬丁・巴茲塞特（Martin Baltscheit），是一九六五年才出生在德國杜塞道夫（Düsseldorf）的作家，他的改編作品《世界上最孤獨的鯨魚》正引起各方注意和回響。（註三）故事源自真實的發現，一九八九年美國為建立海洋監聽系統，過程中發現一隻鯨魚的聲音頻率為「52赫茲」，藍鯨頻率是15到20赫茲，長鬚鯨是16到40赫茲。這隻「52赫茲」鯨魚聲頻與眾不同，別的鯨魚能不能聽懂或聽到牠的意圖？因為年復一年，都只有一個這種聲音，且只有一個來源，人們悲觀的認為「52赫茲」鯨魚是「世界上最孤獨的鯨魚」。

讀者有疑問：子非魚，安知魚之孤獨？馬丁・巴茲塞特回答說：「我們講述每個動物故事，其實說的都是我們自己的故事。」（註四）這是否也證實筆者的假設前提，孤寂是眾生本有的本質，差別只在程度和運用。由此觀之，綠蒂之孤寂不及周夢蝶，但運用、享受和發揮孤寂功能則超越周夢蝶。賞讀〈單薄的寂寞〉。（註五）

因為寂寞

想把這方美好的風景複寫給你

將秋分的美麗
轉化成木綿樹的紛飛絮語
將綿密的想念
轉化成風輕唱的一首詩歌

因為寂寞
好像更近臨了你的形影
其實你早已在乖風也無法到達的
遙遠

因為寂寞
放任詩想
在無定點的行旅中
恣意飄遊
其實自在的寧靜早已落腳

在這片幽雅的山林

因為寂寞
被遺忘的不是單薄的故事
而是自己

因為寂寞
沙漏計算過的時間可以倒流
退去的浪潮也可以再度拍岸
當想念突如其來地掩至時
你我各自擁有之孤獨
都蜿蜒為足下小徑的這段秋意
薄淡如霧
輕盈而不哀傷

孤寂對詩人而言，有時像一種「精神糧食」，綠蒂在〈詩的旅程〉短文說到，「我收集荒寒與孤寂，也典藏溫暖與暗香……既然我的生活離不開詩也離不開世俗，我就坦然去享受孤寂，也營造優雅的疏離與懶散。」（註六）一如這首詩，詩人享受孤寂、享用寂寞，生產了不少孤寂的「附加價值」。

因為寂寞，可以移星換斗，把美景移給好友，將秋景轉化成木綿花語，再轉化一首詩，或想心中所愛之人。寂寞的過程是幽雅的，「放任詩想／在無定點的行旅中／恣意飄遊／其實自在的寧靜早已落腳／在這片幽雅的山林」。寂寞是放飛想像力的溫牀，創造出無限可能！

無限可能當然包含讓時間倒流，「沙漏計算過的時間可以倒流／退去的浪潮也可以再度拍岸……」。像是打破了科學理性，說的只是回憶，寫寫過去的事，人生雖然是孤獨的，有些感傷而不哀傷。另一首也是〈因為寂寞〉。（註七）

因為寂寞
夕陽多端地變化了彩幻之後
依舊　輕風是難以割捨的牽掛

斜雨是蜚短流長的濫情
納風亭的身影　幽閒而自在地
步入晚秋的暮色深濃
沒有虛擬的期待
沒有夢想的預設

因為寂寞
欖仁樹疏落的枝椏
長成了無須安慰的孤獨
遠海上歸舟的漁火
淡忘了曾經繁華的城市
浪白的海岸線延伸了大海的故事
記憶的倒帶總擱卡在相同的情節

因為寂寞

看見了　海在暗夜中墨藍的憂傷
聽見了　千年螺貝裡幽遠的迴響
因為寂寞
看見了　月光粉飾的皓潔思念
聽見了　遠方催促白雲出軸的風聲
因為寂寞
告別不是終篇
而是流放煙波江河的另一程後記

孤寂是一種心境，投射在客觀景物上，「步入晚秋的暮色深濃……欖仁樹疏落的枝椏／長成了無須安慰的孤獨／遠海上歸舟的漁火……」。秋氣本來甚嚴，氛圍蕭索，古代人怕秋審，革命女俠秋瑾烈士就義前詞曰：「秋風秋雨愁煞人」，此處詩人不愁，只借秋意說欖仁樹的孤獨，安慰也不能解除的孤獨感。

詩人讓寂寞進行了身心靈的沉澱，才能傾聽和觀照。

後二段看見了和聽見了，是看了平時看不見的，一些「墨藍憂傷、皓潔思念」，可能是一些往事；聽見了「千年螺貝的迴響、遠方風聲」，是想像力的擴張，乃至是幻想或白日美夢。確實，寂寞孤獨確實是「造夢」最好時節，而且永遠沒有終章，今日寂寞織夢，明日孤獨造大夢，安徒生和周夢蝶的文學大夢都從孤寂造出。類似孤寞使思想沉澱的詩，〈寂寞山林〉也是，「才看見了　以往看不見的山／才聽見了　以往聽不見的海……」。（註八）想來這是孤寂的功能吧！綠蒂常一個人旅行，大概是為製造孤寂給自己沉澱的機會。

賞讀〈一個人，在青青草原〉。（註九）

天的藍　草原的綠
在無際的遠方接連
我的漂泊　你的絮語
在風的盡頭牽掛
白的　黑的　冬色的羊

是群眾的放牧
凌空優雅展翼的鷹
是單獨的飛翔
塊狀的　積層的
被塑造各種形狀的雲
是群聚的部落
草原上的我
是孤旅的行腳

餘暉彩繪了原野的空曠
草浪波動著起伏的圖案
一個人的清寂
被風唱成那年的一首歌
遙遠的馬蹄　蹢達地
節奏著歸人即興的鄉愁

遊牧的往事
快速而不停的遷折
思念卻在另一個可棲息的台地
重新興築

依然是
一個人　在青青草原
今晚的蒙古包是沒郵編地址的旅店
大草原已披蓋起月光的大被入眠
夜闌的天窗
有無你星光溫柔的投遞

自在、無住的漂泊中孤寂，一個人在青青草原上住蒙古包，雖感大草原的壯闊，還是有幾分感傷和即興的鄉愁。「草原上的我／是孤旅的行腳……節奏著歸人即興的鄉愁」。但確實，一個人旅行才是真正的「品質保證」，你可以在孤寂中沉澱身心靈，旅行即是修行與創作。若是多人旅行，尤其跟團旅行，全程只有趕路、拉車、吃喝和打卡，只有「膚淺」二字可形容，筆者曾有一次跟團旅遊，此後便無第二次。

試想，一個人在草原上，「**今晚的蒙古包是沒郵編地址的旅店／大草原已披蓋起月光的大被入眠／夜闌的天窗／有無你星光溫柔的投遞**」。這該有多浪漫，讓人詩性大發！許多靈感被風唱成一首歌，實即一首詩創作的完成。古今中外很多偉大的事業、傳世之文學經典，都在「孤旅的行腳」開始和完成，屈原、李白、杜甫、安徒生……。唐三藏西去取經亦是。綠蒂尚有不少一個人旅行的作品，誕生一篇篇孤旅詩篇。

一個人的旅程
優雅如白雲的行腳
一個人的午後
如夕陽安逸而溫適

……

一杯派克屋的咖啡
滄桑了飯店百年的歲月
一場熱情的詩歌朗誦
燃燒了西蒙斯學院的夜晚

為微雨甦醒的清晨
依依注視著
我　匆匆告別的是
一夕間變色的楓紅

一個人
一本詩稿
一支墨水斷續的筆

〈波士頓的單一印象〉部份（註十）

一處人跡稀疏的海灘
一架不經意消失在眼前的風帆
一雙不必思想且不定焦距的眼瞳
就是這樣一個廉價而悠哉的午後

〈午與夜的十四行〉第一段（註十一）

歷史上的旅行家，徐霞客、唐三藏，乃至現代三毛，就是一個人旅行，最能自在、無住，他們孤寂而不孤獨，因為他們與山河大地眾生為友，平等往來。他們心中有信念，對自己走的路沒有疑惑，因而可以堅定自己的決心，自始自終走自己的路。比較可惜的是三毛，自殺結束生命是錯誤示範，是否是對自己人生路有了懷疑？回頭已來不及了，路又已走不下去，只好結束。至今都讓人質疑、感嘆和不捨，她是筆者學生時代的粉絲。

至少也證明了一個人旅行最能自在無住，最適合作家詩人，因為作家詩人須要創作，創作好詩絕對要沉澱身心靈，給自己創造獨處機會，最能發揮孤寂的功能。「一個人的旅程／優雅如白雲的行腳……」、「一個人／一本詩稿／一支墨水斷續的筆……」。千山獨行，不也在暗示生命在三界孤寂流轉，自己所作「業」，終究自己孤寂要承擔，父母親人誰也不能代勞，更不可能在三界中「與你同行」。

佛經《大寶積經》曰：「假使經百劫，所作業不亡，因緣會遇時，果報還自受。」另在《眾許摩訶帝經》也說：「眾生之所作，善惡經百劫，因業不可壞，果報終自得。」我觀緣蒂數十年來，始終自在、無住，在漂流中孤寂創作，隨興（性）因緣與眾生結緣，漂泊與孤寂成為他修行的道場。他的詩並未明說佛法，但有了佛法的意涵與境界。

年輕一代小說家林秀赫在《深度安靜》一書，審視人類自我意識建立過程，指出人始終都是孤獨的。（**註十二**）從胚胎到出生，到童年、少年、青壯、老年，我們都是孤獨的，獨自成長、獨自戀愛和失戀、獨自追夢……這過程我們會有父母親人朋友等，表面上不孤獨。但實際上一切情緒最終都回到自己內心去感受，獨自承擔，這不就是佛法所述，一切果報終自得自受！

註 釋：

註一：聯合報，二〇一四年（民國一〇三年）五月二日，A三版。

註二：同註一。

註三：人間福報，二〇一九年三月十日，B2版，馬丁・巴茲塞特（Martin Baltscheit），多次獲選德國青少年文學獎、德國有聲讀物獎、德國兒童劇院獎等，《世界上最孤獨的鯨魚》，是改編自世界上最孤獨的鯨魚「52赫茲」科學故事。

註四：同註三。

註五：綠蒂，〈單薄的寂寞〉，《秋光雲影》（台北：普音文化事業股份有限公司，二〇〇八年九月），頁三〇—三一。

註六：綠蒂，〈詩的旅程〉，《春天記事》（台北：普音文化事業股份有限公司，二〇〇三年四月），頁五—六。

註七：綠蒂，〈因為寂寞〉，同註五，頁五六—五八。

註八：綠蒂，〈寂寞山林〉，同註五，頁八〇—八一。

註九：綠蒂，〈一個人，在青青草原〉，《冬雪冰清》（台北：普音文化事業股份有限公司，二〇一二年四月），頁二一—二三。

註十：綠蒂，〈波士頓的單一印象〉，同註九，頁三八—三九。

註十一：綠蒂，〈午與夜的十四行〉，同註六，頁六六—六七。

註十二：林秀赫，筆名秀赫，台灣省高雄市人，台師大國文系博士，主要研究現代詩、現代文學，重要作品有：《嬰兒整形》、《老人革命》、《五柳待訪錄》、《深度安靜》。林秀赫，一九八二年元月七日生，她的作品都頗有革命性。

第十三章　物化：天人合一與無情說法

「物化」一詞在現代社會已成負面意涵，例如商業活動中將女性「物化」，是將女人看成一種「商品」，按不同等級「標價」以進行買賣的行為。這當然是不許可，但在「地下市場」中經由「兩相情願」的買賣，全球都極為普遍，因為雙方的「需要」和「獲利」，打敗了任何國家的法律。

惟本文所談物化是一種藝術最高境界，在詩歌文學運用的最多，本書其他章亦略有提及。中國古人追求藝術構思的境界叫「物化」，審美主體和審美客體互化為一的境界，如寫山川自己就是山川，寫大海自己化成大海，寫花草禽獸自己就化成花草禽獸，或寫宇宙，我即宇宙，宇宙即我的「同體共生」。此時主客融合無間，藝術構思進入物我同一境界，且「無我、忘我」，也可以說進入了天人合一的境界。

李白的〈獨坐敬亭山〉正可以說明這樣的境界。「眾鳥高飛盡，孤雲獨去閑。相看兩不厭，只有敬亭山。」詩人置身敬亭山之中，見眾鳥孤雲悠閑之妙境，彷彿自己就是敬亭山，或敬亭山就是詩人。唯其主客化為一體，自然就是「相看兩不厭」了。如是「物化」之作品，在綠蒂每一本詩集裡，可謂「俯拾即是、不取諸鄰」。

由這種物我合一、天人合一思想所形成的意境論，乃成為中國詩歌文學不同於西洋文學的民族特色。（註一）當你說「中國詩」。「中國畫」(國畫)或「中國文學」時，意在強調不同於世界各民族的特色，這個特色就是「意境」二字，至今仍為各國學者嘆為觀止，中國詩的本質特徵在於此。

「無情說法」是佛教專有名詞，只是不明其理的人聞「無情」二字便生反感，女人最厭惡「無情漢」。按星雲大師在《迷悟之間》所述，大地山河的森羅萬象，可以分成兩類，一類「有情」，是指有生命的人、禽獸、動物等；二類「無情」是指山河大地樹木花草等。（註二）有情說法，可以聽懂聽到或理解；無情說法，江河滔滔，白雲飄飄，說的是什麼法？須用心領神悟。

另按斌宗大師解《心經》，「菩提薩埵」譯為「覺有情」，這「有情」指眾生，一切有生命的生物都是。亦可單就人類言，覺有情就是覺悟的人。（註三）綜合二位大師所述，有情說法，指人類（教授、詩人等）說法；無情說法，指山河大地草木自然物和人以外動物。吾國唐代兩位禪師對此曾有一段對話：（註四）

洞山良价禪師初次拜謁雲巖曇晟禪師時，問道：「有情說法，說給誰聽？」

雲巖禪師回答：「當然是有情聽。」

洞山良价禪師再問道：「無情說法時，誰能聽到呢？」

雲巖禪師：「無情能聽到。」

洞山良价禪師又問：「請問雲巖禪師，你能聽到嗎？」

雲巖禪師回答：「假如我能聽到的話，那就是法身，你反而聽不到我說法了。」

洞山良价禪師反問：「為什麼？」

這時雲巖舉起拂塵，對洞山良价說：「你聽到嗎？」

洞山良价說：「聽不到。」

雲巖禪師說：「我說的法你尚且聽不到，何況是無情說的法！」

洞山良价禪師仍不明白，再問道：「無情說法出自什麼經典？」

雲巖禪師回答：「《阿彌陀經》不是記載八功德水、七重行樹，一切皆悉念佛、念法、念僧嗎?所以西方極樂世界裡，就連樹木草花都會宣說阿彌陀佛的佛法。」

洞山良价禪師終於心有所悟，便作偈曰：「也大奇！也大奇！無情說法不思議，若將耳聽終難會，眼處聞聲方得知。」

一個人的智慧境界，有了物我合一、天人合一的修行層次，他已經打破了分別心，他至少略知「心佛及眾生，是三無差別，諸佛悉了知，一切從心轉。」（《華嚴經》）道理，他便有慧根聽「無情說法」。所以，物我合一、天人合一和無情說法，基本上是相通的。

海峽兩岸的中國詩壇，乃至海外中國詩人，研究綠蒂的現代詩頗多，可惜並未見有從天人合一、無情說法，乃至自在、無住等之「法門」切入。綠蒂現代詩最善長寫風景是眾所皆知，他寫景作品大多有天人合一、物我合一的境界，知門道者也能聽出「無情說法」，本文從這個角度切入賞讀幾首，〈欖仁樹的對話〉。（註五）

根植於你慈愛的領土
根植於你智慧的深層
我的每一顆果實

都源自於大地的脈動
也源自於自然的薰陶

葉上停留的露珠
是春天晶瑩剔透的符號
向天伸舉的椏枝
是陽光燦爛昂揚的姿勢

每一葉都是傾聽的耳朵
每一枝都是虔誠的朝拜
蟬嘶與蛙鳴
暮鼓與晨鐘
五色鳥的嘀咕與松鼠的蟋嗦
海濤聲的訴說與佛經的誦唱
都演繹為真善美的嶄新境界

與生命不可或缺的歡喜

讀懂你　神秘的詩篇
讀懂你　沉默的對話
才知枯榮開謝都只是時序輪迴
而是霜降之歌的音符

每次的離去
為了讓我更安靜於等待
每次的歸來
為了洗滌城市喧囂風塵
二十一年　是你的山居歲月
二十一年　是我的繁茂成長
數十冊詩集

一窗文字的書寫
供我取讀
屬於你的孤寂與喜悅
屬於我的不再與曾經

艷陽照耀　為你
青碧出東海浩瀚的胸懷
月光瀟灑　為我
投射出城幽雅的背影

欖仁樹會說話嗎？子非欖仁樹怎知欖仁樹不會說話？也許樹類有語言，人類聽不懂。但現在詩人化成一棵欖仁樹，或那棵欖仁樹就是詩人，現在欖仁樹要向眾生開示了，說：「我的每一顆果實／都源自於大地的脈動／也源自於自然的薰陶」。它在無情說法，向眾生開示，果實源自土地，經由自然的薰陶，才是自然健康的果實，任何人工化學縮短成長期都是有害的。欖仁樹的開示，說中現代全人類的飲食問題，深植人類反思。

由於自然成長，欖仁樹活的好健康。「葉上停留的露珠……是陽光燦爛昂揚的姿勢」，不光是活的健康，更活的有意義、有信仰，「每一葉都是傾聽的耳朵／每一枝都是虔誠的朝拜」，在這大自然好環境裡也住著其他眾生，蟬鳴鳥叫、暮鼓晨鐘、佛經唱誦，共成真善美新境界，是眾生不可或缺的歡喜。在這大千世界裡，心、佛、眾生是三無差別，雖然花開花落、枯榮開謝，都是時序輪迴的自然現象。

欖仁樹最後又回到詩人身份，詩人和欖仁樹大概有二十一年的因緣，在這二十一年間的離合，「**每次的離去／為了讓我更安靜於等待／每次的歸來／為了洗滌城市喧囂風塵**」。無論如何！這些因緣是共同的回憶，詩人完成數十冊詩集，欖仁樹有東海浩瀚的胸懷，詩人則依舊隨緣漂泊，如月光投映出山城幽雅的身影。再聽聽野百合的無情說法，〈野百合花語〉。（註六）

用白色的號角喚醒晨曦
吹奏出山野清明的心境
蕚蕊停露
是晶瑩凝靜的妙相

枝葉翩翩
是晚春娉婷的花舞

沒有紫姹粉嫣錦簇的花園
沒有供人尋搜的地址問號
開在向陽乾暖適意的山坡
以及去歲秋風隨緣的落腳

蝴蝶　曾聆聽我綻開的聲音
月光　曾撫摸我憂傷的容顏
煦陽　曾讚美我昂軒的燦白
從青春到衰老
僅有短短的花期
凋落塵土前的最後一刻
依然堅持微笑流露

讓你記取清芬細緻的風情
請你把我希望的種籽
插在明春鍾愛的夢土
把我純真素淨的笑容
種在客居窗台的瓷瓶
讓我瘦弱的身軀
伴你共讀山城雲煙的優雅

說孫悟空會七十二變，和詩人比起來就差多了，詩人能與天人合一，能與萬物同體互用，故能千變萬化。現在詩人化成一株野百合花，無情說法，向眾生開示生命的歷程與人生的意義，「蝴蝶　曾聆聽我綻開的聲音／月光　曾撫摸我憂傷的容顏／煦陽　曾讚美我昂軒的燦白」。生命盡管有歡喜有憂傷，這才是完整的人生。

詩的第一段就從野百合立場發言，「喚醒、吹奏」二詞的運用，讓野百合花成為這時空舞台的主角，似乎說百合號角不喚天不亮。第二段是生長環境的描述，第三段是全詩重點，闡述生命的過程和意義，生命雖短暫，每段旅程都是美好的，最後一刻「依然堅持微笑流露／讓你記取清芬細緻的風情」。弦外之音也在宣說詩人的人生態度，自在、無住、瀟灑，隨緣來去，最後一刻也還是坦然微笑面對。當然，少不了交待一下遺言，把種子播在鍾愛的夢土或窗台的瓷瓶，「**讓我瘦弱的身軀／伴你共讀山城雲煙的優雅**」。所思所想，盡是一種利他，為人服務的精神。讀一首典型的無情說法，〈春天在說話〉。（**註七**）

站在無人的海邊
獨自聆聽春的喧嘩
風在說話
傳播梅香幽遠
雨在說話
洗淨大地氛圍
五色鳥在說話
吱吱喳喳預告立春的戲碼
欖仁樹在說話

搖曳姿展嫩芽綠葉的新裝
鐘聲祈願新年的和平安樂
海濤傳說永不休止的懷念

詩的行腳
穿越了北海寒冬的密道
告別了高原冰雪的封印
彩繪了春的顏色與話語
從一個標點
一個文字寫起
從一枚苞芽
一朵白梅著墨
佈局了私密花園的繽紛心事
微枝末節的綻放

隱約傳遞的暗香
醞釀著春天華美的序曲

站在無人的海邊　傾聽
所有的風景都在說話
春天也在說話　喋喋不休

物我合一、天人合一、無情說法，在某種層次意義上，就是打破分別心，破除宇宙間人我、主客、大小、生死、有無……等等的分別，而達到「自他不二」的境界，就是真入「不二法門」了。到了這個境界，心、佛及眾生是三無差別，須彌藏芥子，芥子納須彌，詩人與風雨五色鳥花草樹木都是同體、一體了，完全平等，所以能聽懂春天在說話，聽懂欖仁樹在說話，詩人和它們是同體的，超越一家人的親蜜關係。

有情說法大家都能用耳朵來聽，無情說法須要一點慧根，還要沉澱身心靈才能有所領悟。有慧根的人，看山河大地或社會人文，都有不同的理解。其實在我們生活裡，處處都會碰到無情說法，春花秋月、行住坐臥、生老病苦、社會動亂、衣食住行……都是在對我們現身說法，只是你「感覺」到沒？「領悟」到什麼？或完全「無感」嗎？你一出門「所有的風景都在說話／春天也在說話　喋喋不休」。你沒聽到嗎？〈夏夜聽雨〉。（註八）

雨的旋律交錯變奏
譜成山寺獨特的幽雅
已夜半
漫步雨中的鐘聲悠悠傳來
不見客船或歸舟
只聞遠方的濤聲
反覆不休
探索著往事最深遠的稜線

納風亭上收納的是
你我的沉寂
雨勢滂沱的喧嘩

茶水未沸
夜涼如剪
剪碎了夏夜所有的話題
撒落了一地
是童話的緣起
與十年的預言

風是永遠的見證
他把詩的簽署
連同最後一行都帶走
石桌上剩留著
一個未跌落的句點
。

本文談了這麼多詩人的物化、物我合一、天人合一和無情說法的現代詩作品，要窮追究竟不外一個「心」字。正是所謂「三界唯心，萬法唯識」，三界中一切境界和事物都是心識所變現，佛教《大乘起信論》才說：「心生則種種法生，心滅則種種法滅。」是故，無論詩人寫五色鳥或欖仁樹等外境如何！都是詩人當時心境所思的投射，同樣是半夜聽雨，黃庭堅是相念一個朋友，「桃李春風一杯酒，江湖夜雨十年燈」；而〈夏夜聽雨〉，是雨聲和山寺鐘聲共構成一個身心清淨的世界，詩人也勾起往事情懷，詩句「十年的預言」，可能也和黃庭堅一樣，有共同的「十年之約」，十年就要到了，詩人有所期待。

十年之約還有「**風是永遠的見證……石桌上剩留著／一個未跌落的句點／。**」。應該是表示事情尚未結束，尚不能劃下句點，只待「預言」必須實現。

綠蒂寫景之很多，如〈納風亭素描〉、〈遊園築夢〉、〈擁星月入懷〉等，都有了無情說法的境界，詩人和宇宙眾生萬物才能處於真平等狀態。他的這種人生修為，當然還和佛菩薩的境界有很大距離，但從他作品的體現的自在、無住、物我合一的平等觀，有如唐代般刺若所譯的《大乘理趣六波羅蜜多經》卷第十〈般若波羅蜜多品第十之餘〉說：（註九）

> 大地虛空，水、火、風界，當知亦爾，豈無情物生之情耶？一切諸法，假有實無，非自在天，亦非神我，非和合因緣五大能生，是故當知，一切諸法，本性不生，從緣幻

有，無來無去，非斷非常，清淨湛然，是真平等。

這段經文是現代著名詩人、佛學家吳明興先生，在他的博士論文《蘇軾佛教文學研究》（中），論述「無情說法所奠立的法喜典範」，說明無情物和有情的關係。綠蒂的現代詩當然不是佛教文學，只是有很豐富的佛法意涵。（如第二章所述）。

海峽兩岸中國詩壇，有不少詩論家在研究綠蒂的風景詩，都是從詩學切入。如〈落蒂導讀〉一文，所賞析的〈山水長卷〉、〈風雪絮飛的峨嵋向曉〉、〈亞里斯多德廣場晨思〉、〈在微風的古城向晚〉等都是。（註十）惟筆者從物我合一、天人合一和無情說法之意涵切入，實乃他的作品有如是之境界和高度，試圖從不同的「法門」欣賞綠蒂的現代詩，感受其自在、無住之瀟灑，不亦快哉！妙哉！

註釋：

註一：陳慶輝，《中國詩學》（台北：文史哲出版社，民國八十三年十二月），第四章〈詩歌意境論〉。

註二：星雲大師，《迷悟之間》第二冊，頁二四五。

註三：《般若波羅蜜多心經要譯》（南投：財團法人中台山佛教基金會，民國九十年九月），頁六一。

註四：洞山良价禪師，生唐憲宗和二年（八〇七），圓寂於唐懿宗咸通十年（八六九），禪宗曹洞宗之開山祖。著有《玄中銘》、《豐中吟》、《寶鏡三昧歌》、《洞山語錄》。雲巖曇晟禪師，生唐德宗建中元年（七八〇），圓寂於唐武宗會昌元年（八四一）。在《景德傳燈錄》有關曇晟記載：「師稟承藥山，後止攸縣，大弘法化」之語，即是從藥山惟儼禪師，證得心法。

註五：綠蒂，〈欖仁樹的對話〉，《夏日山城》（台北：普音文化事業股份有限公司，二〇〇四年六月），頁四二—四五。

註六：綠蒂，〈野百合花語〉，同註五，頁一六二—一六四。

註七：綠蒂，〈春天在說話〉，《秋光雲影》（台北：普音文化事業股份有限公司，二〇〇八年九月），頁九二—九四。

註八：綠蒂，〈夏夜聽雨〉，《春天記事》（台北：普音文化事業股份有限公司，二〇〇三年四月），頁三六—三八。

註九：吳明興，《蘇軾佛教文學研究》（中）（新北市，花木蘭文化出版社，二〇一四年九月），第四章，頁二三〇。

註十：〈附錄：落蒂導讀〉，同註八，頁二〇六—二一三。

第十四章　詩人的除夕鄉愁

以鄉愁為主要意涵的詩作，本書已有四章區分四個範疇略論賞閱之。但筆者好奇發現，大約有十首詩寫於某年除夕，也有著濃淡不一的鄉愁味，這是「除夕鄉愁」，除夕不該有鄉愁的。除了遠行或流亡在外的人，除夕仍身處異鄉不得歸，才有濃得化不開的鄉愁！

除夕是中國人一年一度最重要的親人相眾日。換言之，除夕是鄉愁的「臨時解藥」，長年在外的親人就在春節前後有幾日歡聚，思鄉思親之情暫時解除。但詩人為何仍有「除夕鄉愁」？詩人在除夕（春節期間）心思何在？筆者從年輕就是個好奇寶寶，是故本章選幾首綠蒂的除夕詩作，試著解讀他的鄉愁迷思。賞讀〈返鄉〉。（註一）

列隊的陽光
在始發的捷運站招手

簇擁的櫻紅
盛開在綠色的沿途
鋪陳返鄉的心情

遼闊的蘭陽平原蜿蜒成
清水斷崖的陡峭
九色鹿的故事音樂成
編鐘組曲的古樸
視聽的路途就阻塞起無數的迂迴與驚奇
是遠霧折疊了太平洋海岸優雅的曲線
是近雲峻峭了立霧溪峽谷的磅礡
我不是風景的過客
我是原鄉的歸人

黃昏將仁智者眼中的山水

織結成一束絲帶
繫上相識的欖仁樹等待
夜為一沙一葉的世界
點亮一盞水晶的蓮燈
在年華光影交錯中祝福
有情的心讀無常的世
瞬間的自在觀照無盡的浩瀚
桃花源裡　不落的陽光燦如櫻紅

微雨的辛巳除夕
與愚溪先生煮茶論詩
佐以禪意盈然的甜點
音樂盒緩緩轉動起蠟封的童年
在往事的笑談中
政治頓成夾塞齒縫的年菜殘餘

滿室茶香氳裊
煮水沸騰升煙

鐘鼓　聲聲沉落山谷
海風　悄悄襲上露台
傾聽後院百合花綻開的聲音
為暗夜宣示春臨的清馨訊息
預告五色鳥明朝展翅　依然
喜悅飛翔

台灣民間有句俚語，「老母死斷路頭」，意思是說父母都走了，「家」就散了！沒了。若是爸爸先走，「有媽的地方就是家」，兒女年節是仍會回「家」看老母。若是老母也走了，這個「原生的家」就不存在了，兄弟姊妹都各自為家，會不會再團聚往來，就看因緣情份了。這種現象筆者以為，不光是台灣民間社會，全世界各民族大約是相近的，因為這是一種生物性的本能。

上一代原生的家沒了，鄉愁卻依然存在你意識中蠢蠢欲動，時濃時淡不一定什麼時候跳出來糾纏你，甚至啟動你更高層次思維，促動你持續追尋「高層原鄉」，探索父母或先祖原鄉（尋根），乃至探索文化原鄉和人生終極原鄉。筆者以為人只要有意識的存在，鄉愁意識也會存在，差別只在濃淡顯隱和層次高低不同。

本文所舉幾首詩，就是這種父母已經仙逝，原生家已不存在後的鄉愁意識體現，他所追尋思索的是人生終極的家。如這首〈返鄉〉，除夕並非返回原鄉北港，而是到花蓮和南寺與老友愚溪煮茶論詩，過程中所感受到有情無情之佛法禪意等。「**鋪陳返鄉的心情……我不是風景的過客／我是原鄉的歸人**」。顯然，現在詩人的「家」是花蓮海岸的和南寺，所以除夕返鄉到和南寺與家人相聚，言外之意也暗示詩人現在心在佛法，歸向我佛是人生未來最終極的原鄉，是人生最後的寄託所在。

詩的一、二段寫返鄉途中沿路風景和心情，中間兩段才是重點，回家了，感覺真好。「夜為一沙一葉的世界」，夜深人靜時，身心靈都沉澱，才有此領悟，何謂「一沙一葉的世界」？吾國大唐時代龐蘊居士曰：「一念心清淨，處處蓮花開；一花一世界，一葉一如來。」當我們生起清淨心，所見到處是清淨的世界，所見一花一葉都是如來的法身。（註二）為何夜是一花一葉的世界？白天不是嗎？確實白天不容易靜心，畢竟詩人也是個凡人，要修行到完全「一花一葉都是如來法身，談何容易？」所以佛教古德詩偈說：「佛國好景絕塵埃，煙霧重重卻又開；若見人我關係處，一花一葉一如來。」人間有很多煩惱、無明如煙霧，白天人多事雜，只有夜間好清淨，才能使詩人感受到佛國理想世界的美好。

「**在年華光影交錯中祝福／有情的心讀無常的世／瞬間的自在觀照無盡的浩瀚**」。詩人在和南寺看夜景，一念清淨感受到甚深妙微的境界，回顧半生年華光影，又感生命無常。辛巳（二〇〇一年）六十歲的詩人，對無常漸漸有了認識，正如《佛本行集經》說：「世間無常燒眾生，猶如劫火毀萬物；無常猶如水泡沫，亦如幻焰無一真。」這也等於《金剛經》說的，「一切有為法，如夢幻泡影，如霧亦如電，應作如是觀。」詩人因有了無常觀，就會珍惜因緣、珍惜當下，作正面思考，進而轉無常為永恆的詩篇，「**瞬間的自在觀照無盡的浩瀚／　桃花源裡　不落的陽光燦如櫻紅**」。詩人通過無常，找到自己的理想國——桃花源，這是「返鄉」才有的收穫。這個除夕詩人也為鄉愁找到了「解藥」。賞讀〈除夕封筆〉。（註三）

甲申除夕　落在立春之後
雨水洗淨空氣飽和的粒子

春暖催開了野花
展現新調的顏色
在光暗交替的閃爍中

淡白的木棉花絮　飄來飛去
左右顧盼的松鼠　竄來跳去
流轉快速
一如故事的緣起緣滅

詩詞與音樂
哲學與禪思
甜食與年菜
海濤與風聲
齊聚桌上圍爐
來自不同地域的鄉愁

在歲末稱職地扮演各自的角色
飄逸輕盈的浮雲
如何載負起整片星空的重量
差距遠隔的戀人
各在不同的孤獨中尋求答案

因為寂靜
遙遠的濤聲
彷彿濱臨足下
因為想念
落葉的簌簌
逸入遠方雨中

甲申年除夕
封筆沉思

留下一段刻意的空白

甲申年除夕（二〇〇四），文字沒有明說在何處圍爐，按文中詩意依然是在花蓮東海和南寺，寺中除了出家人，可能還有各方來會的居士好友。這個除夕還是有很濃的鄉愁意識，而且是鄉愁大集合，「**來自不同地域的鄉愁／在歲末稱職地扮演各自的角色……各在不同的孤獨中尋求答案**」。和南寺成了很多人的「原鄉」，但詩人另有所感，經由自然界木棉花絮飄飛，松鼠顧盼跳躍，感悟了佛陀初悟的「緣起法」；凡事因緣生、因緣滅，所以「緣起」是說宇由萬物，都需要因緣條件才能生成，也隨因緣條件散去而滅，所以叫做「緣起緣滅」。

「**詩詞與音樂／哲學與禪思／甜食與年菜／海濤與風聲／齊聚桌上圍爐**」。這幾句看似平常無奇，表示除夕圍爐餐桌上的氣氛熱鬧，其實是體現了禪者的無分別心，詩詞音樂禪思是理想世界，甜食年菜海風是現實世界；如今兩個世界平起平坐平等如一，聖凡無別，詩人出入理想世界和現實世界而能從容自在，此便是境界。賞讀〈除夕返鄉〉。（**註四**）

除夕的風

吹縐海岸優美的線條
卻吹不去陷落車陣的焦慮
落陽依依在遠海
向壬午歲月告別

返抵傍山依海的家園
耐冬的雲杉如綠色的儀仗
列隊在花園迎候歸來
欖仁樹今歲末落成光禿的枝椏
蛀洞的赭紅與鬱綠參差在昏黃的暮色中
菩提在風中入定
木麻黃的鬍鬚掉落滿地
鳳凰木鬱鬱寡歡佇立山前
棲植的蝴蝶蘭已根深蒂固定新幹上展現新姿
椰子樹引頸盼望姍姍未歸的五色鳥

未現身影的松鼠在樹叢深處竊竊私語
臘梅遞送花蕊初放的芬芳
野百合低首祈願未來的花季
早臨的斑蝶蹁躚預演的前奏

納風亭上有詩人封筆的對話
香雲樓畔有梅蘭競放的清聲
以燭光、星光、漁火光溫暖圍爐
以鐘聲、鼓聲、海濤聲吟誦祝福
所有的浮雲遊子
今夜皆在原鄉憩息
萬物期待立春溫暖的喚醒
復始宇軸嶄新一年的律動

展現綠蒂寫自然景物的功力，詩人再次經由物化、物我合一途徑，進行無情說法。如是，詩人變身菩提樹才知菩提在風中入定，詩人變身鳳凰木始知其鬱鬱寡歡，變身松鼠知其竊竊私語……並以它們的身份向眾生說法，不能物我合一達不到這個境界。

物我合一必須詩人完全「自我解放」，「不住色聲香味觸法，」，處於自由、自在、無住之狀態，而能「無我、忘我或唯我」，與大自然萬物溶為一體，我即自然，自然即我。所謂「莊周夢蝶」，不知是蝴蝶變莊周，還是莊周夢蝴蝶，總之是二者「物我同一」之境。而在〈除夕返鄉〉詩境中，不就是「綠蒂夢菩提」、「綠蒂夢鳳凰木」、「綠蒂夢松鼠」……藝術境界正是這樣誕生！莊子所言「天地與我並生、萬物與我齊一」、「獨與天地精神相往來」之極境，我在這首詩「感覺」到了。

這首詩依然有淡淡鄉愁，追尋原鄉是詩人今生今世的大願，「**所有的浮雲遊子／今夜皆在原鄉憩息**」。只是今夜憩息一晚，明日又如何？持續追尋嗎？只能期待嶄新的一年眾生「功德圓滿」。賞讀〈東方假期——尉雅風教授的中國除夕〉。（**註五**）

你的假期
以讀詩
以靜坐

以太極拳
以中文說寫
以中國的生活方式
穿越東方的神秘隧道

你波士頓帶來的雪景
已消溶在台北的春曉

本著洋派的光鮮衣領
蘊涵文明教養的溫雅
黑得發亮的飽滿天庭
堅挺著種族平等的呼籲

你的昂藏七尺
顯示我的輕小

在與你同行的路上

腳步探索著
相似的詩的韻律
相對的語言交換體驗
我說 Rain is speaking
你說　雨在說話
詩樂與鄉愁團圓圍爐之後
你允諾引領出家眾們
造訪 Simmons 學院的書香風景

甲申除夕
春雨綿綿落下

你與我在納風亭上

一起想著
雨在說什麼？

春節老外來訪，綠蒂陪伴過中國年節，也帶老外到花蓮和南寺，感受中國寺院的佛法氛氳。「我說 Rain is speaking／你說　雨在說話／詩樂與鄉愁團圓圍爐之後／你允諾引領出家眾們……你與我在納風亭上／一起想著／雨在說什麼」。這個鄉愁是誰的鄉愁？老外來到中國領土過中國人的除夕，兩個人的鄉愁，也是「另一種鄉愁」。但人們總是不停止追尋，因為最後的原鄉何在？連雲和雨也不一定知道。

綠蒂的除夕詩作另如〈除夕微雨〉、〈除夕大寒〉、〈除夕望海〉等也都有鄉愁意識。想起一首老歌〈另一種鄉愁〉，最後幾句是「只要獨處，日升日落，許多感觸。啊！那種滋味，澎湃飛舞，怎麼傾訴！那雲和樹，不要遮斷那故鄉的道路，我雖沒有哭，只怨那雨和露。」（註六）這首歌確有很濃的怨氣和深度鄉愁，多聽幾回眼淚奪眶而出，尤其巨星的粉絲們。

綠蒂作品鄉愁最多（如前四章），但沒有怨氣，這主要是「人品」在修行上，有了自在、無住境界，他善於觀照，對因緣觀有正確認識；反射（體現）在「詩品」上，也是一種自由自在自然的特質，他持續追尋他的原鄉，沒有怨亦無恨！

註　釋：

註一：綠蒂，〈返鄉〉，《春天記事》（台北：普音文化事業股份有限公司，二〇〇三年四月），頁六八—七二。

註二：龐蘊，唐玄宗開元二十八年（七四〇）生，唐憲宗元和三年（八〇八）卒。

註三：綠蒂，〈除夕封筆〉，《秋光雲影》（台北：普音文化事業股份有限公司，二〇〇八年九月），頁六〇—六二。

註四：鄉愁，〈除夕返鄉〉，《綠蒂詩選》（台北：台灣商務印書館股份有限公司，二〇〇六年十一月），頁一六一—一六三。

註五：綠蒂，〈東方假期——尉雅風教授的中國除夕〉，同註三，頁一〇四—一〇六。

註六：〈另一種鄉愁〉，是倭國人谷村新司創作，倭名叫〈昴〉，早年鳳飛飛和鄧麗君都唱過這首歌。

第十五章　詩的功能，我詩故我在

宇宙間一切存在之事物，必有其道理，必有存在的功能、意義或價值，意義和價值都是俱有功能屬性，本文不去解析其差異，都視之為存在的功能。從佛法道理來說，一切因緣生，一切因緣滅，緣起緣滅，存在當然就是因緣俱足而存在，就有存在的某種功能。

詩的存在（被詩人創造出來）功能是什麼？大家先想到的是賺錢，詩值多少銀子？古今中外無數詩人出版無數詩集，能賺銀子的萬中不得其一。其餘九成九九以上全是虧本的，但各地出版的詩集依然如江河滾滾，淹沒了大地。想來詩必有強大的功能，才會讓天下眾多詩人無怨無悔的投入畢生寶貴的光陰，創作、寫詩！

筆者素來浸淫中國文學，深知中國詩（文學）有強大的功能。簡言之，文學是民族的精神糧食，是民族的共同心靈花園，詩又是文學精品中之精品，但這樣形而上的功能，絕大多數人是無感的。所以，筆者先引述較俱體讓人有感的形而下功能。

第一個案例，詩能救人一命。吾國三國時代曹丕篡漢稱帝，為鞏固自己的大位，要殺自己親弟曹植，令其七步作詩，否則死罪難逃。曹植不慌不懼走了七步，吟：「煮豆持作羹，漉豉以為汁，萁在釜下燃，豆在釜中泣，本是同根生，相煎何太急。」曹丕深受感動，遂不忍殺植。這七步「保命詩」成為中國文學史上家喻戶曉的故事。

第二案，秋瑾六步成詩換得一墨寶。革命女俠秋瑾（一八七五—一九〇七），字璿卿，號競雄，署鑑湖女俠，浙江紹興人。十一歲能作詩，文武雙全，後奉父命與富紳子弟王廷鈞結為夫婦。某日王府宴客，席間有位陳太史，善工王羲之書法而著名，酒酣問對秋瑾說：「久聞王夫人詩名，何不即席吟一首助興。」秋瑾回答說：「吟詩何難，懇請陳太史賞一幅行書條屏，以解仰慕之心。」陳太史捋捋鬍鬚說：「王夫人果有曹植七步成詩之材，我定從命。」陳太史乃以愛書、求書為題。秋瑾站起，緩步思索，才走第六步便脫口而出：「如雷久聞右軍名，問字愁難列講庭，欲求一聯奇麗筆，閨中曾讀養鵝經。」短短二十八字，表露自己敬慕王羲之書法，推崇陳太史之奇筆，秋瑾六步成詩換墨寶，亦成吾國近代文壇流傳的佳話。她的就義詩句「秋風秋雨愁煞人」，則成千古名句，亦是千古之感嘆！

第三案，傅斯年一篇文章把行政院長宋子文轟下台。一九四七年（民三十六）二月，神州大地政局動盪，時行政院長宋子文因涉弊案，各界拼命轟他下台，他不為所動。前台大校長傅斯年（時任歷史語言所主持人），即在當時的《世紀評論》雜誌發表一短文，〈這個樣子的宋子文非走開不可〉。舉國注目，宋氏旋即辭去行政院長職。（註一）這是一個文人的一篇文章產生的功能，發揮了巨大的影響力。

以上各案可以說是文學的功能，卻也是「人」（作者）的影響，在中國文學傳統裡，「人品」和「文品」是一體的，不能分離解析。但在西洋文學裡，二者是可以分離的，即作者可以是小偷惡人之流，作品依然大受歡迎並有不凡的文學價值。當然本文所舉三案也並非俱有普遍性，亦足以說明詩文學的功能，台灣當局之台獨偽政權之所以大搞「去中國化」，把各級學校的中國文學時數減少，又將中國文學定位成「外國文學」，就是害怕中國文學的強大力量。

談綠蒂詩的功能，首先要理解他的詩文學屬性，屬於自在、含蓄、典雅、自然，加上一些浪漫、唯美的特質。他的作品風格對政治和社會現實採「放逐」態度，甚至「**政治頓成夾塞齒縫的年菜殘餘**」。（註二）因此，從一個單純的詩人，看他的詩產生單純的功能，才能理解詩人為何一輩子無怨無悔投入詩創作，寧可當一個窮詩人。賞讀〈以詩取暖—詩集的另一種功能〉。（註三）

風的帳篷
抖動著冷的聲音
天窗積雪
阻隔了月的暖色

為了蒙古包時夜的話題
為了重燃起爐火的熄焰
無計可施之後
春天記事的詩卷
委曲成引燃的火種
案頭，遊旅伴讀的書冊
成了今夜同包們禦寒的救星

漸次化成灰燼的詩頁
導引著木材嗶剝的火光

詩中　那夜你的溫柔
伴我在自塑的迷宮重複迂迴

塞外寒夜　以詩取暖
火焰的顏色
溫暖了異旅的孤寂
燃燒的熱度
融化了僵凍的體溫
原來，詩集除了閱讀
還有其他意外的功能

我感受到這是一首「寫境」而非「造鏡」之作。是故，這是綠蒂版真實的《明天過後》（電影《明天過後》有燒書取暖情節），詩人旅遊住在蒙古包，臨時找不到任何可以引燃火種或禦寒之物，把手上帶的《春天記事》紙張用來引火燃燒。這是真實發生在生活中的「事件」，很寫實的以詩取暖。

燒書取暖是寫境寫實，像《明天過後》景像，未來發生的可能性越大了。但這首詩也有「造境」境界，詩人在他成灰燼的詩頁火焰，溫暖了心中的孤寂，這也暗示詩在他的人生旅程中，發揮極大功能。若無詩，他的日子要怎樣？他的生命價值何在？他的人生意義要怎樣定義？全都亂了！沒了！用綠蒂自己的話說：

> 詩是心靈最美的聲音，寫詩的人以精美而簡練的文字表達心中的感覺。詩同時也是我對生命最真摯的對話，它使我恆處於孤寂而免於孤寂而免於孤寂。（註四）
>
> 詩，是我情感唯一的窗口，讀我，不如讀我今夜小小的飄泊。（註五）

可以這麼說，詩，給了綠蒂人生的意義，創造他有不凡的生命價值，讓短暫的人生有了永恆的可能。這就是詩對他俱有強大的功能，所以別人努力造「金屋」，綠蒂造「詩屋」，賞讀〈構築一座華麗的詩屋〉。（註六）

> 在最濱臨東海的浩瀚

在最迎風近海的山崖
構築一座華麗的詩屋
是畢生夢想的積砌
愛與美是磚瓦磐石
音樂與詩是材質塗料
佈置簡單得華麗

淨空自然成幽雅
可以來去自如
可以沉耽於無所事事
可以遊牧
也可以安居

詩屋用以收納
收納所有的風聲雨勢

收納所有的雪落霜降
以及海上光華升起的明月

詩屋可以釋放
緩頰曾經的青春與放浪
告解錯位的愛情與鄉愁
毋須刻意追尋或雕琢
窗外　海鷗的飛翔就是天空的希望
院裡　金黃的槭樹就是晚秋的意涵

從無真正的房屋
經得起滄海桑田
記憶的韌性總會挽撐傾圮的蒼涼
老朽厭倦了生命的本身
卻從未厭倦於海濤和思念

守衛一座詩屋的華麗
讓被遺忘的情節
在最陌生又熟稔的地方棲息
攔擋不住的海風　蕭蕭地
翻閱著書桌上的潮汐日記
在簷下夕陽的光彩裡
迴照永不流失的生命風景

不同於前面〈以詩取暖〉一詩，這是一首純粹的「造境」之作，「詩屋」是詩人構築的桃花源完美的世界。「寫境」和「造境」乃王國維之說，他說：「有造境，有寫境，此理想與寫實二派之所由分。然二者頗難分別。因大詩人所造之境，必合乎自然，所寫之境，亦必鄰於理想故也。」又說：「自然中之物，互相關係，互相限制。然其寫之於文學及美術中也，必遺其關係、限制之處。故雖寫實家，亦理想家也。又雖如何虛構之境，其材料中求之於自然，亦必從自然之法則。故雖理想家，亦寫實家也。」（註七）怎樣寫情？怎樣寫景？又怎樣情景交融創造出境界，這是創作方法論的問題。

「寫境」側重寫實，如前面的〈以詩取暖〉；「造境」側重於理想，如這首〈構築一座華麗的詩屋〉，二者顯然碰上現實主義和浪漫主義兩種創作基本法。但二者沒有明顯界線，如何融合或突顯，就看詩人作家功力了。

詩屋是詩人的「金屋」，第一段是詩屋建材用料，佈置得「簡單」是字詞簡潔，又要顯華麗形像有點難。二、三段說好詩屋用處功能，還有窗外院裡不凡的景觀，第四段境界最高，「從無真正的房屋／經得起滄海桑田」，詩人再度開示「無常」真意，更暗示他不構築真正的金屋，因為金屋（真實豪宅）也是短暫的存在，只有詩屋（文章）可以千古不朽。詩人聲稱老朽厭倦了生命本身，未厭倦於海濤和思念，雖年紀不小依然永不停止詩創作的行腳，守衛著這座自己建構的詩屋，讓生命風景成為永恆，發揮詩屋最大功能。賞讀〈未能寫完的一首詩〉。（註八）

寫你
是一首永遠寫不完的詩
終我一生漫漫歲月

時而　洋溢浪漫的情傷
時而　氾濫唯美的風采
有時　粗糙而無法理解
有時　細膩得如夢中初雪
猶如書桌上閃爍的燭光
恆是我最愛的孤寂不滅

沒有序言
也無法附註
如果重回邂逅的起點
將不知如何編寫
過程中的過程
窗外的風冷冽如刀
在剖析著所有曾經的繁華

曾經現千百遍
每次皆以不同的風貌
顫動著塵封的章節
在日記上
在午夜夢迴時
在落滿木綿花的歸途小徑
讓我不知欲以何種
心情的語言　對你
告別或是挽留

這首未能寫完的一首詩是「綠蒂之詩」，現在當然尚未寫完，他的人生就是一首長詩，終其一生漫漫歲月都在經營生命之詩，詩境中有各種苦樂，也有無法理解的情節。暗示人生的複雜性，生命的意義不易詮釋，生命的價值也很難評估，大家都活過了，誰才最有意義和價值？人不知道的事還有很多。

「沒有序言……窗外的風冷冽如刀／在剖析著所有曾經的繁華」。這段甚有深意，生命之歌沒有序言，也不能重來，窗外的風冷冽如刀是「光陰之刀」，人世間所有的繁華都會被這把刀「殺害」，繁華不久成歷史，乃至成廢墟。這雖有些悲觀，卻是宇宙之真相和真理，太陽最後也會燃燒無光，只是時間的問題。

最後詩人「**我不知欲以何種／心情的語言　對你／告別或是挽留**」。人生何時何處是終站？老人小孩都是不確定的，詩人最清楚無常真理。似乎只有詩可以打敗無常，詩是綠蒂人生的「火種」，詩是他生命的「發動機」，是他的生命和信仰動力。只有詩可以讓他登〈雲上之梯〉，這詩的功能是多麼的強大！（註九）

生活是一步步的
永不回首的攀登
不知通往何處
不知那步即是無涯深淵的
雲上之梯

攀登　不為掌握的詮釋
攀登　不為刻意的征服
　只化今日不斷的傷痕
　為明日另一種挺拔的綻放

攀登　必須陪以孤寂的腳步
始能寧靜　始能泰然
邁坦途是這般　履薄冰也是這般
任風雨而無怨
春的溫煦匆匆易逝
落葉的蕭瑟卻常駐心頭

未曾擁有
何來失卻的黯然
自掌握間

隙溜過的
只是風
即興的心動或偶拾的盎然

星爍之外　是星
雲梯之上　是雲
迤邐的足跡不著藍天一痕
孤獨是存在淒美的觸感
攀登是生活唯一的仰望

這首詩可以說是綠蒂做為一個單純的詩人，所表達的人生觀、人生哲學或生命奮鬥的態度，不斷前進，向上攀登，期許自己有朝一日能創作出最上乘詩品。「不知通往何處／不知那步即是無涯深淵的／雲上之梯」。但何處才是最上乘，誰也不知道，而且越高越危險，「雲上之梯」表示一種虛無和風險的存在。幸好，詩人以自在的心情攀登，不為富貴或詩以外之目的攀登，這是一條孤寂的路，以坦然的態度享受孤寂。

「未曾擁有……即興的心動或偶拾的盎然」。再度展現詩人的無常觀、因緣觀，世間一切都不是詩人所可以永遠擁有，有的只不過暫時一用，故未有失去的黯然。生不帶來，死不帶去，故無得失，《心經》所述「色不異空，空不異色，色即是空，空即是色……不增不減……以無所得故」，大約如這詩意。

寂寞孤獨是詩路之本質，淒美的感觸是一種享受；不斷前行攀登是詩人的樂觀奮鬥精神。這樣的奮鬥動力，來自詩強大的功能，推動詩人攀於上乘之境。若無詩，詩人不存在！

賞讀〈我詩　故我在〉。（註十）

詩　是湖畔低垂拂面的楊柳
　　是抹香鯨頭頂上的水柱
詩　是鄉愁　是思念
　　是彼岸閃熠召喚的燈火
詩　是讓我處於孤寂而享受孤寂
　　我對人生最美好的答語
詩　是我情感的窗口

恆開啟也恆關閉

詩　是落陽依依撒播的晚紅

是草原筆直騰昇的炊煙

詩　是歸途的鄉間的小石徑

是人生落幕後不肯離去的餘韻

詩　是讓我的旅行不為離開　成為隱喻

自行置入美麗與哀愁的文字迷宮

詩　是在無人認得我的異地咖啡館

閱讀另一個城市的陌生

詩的溫暖　讓我安度雪原冰山的酷冷

詩的安寧　讓我無懼穿越死亡的幽谷

我愛　故我思

我詩　故我在

詩，在詩人心中可以是一切，這是物我合一、天人合一的結果，詩可以是抹香鯨頭上的水柱，可以是池畔拂面的楊柳，是情感的窗口……這就像莊子〈在宥〉說：「浮游不知所求；猖狂，不知所往。游者鞅掌，以觀無妄。」完全自由、自在、無住的狀態。所以，詩寫江海，詩人化為江海；詩述春花秋月，詩人化為春花秋月；詩說宇宙，詩人就是宇宙……詩，亦使詩人強大。

詩，也破除詩人的分別心，「旅行不為離開」，是無去亦無來的「如來」情境。人生境界至此，當然有無、去來、生死、人我大小、貧富……也都無分別，眾生真平等。

〈我詩　故我在〉突顯一個中國文學最大特色，也是最強大的功能，是可以取代宗教。「**詩的安寧　讓我無懼穿越死亡的幽谷**」，本來眾生想要超越死亡的恐懼，只有經由宗教信仰，惟中華文化所「釀造」出來的詩人作家，可以不經由宗教而升入「天界」，即可超越死亡之恐怖感。這也是中國文學不同於西洋文學的特徵。所以，中國的詩人作家們，當你達到「天人合一」境界，你便不須要靠任何宗教便能「升天」了！

詩之於綠蒂，已經等同一種宗教功能，詩引領詩人成就今生今世的自我實現，又引領詩人自在安寧的邁向來生。就是詩人之愛，愛其所愛，詩人得以存在；若無詩，若不寫詩，王吉隆只是戶政事務所登記的一個名字，綠蒂是不存在的。

註釋：

註一：傅斯年，《臺灣大學辦學理念與策略》（台北：台大出版中心，二〇一二年十月，第二版），見書末年表。

註二：綠蒂，〈返鄉〉，《春天記事》（台北：普音文化事業股份有限公司，二〇〇三年四月），頁六八—七二。

註三：綠蒂，〈以詩取暖——詩集的另一種功能〉，《冬雪冰清》（台北：普音文化事業股份有限公司，二〇一二年四月），頁一九—二〇。

註四：同註二，頁七。

註五：綠蒂，〈哀傷依然寂靜——代序〉，《泊岸》（台北：躍昇文化事業有限公司，民國八十四年七月），頁九。

註六：綠蒂，〈構築一座華麗的詩屋〉，同註二，頁一八〇—一八三。

註七：陳慶輝，《中國詩學》（台北：文史哲出版社，民國八十三年十二月），第四章〈詩歌意境論〉，頁一四七—一四八。

註八：綠蒂，〈未能寫完的一首詩〉，同註五，頁二二四—二二五。

註九：綠蒂，〈雲上之梯〉，同註五，頁七〇—七一。

註十：綠蒂，〈我詩 故我在〉，《秋水詩刊》第一七六期（台北：秋水詩刊社，二〇一八年七月），頁一三。

第十六章 台灣鄉情

綠蒂走遍全世界數十個國家或地區，鄉愁漂滿整個地球各角落；綠蒂也遍訪或應邀到大陸各省市進行文學交流，鄉愁亦灑滿神州大地，乃至與祖國五千年來的大詩人作家們神交，鄉愁時濃時淡，感動這一代中華子民啊！

但是綠蒂從他的十九世祖父道範先生，於清道光五年（一八二五），從祖籍福建泉州府水頭鄉，渡台定居笨港（今北港）。（註一）綠蒂一輩子都在台灣成長和工作，從先祖渡台到綠蒂也快二百年了，所以他是道地的「生長在台灣的中國人」。對於原鄉台灣他當然更是全台走透透，也寫透透，他有不少詩寫台灣各景點作品，本文亦僅能選幾首最有代表性的詩賞讀之。〈哀傷依然寂靜〉。（註二）

醞釀成一個不眠之夜
吐著煤煙的小火車
搖幌著如鉤新月
在微微甦醒的山野間
思念蜿蜒如山路迂迴

守候在觀日樓上的
是另一種喧嘩中的孤獨
眺望的
不是自山巔跳躍而出的旭日
而是婉約如晨曦的溫柔氣息

在晨風中
所有自我心中低掠而過的
如雲

如你
如歸去的候鳥
都不會消失
在詩的版圖上
故事只是隱藏
于群群相連的峰間

當白髮蒼蒼之日
真愛或已遠颺
仍會踱步於這高高的山脊
來重讀這本雄偉的山岳
再翻閱起這頁蔥翠的往事

哀傷依然寂靜
如同變幻的雲影

九五、五、廿三　於阿里山觀日樓

詩人在阿里山觀日樓觸景傷情，「哀傷」二字有些嚴重，一定在之前發生過什麼傷心事？但筆者不打算去挖出什麼「事」？一者不外是詩人個別的傷心「事」，已是過去式，何必挖出來再傷心一次。

再者，中國詩（傳統或現代詩），都是重「意」不重「事」，主張少用典用事。而重「意」是指詩的內外意涵、意境，「內外之意，詩之最密也，苟失其轍，則如人之去足，如車之去輪，其何以行之哉！」（註三）言詩要有內外兩層意義，外意是形像的體會，內意是詩藏在深處，需要三思索才能領悟的涵意。如題牡丹，外意須言其美豔香潤，內意言君子時會；聞蟬聲，外意言音韻悠揚，幽人起興，內意言國風蕪穢，賢人思退。

讀任何一首詩，有外意而無內意，則徒具文詞堆積而已；反之，有內意而無外意，則成教條，所以，詩語言不同於學術論文、散文等，好詩必然有多層次意涵和意境，例如李商隱的〈柳〉和〈無題〉，已說不清有多少層次，千百種讀者讀之都能獲得所要之「意」和「利」，故能流傳千古，感動每一代百千萬人之讀者。

〈哀傷依然寂靜〉一詩，外意形像上是詩人重遊阿里山觀日出，這通常就是一種溫馨熱鬧好心情的形像，回憶往昔曾與戀人在阿里山的舊情，那哀傷依然靜靜躺在心頭，如片片幻雲揮之不去。

這詩的內意有如李商隱的〈柳〉和〈無題〉，「守候在觀日樓上的／是另一種喧嘩中的孤獨……如雲／如你／如歸去的候鳥／都不會消失／在詩的版圖上……」。都是一種象徵手法，看日出的人很多，很喧嘩熱鬧，詩人依然覺得孤獨，表示人生路不論身處那裡都是孤寂的；接著所眺望的如晨曦的溫柔，如雲如你，這些象徵有些隱晦，可以讓不同讀者的心境，產生不同的意義和理解。

最後「哀傷依然寂靜／如同變幻的雲影」。整首詩傾向深沉的感傷和懷念的深刻，哀傷始終在意識裡，如變幻的雲影，這種意象也是多重意義和理解，讀者可「各取所需」詮釋之。賞讀〈坐看風起時—重遊碧潭〉。（註四）

載負過三十年睽違的歲月
吊橋的背　竟也瘦弱地佝僂起來
碧水不綠
紅橋斑剝不紅

紙鳶在飛升中尋覓
河堤上那年的我

坐看風起時
往事如散脫了裝訂線的詩冊
一頁頁地恣意馳騁
不管是彩色繽紛
抑或灰黯淡白
不管是觸手可及的溫柔
抑或是恆久纏夾夢中的遙遠
終要飄逝
在無盡的風中

深知等待必然凋落的結局
但楓紅守候依然

只因守候不為秋之蕭瑟
守候的是自己孤冷的感動
以及心中那一小縷不滅的靈光
詩情不因等待而脆弱
芒葦不因白髮匍伏而憂傷
思念的筆觸冷冽如刀
剖析著所有曾經的華美
在風聲簌簌未息之際
停格在回顧的風景中

風起風落
暖陽薄暮成闌珊向晚
潺流在凝思中沈澱暗啞
當彼岸燈火閃爍成粼粼波光
夜將因風而泊

舟繫彼岸
只是彼岸的輝煌也屬異鄉

睽違三十年後，詩人重遊年少時到過的碧潭，從白天到晚上到深夜，就坐看風起景像，人生三十年黃金歲月的回顧和感嘆。「吊橋的背　竟也瘦弱地佝僂起來／碧水不綠／紅橋斑剝不紅……」外意在說人生如白駒過隙，內意暗示世間無常，一切都是成住壞空，回顧年少那些往事，越想越煩亂，但不論這三十年有多少得意或失意，以及常在夢中糾纏的情意，也會在無盡的風中飄逝。

這首詩之內意也指出詩人一生所追求的是什麼？不追尋榮業富貴，不刻意追求什麼目的，因而能自在、無住，「無住生詩」，詩是唯一可以詮釋生命的「仙藥」。所以，詩人一生只守候詩國之春秋大業，「**守候的是自己孤冷的感動／以及心中那一小縷不滅的靈光／詩情不因等待而脆弱**」。在詩人心中，世間無常，緣起緣滅，唯一不滅的是詩的「火種」，永恆燃燒著詩創作的靈光。

詩人在碧潭看風起風落，也暗示內心世界的起落，思索著詩創作這條孤寂的人生路，看到深夜彼岸燈火輝煌，但彼岸依然是異鄉，何處才是真正的原鄉呢？賞讀〈日月潭・夜・

雨〉。（註五）

夜　是不眠的湖
倒映著燈光明滅的故事
湖　是不眠的夜
剪貼了星空凝思的千眼
朦朧在遠處的光華島
畫意地漂泊成
不繫的晚舟
在只離家百里就能記敍的鄉愁裡

雨絲　是延綿不斷的思念
密密麻麻地連漪了心湖
思念　是細緻編織的雨絲
漾散湖光為清寂流動的風景

晚鐘　迴盪起山寺的松風
松風　斜落了臨窗的雨聲
雨聲　濕漉地剔透了
　　　初醒於感傷邊緣的詩情

很有境界的一首「動靜二元相對中的統一」小品，第一段寫日月潭夜景的寧靜，夜和湖的相對形容，使意境在燈光明滅和星空凝思交錯中呈現了。而這時詩人忽而想家，忽而沈思冥想，心中浮起淡淡的鄉愁。

第二段寫雨夜中的動態和聲音，雨絲和思念的相對形容，使意境在密麻漣漪和湖光漾動交錯中呈現了。晚鐘、松風和雨聲可視為動靜之統一。詩人處在這個動靜都清淨的美麗世界，當然「詩情」就醒了。

綠蒂常帶領來台訪問的詩友們環遊寶島，也寫了不少台灣鄉情作品。但他最常去的地方應該就是花蓮東海岸的和南寺，這裡是他的心靈原鄉。鄉愁的「解藥」。賞讀〈中秋無月〉。（註六）

因錯選了氣象台的答案
中秋夜雲厚而無月
閃爍在海天遠處的
是東海遲歸的漁火
還是暗夜漏網的星光

文旦、月餅與茶
早坐在納風亭上等候
誰點起的一盞燈
引來秘密花園的蝴蝶翩舞

攜同白露的寒意
在守月的制高點仰望
風為我打開一本墨魚的天宇
只有螢火蟲是替代的光影

供鳳凰木追尋歡笑的童年
供遠山摸索沉思的稜線
濤聲、松吟是今夜阮咸演出的清音

期待光華把黑與夜分開
期待如梳的月光
梳理我飄泊的亂髮
讓鄉愁在長夜的肩頭睡去

因等待
我假設的月光和思念
編串成一條河
你可以在河中棲息
也可以在河邊走過

但切勿驚起秋夜沉寂的漣漪

再度發揮詩人物化、物我合一、無情說法等文學創作特技，也是綠蒂詩歌的特色。如文旦等坐在納風亭等候，鳳凰木追尋歡樂的童年，遠山摸索沉思，濤聲松吟是阮咸演出的清音等。

這「阮咸」是誰？有兩個含義。第一是樂器名，「阮」，又叫阮咸、阮琴，中國古代撥弦樂器，也被稱為「秦琵琶」，後得名自西晉竹林七賢中的阮咸。到了近現代，阮琴有了不少改革，依形制不同有高音阮、小阮、中阮、大阮、低音阮，各有不同用途，廣泛用於獨奏或合奏。

其次作為人名，阮咸，字仲容，陳留尉氏（今河南開封尉氏）人。竹林七賢中阮籍之侄，與阮籍並稱「大小阮」，其父是魏武都太守阮熙，有兩個兒子阮瞻和阮孚，阮咸也是吾國著名文學家。

中秋節到南寺找鄉愁的「解藥」，「**期待光華把黑與夜分開／期待如梳的月光／梳理我飄泊的亂髮／讓鄉愁在長夜的肩頭睡去**」。兩個期待都是「不可能的任務」，黑與夜是永不分離的，月光也不會來梳理詩人的亂髮，都在暗示（或象徵）鄉愁是沒有解藥的。乾脆讓鄉愁睡著了，就什麼都不知道也好。

我在本書緒論（自序）指出綠蒂現代詩中的五個最常見意象是：自在、無住、孤寂、漂泊和鄉愁。筆者一路下來賞析他的千首詩，每一首詩大約都能感受到這些意象（意涵），或多或少，絕非是零。

從希望與失望輪替的心中
伸出詩的雙手
擁抱告別的訊息
就如百年雲松被夕暉拉長的身影
落在觀日樓側面的角落
孤寂而不哀傷

〈屹立的孤島—阿里山日落〉末段。（註七）

「木食草衣心如月，一生無念復無涯；世人若問居何處，綠水青山是吾家。」這是吾國大唐時代龍牙居遁禪師的詩。（註八）禪師找到的「原鄉」是青山綠水間，禪師一生不妄求、不執著（無住），人到無求品自高，人到無念便安閒，這些都和綠蒂情境很相近。只是綠蒂不論身在何處？都存在著鄉愁意識，因為終極原鄉仍在找尋中，不知何時可以找到「解藥」？台灣鄉情只能暫時解愁！

註 釋：

註一：按鄭定國編注，《王東燁槐庭詩草》（台北：里仁書局，民國九十三年八月三十日），頁四三，〈王東燁先生年譜初稿〉。

註二：綠蒂，〈哀傷依然寂靜〉，《泊岸》（台北：躍昇文化事業有限公司，民國八十四年七月），頁一四九—一五一。

註三：蕭水順，《從鍾嶸詩品到司空詩品》（台北：文史哲出版社，民國八十二年二月），頁八五。

註四：綠蒂，〈坐看風起時——重遊碧潭〉，《風的捕手》（台北：秋水詩刊社，民國八十九年四月），頁二一九—二二一。

註五：綠蒂，〈日月潭・夜・雨〉，同註四，頁六〇—六一。

註六：綠蒂，〈中秋無月〉，《春天記事》（台北：普音文化事業股份有限公司，二〇〇三年四月），頁一九八—二〇一。

註七：綠蒂，〈屹立的孤島——阿里山日落〉，《冬雪冰清》（台北：普音文化事業股份有限公司，二〇一二年四月），頁八三—八四。

註八：龍牙居遁禪師，生於唐文宗太和九年（八三五），後唐莊宗同光元年（九二三）圓寂，撫州南城（江西）人，禮洞山良价，並嗣其法，號「證空大師」。

第十七章　北港溪到清溪湖

齊邦媛教授的巨著《巨流河》，是寫兩代人從「巨流河」落到「啞口海」的故事。巨流河是清代稱呼遼河的名字，是吾國七大江河之一，遼寧省百姓的母親河・啞口海在台灣南端，是鵝鑾鼻燈塔下的一泓灣流，據說洶湧海浪衝擊到此，聲消音滅。

齊邦媛在《巨流河》的序還提到，書寫前跟著父母的靈魂作了返鄉之旅，從大連海岸望向她紮根的島嶼，回到台灣，寫下她一生的故事。教授深感天地悠悠，不久也將化成灰燼，留下《巨流河》一書，為來自「巨流河」的兩代人做個見證。（註一）齊邦媛的兩代人故事，該書第一章〈歌聲中的故鄉〉、二章〈血淚流離〉、三章〈中國不亡，有我！〉等，讀來感動心弦，因為也是我全體中國人的近現代苦難史！

齊邦媛在「將化成灰燼」前，「驚覺，不能不說出故事就離開」，克服萬難寫完故事，雖為時代做見證，也是為鄉愁製作「解藥」，為生身故鄉留下血淚記錄。另有一個弦外之意，齊教授「不立文字」亦未口說，筆者以為「巨流河」和「啞口海」的連結，就是大陸和台灣的連結，故事是一體的，不能分割。在這兩個意義（鄉愁和連結）上，後輩的詩人綠蒂與齊教授也有幾分連接。

綠蒂對祖國大陸的文明文化，乃至神州大地山河江海，都有高度認同和熱愛，才醞釀出對祖國濃濃的鄉愁，全都以他的代言人——詩，向世人宣告他心中所愛；同時，以他的詩，將雲林北港和貴州清溪湖（河）做連接，並暗示台灣和大陸是沒有距離的，是一個人、一家人、同文同種人，同是中華民族。賞讀〈情繫清溪湖〉。（註二）

湖　滋潤著兩岸風光
翠綠了延綿群山的岸線
悠遊的小畫舫
已滿載
左岸　垂柳的鳥語花香
右岸　驟雨流瀉成瀑的水花

往事如風化剝落的岩畫
倒映在風起的細緻水紋
風與思念
同是流動不歇的河
我在漂流中思念
也在思念中漂流
從指縫中流逝的儘是歲月的垂暮

探幽湖心，清澈見底的魚蝦
記憶著曾沾濕褲管的童話
已清麗了千年的清溪湖
猶稚嫩如始初的河
與千里外北港溪牽掛的鄉愁
只有一首詩與另一首詩
簡短的距離

情繫清溪湖，更是情繫兩岸。「**湖　滋潤著兩岸風光……左岸　垂柳的鳥語花香／右岸驟雨流瀉成瀑的水花**」。兩岸都是美景，這「美景」是什麼?是人，兩岸是一家人，一樣的美，不要老是相互醜化；是兩岸風景皆美，兩岸文化皆美。

中間段是詩人的物化、物我交流，感嘆歲月如流水般就到了垂暮之年。重點在末段，情繫兩岸並做連結，表示兩岸是沒有距離的。「**已清麗了千年的清溪湖／猶稚嫩如始初的河／與千里外北港溪牽掛的鄉愁／只有一首詩與另一首詩／簡短的距離**」。詩人不僅情繫兩岸，且兩岸都有相同濃度的鄉愁，只是一首詩和一首詩的簡短距離，這也等於沒有距離。暗示兩岸應該是統一狀態，若加以擴張解釋，亦感嘆台獨偽政權的邪惡，不該操弄族群分裂，搞國家民族分裂，給人民帶來巨大災難。

綠蒂今生今世實際上的原鄉是北港，他在北港成長，父祖已在北港定居快二百年了，北港是他鄉愁的誕生地。所以他以北港溪和貴州清溪湖（河）做連結，北港溪對綠蒂而言，有著如血緣、親人般意義，賞讀〈北港溪〉。（**註三**）

一道河　故鄉竹林後的
一道河　湍流不息在我心中的
一道河　如母親般地
　　孕育了我底童年與夢想的
一道河　如鄉誌般地
　　記載著小鎮繁榮與落變遷的
一道河

2

少年的木屐
踏響月色疏落的竹林
在星語與水聲夾進的河堤
將愁思付與波光
讓流不走的投影
盪漾成重疊的孤寂

那時 不知你從那裡來
　　而流向那裡去
如今 只知你從歲月來
　　也流向歲月去

3

半個世紀的漂流
灰瓦磚砌的故居
已不在小巷的街口
返鄉時，已無台糖的小火車
拖著甘蔗 響著汽笛
以熟悉的節奏
跨越你的背脊
河上，人們架起鋼筋水泥的橋
架起如媽祖廟一般不朽的姿勢

4

把風景坐成垂暮的黃昏
來重讀河上青稚的往事
水涼依舊
不復有清澈見底的魚蝦
如同我
你從不追求掌聲
也不刻意抹去悲傷的色彩
夾以滾滾的灰濁
果敢地奔向未知的遠方

景像好熟悉，這詩寫到了筆者的童年，說中了筆者同樣濃厚的鄉愁，同樣兒時回憶的情境，還一樣都是追著台糖小火車長大。那時我們叫台糖小火車「五分車」，如今都已是半個多世紀前的往事，現在想來還真的是「一切有為法，如夢幻泡影，如露亦如電，應作如是觀。」（引《金剛經》詩）。

四年級生以前的人（現約六十五歲以上），童年兒歌「我家門前有小河」都是真實的環境，門前沒有，門旁門後或家附近定有河流，每條溪河都清澈見底，孩子們總在溪河裡「摸蛤兼洗褲」。我相信，許多人都有和詩人一樣的一道河，是心中的母親河，也慢慢孕育出長大後的夢境和鄉愁。

〈北港溪〉一詩的情境佈局，按詩人成長過程分童年、少年、中年到老年四個階段。年少時天天玩得不亦樂乎！擁有最多的是時間，第二段把時間做了古今對比，長大才知道流失的都是歲月，驚覺時已然過了半個多世紀，再返鄉時一切都變了樣。只有如夢如幻的回憶，回憶自己追著小火車，追著甘蔗跑。

第四段進入垂暮黃昏歲月，詩人回憶自己一路走來始終如一，不忘初心。走在孤寂的詩路上，保持自在、無住、自然、隨緣的身姿，從不追求掌聲，也不刻意抹去悲傷，享受孤寂而不孤獨，勇敢的奔向未知的遠方。整首詩而言，寫出同時代的人大家共有的「共相」，也彰顯詩人個別的獨特性。這首詩在詩人的四本詩集中，一再收錄刊出，顯亦詩人對這首詩有偏愛。賞讀〈北港溪的黃昏〉。（註四）

小河潺潺
記載著小鎮的繁榮與變遷
映流著童年的顏色與氣味

母親重複又重複的叮嚀
已不在故里的碎石路口瞭望
濯足戲水的溪河
已不見清澈見底的魚蝦
防風樹排植成水泥叢林
阻隔了橄欖樹悅耳的蟬鳴

媽祖廟縮小了記憶的版圖
不再是兒時嬉遊的樂園
橋上沒有載運甘蔗小火車的氣笛
只有南陽國小的弦歌

與鳳凰木依舊

防波堤延得更長
挽不住流逝的波光粼粼
再提昇樓層巍岸的高度
也遮不去餘暉透露的感傷

每一吋夕光緩緩編綴成
七十餘年歲月的織綿
小漁舟在三級風中
引領視線航向更遠方的蒼茫

回眸平溪落日　始覺
我的愛　在風中
我的詩　在風中

人生最後的一段樂章
也在風中迤邐演出

〈北港溪的黃昏〉是詩題也是書名，外意寫北港溪黃昏情景，內意隱示詩人的黃昏演出，相較於〈北港溪〉一詩，多了幾分感傷和瀟灑（應該說更自在、無住的因緣觀）。就整本《北港溪的黃昏》詩集而言，像是對人生做總結，又似一本「生前告別詩」，如詩人在〈旅人、風景〉（前言）說道，與詩共行已過一甲子歲月，〈終站〉是離別的告白，即使是幽暗偏僻的小站，也要優雅下車。所以，要趕在「遺忘之前」種植與書寫。（註五）本章僅賞析〈北港溪的黃昏〉一詩，餘留別章。

起首以簡潔三行交待主客環境，主者詩人內心的情感浮現，客者客觀環境的轉變。第二、三段是童年情境的變換，母親不在，溪河不見清澈見底的魚蝦，防風林變成水泥叢林等，時空已然巨變突顯世間無常。

第四、五段是寫面對無常轉變的感傷。「**七十餘年歲月的織綿／小漁舟在三級風中／引領視線航向更遠方的蒼茫**」。小漁舟可以是暗示自己的人生路，走到七十多個年頭，依然勇往直前，邁向更遠的遠方。

最後一段可視為人生觀的體現和結語，一生有所愛和有所作的詩全在風中，可解釋為如夢如幻，風一吹全散了。暗示詩人的自在、無住，一切都不執著，一切放下！放下一切，包含最後一段路「在風中迤邐」，隨緣而去！

註釋：

註一：齊邦媛，《巨流河》（台北：天下遠見出版股份有限公司，二〇〇九年十二月十日，第一版），〈序：書前、書緣〉，頁八──十九。

註二：綠蒂，〈情繫清溪湖〉，《北港溪的黃昏》（台北：普音文化事業股份有限公司，二〇一七年六月），頁六六──六七。

註三：綠蒂，〈北港溪〉，《泊岸》（台北：躍昇文化事業有限公司，民國八十四年七月），頁一二──一四。

註四：綠蒂，〈北港溪的黃昏〉，《北港溪的黃昏》（台北：普音文化事業股份有限公司，二〇一七年六月），頁一六──一八。

註五：綠蒂，〈旅人、風景〉（前言），同註四，頁一四──一五。

第十八章　我是誰？詩人自我詮釋的形象與境界

「我是誰？」這是一個簡單的問題，對小學生而言，「我是張阿花」、「我是李大勇」，都是很單純的命題，清楚明白，沒有灰色空間。

隨著年紀越來越大，這個問題越來越複雜，越來越變得不清不楚，不明不白。「我是父親的兒子、兒女的父親、人夫、人妻、老師、經理、會長、小說家、詩人、統派、獨派、醫生中的獨派、民意代表、秘書長、市長……」。就算只是詩人，也有很多種詩人，左派、右派、中間、唯美、現實主義、機會主義……想當官的詩人，把蔣公銅像分割八塊就換得文化局長官位的詩人。所以，「我是誰？」詩人如何自我定位？把自己搞定「我是誰」，詮釋自己的形象與境界，加上詩壇和時間的檢驗，很容易可以驗證這位「詩人」，到底是真詩人、假詩人還是漢奸政客，乃至只是個投機主義者。

「我是誰？」筆者的皈衣師父星雲大師，寫過不少文章回答這個問題，也親臨聽他開示解說。他老人家對信徒眾人等說過最正確的答案是：「我是佛！」或「我是觀世音菩薩！」當初佛陀在金剛座上證悟，便說：「大地眾生皆有如來智慧德性。」人人都有佛性，當然我就是佛，我就是觀世音菩薩。

假如一個人清楚明白「我是佛」的道理，也能直下承擔「我是佛！」那麼，他擔任什麼角色，必然都是「好角色」，好爸爸、好媽媽、好民意代表、好市長、好老師、好作家……好詩人（一路走來始終如一、專心當詩人）。因為一個人悟得「我是佛」之道，他必然就會「諸惡莫作、眾善奉行」，這是他自我詮釋的形像和境界。

筆者數十年前就接觸過綠蒂的現代詩，認識他也大約有二十年了，他所有作品（發表或出版）也大概讀遍，他是個現代中國詩壇深值研究的詩人。他從十五歲走上詩路，至今仍不忘初心，年輕到老一路前行。這種精神也只有唐三藏西天取經的精神，「寧可向前一步死、絕不回頭一步生」可以形容。所以，他的詩有不少作品是在詮釋形像與境界。賞讀〈沉默的山丘〉。（註一）

一座隱藏在生命深處的
沉默山丘

是白天一直召喚向前的遠景
是夜晚想像不厭的堅定溫柔
是炎熱高溫晒不倒的
是狂熱暴雨撼不動的
是故鄉土地的標誌
是異域避風的港灣

沉默的山丘
不畏荒煙蔓草的掩埋
永有寬容與勇敢的包容
榮耀時　他沉默
挫敗時　他沉默
直至我雙鬢灰白　他沉默依然

當我必須真正的告別

他不是大山大水
他只是我詩的心
　　詩的眼
溫文的形像恆久屹立
如他
如沉默的山丘

詩人如是自信自許，正是我所認識幾十年詩人綠蒂一貫的形像和境界。也是著名詩人的陳義芝在〈充滿回憶，知覺當下〉一文說道，細察綠蒂的新作，〈沉默的山丘〉是他心中恆久屹立的形象，並以此形象與故鄉的土地連結，成為召喚他向前的「遠景」。（註二）筆者讀了綠蒂至少一千首詩，「味道」大約如是，且經過半個世多世紀以來，始終沒有「變味」或「走樣」。

一座隱藏在詩人內心深處的山丘，象徵詩人自己的化身。為什麼叫「山丘」？不叫山峰或山頭！這是詩人堅定自信涵富著謙虛的君子形像，若叫「山峰」太峰芒且尖銳，若叫「山頭」太自大且超過，不大不小堅定的山丘正符合他的形像。而山丘的屬性、個性和情性，讓山丘浮現不凡的境界。

第一段寫的是山丘的屬性，高溫晒不倒，風雨撼不動，故鄉的標誌和避風港，是詩人的靠山和引領。第二段是山丘的個性，無畏荒煙蔓草，寬容又勇敢，榮枯都不為所動，始終如是，沉默不言。第三段寫的是情性，這又談到「物化」，詩人把他的真性情融入山丘，山丘成了詩人的「詩之心、詩之眼」。綜合這山丘的屬性、個性、情性，其形像和境界頗似吾國唐代大梅法常的一首詩。（註三）

摧殘枯木倚寒林，幾度逢春不變心；
樵客遇之猶不顧，郢人那得苦追尋。

詩的外意說枯木立於寒林裡，經過幾個春天都安於枯朽，不要春天的幫助發新芽，樵夫和刀斧手也不理他。內意豐富，境界很高，暗喻人不會見異思遷，才不會「此山望見彼山高，到了彼山沒柴燒」。不要見利忘義，不要羨慕榮華富貴，不要任意對「道」的堅守產生存疑。枯木守「道」，就像綠蒂一生守著孤寂的詩路，幾十年苦守寒窯「中國文藝協會」。賞讀〈永遠的旅人〉。（註四）

天空的雲
推砌成無盡的長卷
海上的風
波瀾為壯闊的洶湧
夕陽悄悄露臉
詭異得新鮮而明亮
以微曖的溫　安撫我
因懷念而無法安住的心

刻寫著共同記憶的納風亭
搜尋著曾經的歡笑與淚痕
美麗的五色鳥行蹤杳然
竄跳的小松鼠畏首畏尾
漸遠的鐘聲疏散黃昏的心情

以及欖仁樹的細語
故事皆以供奉在花香裊繞的殿上

暮靄輕薄如霧
聚了又散
春天的秘密花園熟悉依然
好似你從不曾遠去
在通往曲徑幽香的下個轉角處
層疊的思念將在那裡會
花開花落續寫記憶的長度
花園因詩而綻開微笑

孤寂是生命最美的型態
永遠的旅人
你我是否同樣

從未設定下個歇足的驛站

在綠蒂的詩作中，用以形容自己形像者，除了山尚有風、雲、旅人等，部份置於二十章討論，「永遠的旅人」也是最貼近詩人漂泊的形像，「孤寂是生命最美的型態／永遠的旅人／你我是否同樣／從未設定下個歇足的驛站」。生命的本質是孤寂的，只有智者才能看見這種「生命實相」，才能真正享受孤寂，任由漂泊才是自在、無住，在這樣情境中「無住生詩」成為一種自然。

永遠的旅人第一段是海天風景，漂泊仍有懷念是心中浮現的鄉愁。第二站是納風亭短暫的停留，第三段是旅人的領悟，悟到生命聚散無常，一站到一站的旅行好像走了很遠，其實未曾來去，因為心始終在詩上，生命花園因詩而美麗。賞讀〈海之旅〉。（註五）

海岸線漫長而恬靜
潮來潮往的固定節奏
消融在夜海的風景裡
分不清是低垂的星光

還是明明滅滅的漁火

香水鯨的聲納
釋出深沉的探索
探索的不是真相
或故事的賞味期
為何誓言輕如漂流遠去的浮木

記憶或者夢想
都是海底迷宮華麗的甬道
百折千迴後的出口
是沉船的廢墟

還是珊瑚美麗開闔之間
微微透露的天光訊息

海風與我
俱是永遠的旅人
無邊的海是無盡的路

總是最熟悉的海域
波逐最陌生的浪濤
航圖上沒有標記停泊的港灣
只有思念的燈火闌珊
與晚秋盛放在防波堤外
芒花與野菊的顏色與芬芳

假如前首〈永遠的旅人〉是詩人走過山河大地天空的感悟，則這首〈海之旅〉是以大海的形像，來象徵詩人的紅塵旅程。那些潮來潮往，分不清星光或漁火的明滅，都在隱喻人生的虛無和無常，生命的短暫和有無，以及很多複雜不清的人事糾纏，但詩人還不斷前進探索，大海海風和詩人俱是永遠的旅人。

在無邊的大海上旅行，「**總是最熟悉的海域／波逐最陌生的浪濤／航圖上沒有標記停泊的港灣**」。是有些危險，也象徵詩人一貫的自在、無住，隨緣漂泊的人生觀，看似隨波逐流，隨浪而漂。但他內心其實很清楚「我是誰」，他清楚明白自己的道路方向和形像，他仍堅定的把握住自己，如一首古德詩偈：「一天風月流空界，隔嶺鐘魚應海潮；江月不隨流水去，天風直送海濤來。」

萬里晴空，一朝風月，永恆宇宙，短暫人間。隔山傳來鐘聲和木魚聲，與海潮聲相應著，這是多麼調和的景象。但人要把握住自己，不要像流水總是忘失自己，天風自然就把海濤送來給你欣賞。言外之意也暗示說，一個人只要能認識「我是誰」，把握自己，因緣俱足了，自然無往不利，所作皆辦。

文學界有一種說法，不論小說、散文、詩歌等創作，作者都在寫他自己，或顯或隱，仔細閱讀都能發現一些秘密。讀綠蒂的詩也是，可找到不少隱喻自己形像的作品，如這首〈我的風花雪月〉。（**註六**）

風　是透明的思念

自無法掌握的指縫溜逝
在廣袤的青青草原奔騰
吹響那歲年少的笛歌
豎起招展的旗在城的高處

花　是華麗的綻放
野百合吹奏起青春的晨曦
牡丹灼灼地燦爛成風景中的風景
花開的聲音謙虛為
愛的低語

雪　是純潔的哀傷
掩蓋了情怯的告白
把大地的嘈雜
還原為最初始的白

窖藏為雪山上千年不化的神話

月　是圓缺的輪迴
在灑滿銀光的碎石小徑上
總有一段如淒冷月色的
鄉愁　路過
或歸來
匆匆的行囊
瑣碎的扎記
都因必須的風花雪月
而豐盈　而沉甸
為美的負荷

賞讀詩人的風花雪月，即非風花雪月，是名風花雪月，風花雪月只是一時假合幻相的「假名」（暫時代替）而已。這樣的構句詮釋這首詩，是套用《金剛經》佛陀的說法，「如來說諸相具足，即非具足，是名諸相具足……如來所說三千大世界，即非世界，是名世界……」（註七）佛陀的意思說，三千大世界的一切，並非即是真實恆常的世界，只有一個因緣和合的假名而已，暫時給予一個名字，亦非實有，緣散即無。

但我說「詩人的風花雪月，即非風花雪月」。因為詩之外意講風花雪月，只是詩的外表形像。實際之內意不過是借風花雪月之名相，表達詩人的經歷和感悟，透過物我交融提昇詩境，也是提昇人生的層次。風是某種影響力，花是生命的美好，雪是碰到的傷心事，月色就是鄉愁了。

綜合而言，詩人說風花雪月，即非風花雪月，而是人生所有會碰到的「客觀環境」，這些是生命過程必然要經歷到「美的負荷」。這樣，諸君能否讀懂詩人？不然，再請〈讀我〉。（註八）

讀我
不如讀我細緻的情懷
讀我情懷
不如讀我秋水上十八行小詩

讀我詩
不如讀我今夜輕輕的漂泊
飄泊只為因風而起的偶然
今夜不須記憶，也毋須回顧
烏柔的長髮是倦旅的避風港
如窗外初雪的笑容是千年佳釀
寒夜，你以唇溫酒
未飲即已微醺
暢飲酩酊後

飛舞在我夢中的
不知是翩翩白蝶
還是撕裂的
未寫就的詩稿

詩人請「讀我」，光讀幾首小詩不一定讀出詩人的形像，所以詩人又說讀我輕輕的漂泊，「飄泊只為因風而起的偶然」。漂泊已是一種強烈的隨緣觀，漂泊又因風而起，風是很隨意隨性（興），表示詩人的自在是超級的自在，詩人的無住是最徹底的無住。完全合了《金剛經》「夢幻泡影」的因緣觀，所以「飛舞在我夢中的／不知是翩翩白蝶／還是撕裂的／未寫就的詩稿」。詩人所夢想的（在意的），不是化蝶飛舞，就是創作詩章。

到底綠蒂（人品、詩品）形像是什麼？境界何在？「我是誰？」詩人又怎樣定位？按筆者的研究，就如第十三章所述，物化、物我合一、天人合一，可以比較正確詮釋他的形像和境界，在他的詩國，「主觀世界」和「客觀世界」已融合為一、統一而圓融了。看這「鐵案如山」的證據，〈見山與望雲〉。（註九）

看山
山也看我
見山是山
或不是山

我恆是沉默　堅定而屹立
任憑公也無法移位

望雲

雲亦望我
是雲動或是月移
是風飄還是心動
我恆是悠然　自在而清雅
不管天際陰晴圓缺

讀詩

詩也讀我
每條河　每顆星
都可以流浪
每條河　每顆星

都可以回鄉
只要風起時

人生旅程　有長有短
有匆匆　有徐緩
風向猶在追逐中
構築明天希望的藍圖
早已在有你的記憶中
我靜憩棲息
即使內斂的文字光華已孤寂百年

如同李白〈獨坐敬亭山〉一詩，李白和敬亭山融合了，進入物我合一之境，故能相看兩不厭。綠蒂和山、雲、詩也都融合了，也進入物我同一之境。只是綠蒂強調如山的沉默堅定，如雲的悠然自在。

眾生都在追尋一個終極原鄉的夢境，好解開「我是誰」的終極真相，因為這是在「終站」以後的事，所以人在有生之年難有定論的答案——除了極少數大智慧者。而如綠蒂這樣自在、無住的詩人，趕在〈終站〉下車之前（註十），趕在「遺忘之前」，稱極「**叩問風谷／是瞬間的過客／還是原鄉的歸人……未等山谷傳來『我是誰』的回音／就踏上了邂逅夕陽的歸途。**」（註十一）永不止息的種植與書寫，是綠蒂身為一個詩人的天命。

註釋：

註一：綠蒂，〈沉默的山丘〉，《北港溪的黃昏》（台北：普音文化事業股份有限公司，二〇一七年六月），頁三二一—三二三。

註二：陳義芝，〈充滿回憶，知覺當下〉，同註一，頁六—一三。

註三：大梅法常禪師，生於唐玄宗天寶十一年（七五二年），圓寂於唐文宗開成四年（八三九年）。他是湖北襄陽人，馬祖道一禪師之法嗣。

註四：綠蒂，〈永遠的旅人〉，《冬雪冰清》（台北：普音文化事業股份有限公司，二〇一二年四月），頁三三五—三三七。

註五：綠蒂，〈海之旅〉，《秋光雲影》（台北：普音文化事業股份有限公司，二〇〇八年九月），頁一八—二〇。

註六：綠蒂，〈我的風花雪月〉，同註一，頁一〇四—一〇六。

註七：可查閱任何一本《金剛經》，本文引：星雲大師，《成就的祕訣：金剛經》（台北：有鹿文化事業有限公司，二〇一一年二月二十一日），附錄二。

註八：綠蒂，〈讀我〉，《泊岸》（台北：躍昇文化事業有限公司，民國八十四年七月），頁一八—一九。

註九：綠蒂，〈見山與望雲〉，《秋水》詩刊第一七八期（台北：秋水詩刊社，二〇一九年元月），頁二九。

註十：綠蒂，〈終站〉，同註一，頁四二—四四。

註十一：綠蒂，〈風谷回音——瑞士阿為阿雅山谷紀遊〉，《春天記事》（台北：普音文化事業股份有限公司，二〇〇三年四月），頁一八四—一八七。

第十九章 二十四節氣入詩

二十四節氣乃我中華民族古代用來指導農業和人事活動的曆法，從漢朝到現在二千多年依然實用，每年民間印的《農民曆》，二十四節氣名稱和功用完全沒改變，仍與漢朝一模一樣，這是世界奇蹟，一種「制度」竟然被中國人用兩千多年，而完全不變。是故，二十四節氣已列為我們中國人古代科學八十八項重要發現與創造之一。（註一）聯合國亦將二十四節氣列入「人類重要文化遺產」，同時也是中國的第五大發明創造。

二十四節氣全部名稱首見於吾國西漢淮南王劉安所撰《淮南子》，該書〈天文訓〉說：「十五日為一節，以生二十四時之變。」接著列出：冬至、小寒、大寒、立春、雨水、驚蟄、春分、清明、穀雨、立夏、小滿、芒種、夏至、小暑、大暑、立秋、處暑、白露、秋分、寒露、霜降、立冬、小雪、大雪。（註二）和現在《農民曆》名稱和次序完全相同，二十四節氣屬於陽曆，我們中國老祖先為方便記憶，編有一首詩訣：「春雨驚春清穀天，夏滿芒夏暑相連；秋處露秋寒霜降，冬雪雪冬小大寒。」（註三）二十四節氣是中國古代天文學重大成就，其涵意有指示氣溫變化、寒來暑往交替、反映四季降水量、反應農作農事等，雖已到廿一世文明，在我們中國人生活中依然管用且流行；甚至擴大了功能和影響力，打開任何一本《農民曆》，你便清楚明白了，敬佩我們中國人先聖先賢的聰明才智，為未來生生世世中國人也帶給他們重大利益。

二十四節氣和文學也有緊密關係，吾國古代作家有關者真是舉之不盡。單就詩人如：李白〈立冬〉、岑參〈白雪歌武判官歸〉是寫小雪。杜甫〈小至〉是冬至、陸游〈微雨〉是小寒、蘇軾〈惠崇春江晚景〉是立春、白居易〈銷夏〉是大暑、元稹〈詠廿四氣詩・小暑六月節〉、陸游〈時雨〉是芒種、白居易〈早夏遊平原回〉是立夏、杜牧〈早秋客舍〉是立秋、仇遠〈處暑後風雨〉、劉滄〈秋日望西洋〉是寒露、陸游〈大寒〉、杜牧〈清明〉、劉禹錫〈竹枝詞〉是夏至、曹鄴〈老圃堂〉是穀雨、徐鉉〈春分日〉、杜甫〈春夜喜雨〉是雨水、韋應物〈觀田家〉是驚蟄、元稹〈詠廿四氣詩・秋分八月中〉、《詩經・秦風・蒹葭》是白露、歐陽修〈歸田園四時樂春夏二首〉是小滿、張繼〈楓橋夜泊〉是霜降。以上不過少舉，都是中國文學史的重要部份，證明詩人對客觀環境是最有感覺的「真人」。

綠蒂的詩作寫入不少二十四節氣情境，這是讀他的詩一看便知的，筆者並未刻意統計綠蒂把二十四節氣入詩有多少！但細心的南華大學文學系研究生陳巧如，做了詳盡統計，近期（民國一百年）有小寒一首、大寒二首、立春五首、驚蟄二首、春分三首、清明一首、立夏二首、小滿一首、夏至二首、小暑四首、白露二首、秋分四首、霜降六首、小雪三首、冬至五首、計四十三首，刪去重複後得三十六首詩。（註四）以陳巧如手上有綠蒂詩作約三百首，二十四節氣入詩約是十分之一；依此推，筆者有綠蒂詩作約一千首，則節氣入詩應有百首以上，這應該也是綠蒂詩的特色。本文僅舉數首賞析，〈秋分・旅人〉。（註五）

秋分日暮

浩瀚海洋平靜如無邊大地
風神奇的刀法
整齊地劃割厚實的雲層
把天空擠壓成雲與海之間
一道延綿而燦麗的長河
流淌著天穹光彩斑斕的音符

旅人行吟的詩歌
觸動東海岸邊的楊柳
垂彎了黃昏的背脊
俯拾起沙灘一只貝殼上
三千年前的螺紋印記
前世的戀人擦身而過
在共有的風景中
相遇而不相遇

浮雲羈駐　為了聽濤
鄉愁驛動　為了秋蟬
松風索引海浪輕輕的節拍
沿著海岸線粗獷中的細緻
把遠方山城的華燈
逐盞點亮

「秋分」，農曆八月之氣（陽曆九月二十二～二十四日之間），太陽走到黃經一八〇度。此節氣，白天和晚上平分，各占十二小時，不冷不熱，秋高氣爽，丹桂飄香，菊花盛開，亦是種麥的季節。過秋分後，北半球各地白天漸短夜漸長，南半球則反之，如元稹〈詠秋分詩〉：「雲散飄飖影，雷收振怒聲。乾坤能靜肅，寒暑喜均平。」乾坤靜肅，日夜均平。看樣子人和大自然都希望公平，能公平大家沒話說（乾坤靜肅）。

秋分時節，旅人享受無盡的漂泊，時而靜定駐蹕（詩人乃詩國之主故用駐蹕），是為了聽濤說法，時而也有驛動的鄉愁，為聽原鄉秋蟬鳴唱，內心得到的溫暖，可以點亮故鄉山城的華燈。

第一段情境和元稹〈詠秋分詩〉頗相近，海洋平靜，乾坤靜肅。第二段旅人行吟作詩，沙灘上黃昏景象讓詩人心思更深廣久遠，三千年和前世戀人都暗示詩人已打破時空關係，可以自在穿梭於古往今來。這是一種象徵，豐富詩的內涵，提昇詩的境界。賞讀〈霜降之歌〉一詩。（註六）

霜降如約而來

槭葉一夜間情急透紅
不修邊幅的木麻黃樹
已傾斜成季風的形像
落海的霞光炫亮遼闊
無法撿拾或折疊收藏
旅人為邂逅的微笑吸引
欲在金色的貝殼上雕花
於是錯過了落腳的黃昏

層層的紅葉覆蓋
迷蹤了小徑的方向
在時間的地圖上
試圖標出那些過往的曾經
以及山居的小橋流水
但只找到風的驛站

遍尋不著雲的終點
紅色標記是多情的古蹟
綠色是童話的城堡
插上大頭針的是
沒有確定門牌號碼的遺忘

「霜降」，農曆九月之氣（陽曆十月二十三日~二十四日之間），太陽位在黃經二一〇度，這是秋天最後的節氣。此時已是深夜，蟄蟲開始冬眠，草木枯萎黃落。中國文學史上有關霜降最著名的詩，是張繼〈楓橋夜泊〉。

月落烏啼霜滿天，江楓漁火對愁眠；
姑蘇城外寒山寺，夜半鐘聲到客船。

歷史上討論這首詩的詩評，可能有數十萬字。二戰時倭軍佔領寒山寺，因倭國軍民太崇拜這首詩，也因崇拜寒山寺和張繼。乃將寒山寺鐘偷運回倭國，後不知下落，戰後倭人造一新鐘送寒山寺以示請罪。張繼這首詩傳遍倭、韓等國，乃至南洋各地中國人社區，都有不少張繼的粉絲。

綠蒂這首霜降之歌，可能台灣地區四季較不明顯，少了深秋意象，可能當下連霜也不降。但詩人仍感受到秋冬交替之際的自然現象，槭樹在「一夜之間」紅了葉，彷彿人一夜間白了頭，「情急透紅」讓槭樹人格化，顯得生動了起來！

至於欲在貝殼上雕花只是詩人的想像，擴張了想像空間而已。詩人在時間的地圖上一站過一站，「但只找到風的驛站／遍尋不著雲的終點」。這是當然，詩人仍要持續旅行，迎接下一個霜降，終站還在更遠處才是。賞讀〈春分安靜的如此美麗〉。（註七）

今年春分格外安靜
沒有遠方戰火的硝煙
沒有SARS預言的恐慌
亦無大選高分貝的喧囂
除了一些已設定檔期的遊行戲碼

三月　風和日麗了午後的山城
杜鵑花　紅紅白白地錦織了整座山坡
五色鳥鳴疏落有致而不喧嘩
松鼠跳躍的腳步輕盈而無聲

微風吹拂輕輕
唯恐驚起午寐的眾樹
遠眺下的東海風浪止息
前行遠舟未見洶湧破浪
夕陽紅紅沉落
炊煙裊裊飛升
夜色隨燈光逐盞亮起
微雨不曾驚擾了誰
輕輕密密地在沙地上
印滿了碎花般的小圖案

遠方濤聲像一首固定旋律的懷念
貝殼印記著永生永世　漂泊的故事
古井心　止如水又清如鏡
百合葉上還停駐著未滑落的一顆晶瑩

夜鷺展翅無聲
悄悄穿越了納風亭
今年春分安靜得如此美麗

「春分」，春季九十天的中分點，陽曆約在三月二十到二十二日間，這天太陽走到黃經零度，陽光直射赤道。我們中國人重視春分日，展現誕生、新生和愛護生命的精神，也是迎接新生命的喜悅。春分日晝夜各為十二小時，春分前好插秧，春分後好種豆，這是台灣北區農序。徐鉉〈春分日〉，「仲春初四日，春色正中分。綠野徘徊月，晴天斷續雲。」農曆二月正是人們喜春好時節。

第一段是大環境安靜（沒有動亂戰火），春分才得以安靜的如此美麗，中間三段寫東海岸納風亭風景的安靜。五色鳥和松鼠產生動中之靜的效果，夕陽沉落和炊煙飛升讓靜態的夜景出現相對美感。詩人想要營造春分「安靜」的境界，基本上是有了，為何？

怎樣叫「安靜」？山中鳥叫為安靜，或鳥不叫為安靜？陶淵明〈歸園田居〉，「狗吠深巷中，雞鳴桑樹顛」；南朝王籍〈入若耶溪〉，「蟬噪木逾靜，鳥鳴山更幽」，都是讓動物出聲為靜。但王安石的〈鍾山即事〉封住了鳥的嘴巴，不准牠叫「一鳥不鳴山更幽」，詩評家認為這樣違返了詩的「自然」品，這是「死的安靜」。

綠蒂這詩中有五色鳥、松鼠和夜鷺，詩中並未刻意封住動物嘴巴或消音，配合其他自然景物（杜鵑花、夕陽等），很含蓄把人類活動藏在「炊煙」中。因此，詩的境界自然地油然而生了！賞讀〈木麻黃絮語〉。（註八）

雨　蒼翠我蓊鬱的形象
風　搖動我肢體的語言
細長的針葉長成歡迎的手勢
未知座落在地圖的那方

左鄰是東海的濤聲
　右舍是風亭的幽雅

驚蟄的春雷
喚醒迎風枝頭的麻雀
邀我一起聆聽
翅膀的節拍與季節的律動

小滿的暑氣
逼我綠成涼蔭
供蟬嘶歇息　供蝴蝶避雨
陽光穿過縫隙
在地面印上一圈圈光紋的圖案
以及　迅速聚散移動的光華

白露微寒
催熟我紅色的果實
為鳥族及松鼠口腹
落在樹底青苔的月光
傳遞原味清甜的氣息

小雪一過
我抖落一身枯黃的絮語
為通往客舍的小徑
鋪上微微凹陷的一層詩意

飄來的雲朵
是悠閒生活的方式
逸去的鐘聲
是生命奧秘的清音

這首詩再次展現詩人的創作功力和境界，從文學創作方法論看，詩人又把自己「物化」了，把自己化成一株木麻黃。創造物我合一、天人合一的境界。木麻黃在這一年中是怎樣過日子的，木麻黃把握驚蟄、小滿、白露等年度諸節氣，他和大自然眾生等的互動關。一言蔽之，木麻黃堅定實踐了「人生以服務為目的」的宗旨。

木麻黃的行為從佛法解釋，也是一種無情說法。首先，他以蓊鬱的形像和肢體語言，向各方表達歡迎的手勢，在三月驚蟄時一起和麻雀聆聽季節的律動，聽聽大自然須要什麼服務！

在五月小滿的暑氣時，木麻黃以他的涼蔭，供蟬歌唱休息，供蝴蝶飛舞避雨。在九月白露微寒時，他供養自己紅色的果實，給鳥族和松鼠口腹。此外，這位木麻黃老兄也很懂得享受天籟，聽東海濤聲，賞風亭之幽雅，感受陽光和月光的氣息，這當然就是隱喻詩人的生命情調，與自然融合提昇了詩作的境界。

到了十一月小雪一過，木麻黃好像要到更幽靜的地方去隱居和寫詩了。「我抖落一身枯黃的絮語／為通往客舍的小徑……是生命奧秘的清音」生命的奇妙深奧，是永遠探索不完的，木麻黃知道！詩人綠蒂知道！

註釋：

註一：北京《科技日報》，二〇一六年七月十四日，除五大創造發明與發現（指南針、紙、印刷術、火藥、二十四節氣）外，尚有如十進位、經脈學、中醫、干支、珠算、本草學、瓷器、一次元方程式等。

註二：劉安，呂凱編撰，《淮南子》（上），台北，時報文化出版企業有限公司，民國七十六年元月十五日，詳見〈天文訓〉。

註三：陳巧如，《綠蒂華語詩研究》（南華大學文學系碩士論文，民國一百年三月三十日），第四章第四節。

註四：同註三。

註五：綠蒂，〈秋分・旅人〉，《春天記事》（台北：普音文化事業股份有限公司，二〇〇三年四月），頁一三八—一四〇。

註六：綠蒂，〈霜降之歌〉，同註五，頁一三四—一三六。

註七：綠蒂，〈春分安靜〉，《秋光雲影》（台北：普音文化事業股份有限公司，二〇〇八年九月），頁四六—四八。

註八：綠蒂，〈木麻黃絮語〉，《夏日山城》（台北：普音文化事業股份有限公司，二〇〇四年六月），頁一四〇—一四二。

第二十章　自在、無住，在孤寂中漂泊

「孤寂」（孤獨、寂寞）和「漂泊」（流浪）應是一家人。眾生都孤寂，千山獨行，隨業流轉，今生是漂泊，生生世世流轉還是漂泊，唯有詩人最能享受孤寂而不感孤寂，更懂得在漂泊中運用孤寂。把孤寂和漂泊轉換成一種創作能源，用以「生產」詩歌文學，提昇了人生境界和生命價值，讓詩人有了突破時空成為永恆的可能性。

多年來研讀過綠蒂上千首現代詩，他的作品有豐富的孤寂和漂泊意象（見緒論），孤寂和漂泊也是兩個重要形像，乃至是詩人特有的人生哲學。由於詩的數量甚多以及為研究上的方便，筆者將兩個意象分開研究，在第十二章主要賞析「孤寂」內涵較豐富的詩作，本章則賞閱「漂泊」內涵較豐富的詩作。

從何說起綠蒂現代詩品中的「漂泊」意象？或漂泊理念？但談詩品前得先理解「人品」，認識綠蒂這麼多年，知道他始終緣來緣去，飄去又泊來，四季交替，花開花落，，如老莊之不爭，許多大事卻又在因緣俱足下一一完成。就像這首詩的情境：

伯勞西去雁東來，李白桃紅歲歲開；
萬事無過隨分好，人生何用苦安排。

清・竺庵大成（註一）

詩境顯示一種隨順因緣、不強求的人生哲學，如伯勞來去、花開花落那樣自然，隨緣聚散，如風如雲的漂泊。「萬事無過隨分好，人生何用苦安排」，與其費盡心機追求名利事功富貴，不如凡事隨力、隨緣、隨分、隨喜，向自己內心探求、發掘。如此一來，便能擺脫名利、人我是非的束縛，任運逍遙（漂泊），無住詩乃生，這就是詩人綠蒂吧！賞讀〈風的旅程〉。（註二）

不斷地遷徙與前行
有會聚　有離開
有些愛　離開了

就不再回來
風　飄往真正的遠方

不是來追尋耀眼的華麗
是來遺忘輝煌的身影
沒有終點　只有停歇的小站
或今夜漂泊的港灣
在任何落腳處
風都能營造家的氛圍

看青空的蔚藍
或黑壓的烏雲
全是目光的選擇
在從未收穫的秋天
一樣安靜的耕耘

科技改變了風貌與速度
卻無法改變

二百年前貝多芬交響曲
原有的生動與震撼
也無法疏離
已風乾貯存了數十年的
那個清澀的微笑

「說風，即非風，是名風。」風是風，也是詩人。不斷遷徙前往，飄向更遠的地方是詩人的天命，緣起則聚，緣散則離，愛也都放下了。追尋是漂泊的方式，風的旅程當然是沒有起點和終點，但「在任何落腳處／風都能營造家的氛圍」。人能放下到這個境界，便可以處處為家，如吾國大唐時代龍牙居遁說的「世人若問居何處，綠水青山是吾家」。（註三）古今禪師詩人，漂泊遠離名利執著，使身心靈清淨，無住生詩，人品和詩品才會昇華到上乘之境界。

詩人認為科技可以改變風貌和速度，不能改變過去，這是當然，唯其如是，回憶才是美麗的。綠蒂現代詩中象徵漂泊意象，主要有風、雲、海等，以它們的自然流浪來詮釋詩人的人生之旅。賞讀〈雲的旅行〉。（註四）

雲的旅行沒有疆界
無須護照與簽證
隨遇而安的行程
只在意自己潔白而乾淨的行走

陽光溫煦慵懶地徜徉
斜風細雨清冷了旅趣
可在夜半鐘聲幽幽的山寺泊宿
可在海鷗翩翩的黃昏渡輪駐足

標高五千的雪山冰窖
無法郵遞
大漠筆直梟升的炊煙
不能網傳

不回首身後松林篩落的光影
不前瞻季節熱絡預告的美景

戰爭遺落的斷垣
平安感恩的禱告
都像詩歌一樣安靜走過

棄守困圍尊嚴的城堡
故事再也無關美麗的傳說
不再因歲月的老暮而厭惡自己
初始青稚甜美的微笑
最後真情至愛的懷念
都無法停格溫暖或冷酷的歲月

月色已冷
思念遠去
夢境獨自飄遊
所有的美麗與哀傷
都如雲一般寂靜

綠蒂現代詩在形式上有兩個特色，一是多數作品不標示創作時間和地點，再者不寫固定規格（如固定段落、行數）的詩。這也顯示詩人的隨興（性）隨緣風格，連詩行也任其漂泊，漂到何處？泊在何處？都任由自然成一段落，其人自在、無住，其詩也自在、無住！可謂是一首詩任靈感漂泊而誕生。

因能自在、無住，詩人才能變身「我是一片雲」，「**不回首身後松林篩落的光影／不前瞻季節熱絡預告的美景**」。身後的光影是過去式了，已成過往歷史；而未來的美景是未來式，不一定可以看到。甚至能否看到明日太陽升起？也是未知數。詩人只珍惜當下，享受當下！

詩人化身一片雲，雲身悠閒心不閒，思索著大千世界的戰爭與和平，回顧人生歲月中的美麗與哀愁，乃至人情冷暖和社會冷酷，但這一切「都如雲一般寂靜」。暗示詩人身如雲之漂泊流浪，心如雲之靜定悠閒。

在文學上「雲」是一種現成意象，古今詩人為表達悠閒自在生活的快慰，總拿雲來作文章。如王安石的雲，「雲從無心來，還向無心去。無心無處尋，莫覓無心處。雲從鍾山來，卻入鍾山去。借問山中人，雲今在何處。」（**註五**）寓哲理於意象，以禪意淡泊的平常心對待人生起落，表達悠閒自在生活的滿足。再賞閱一首綠蒂的〈雲〉。（**註六**）

為一個完美的詮釋
為一個詩意上小小的失誤
寫你是雲
你就只能是雲
永遠是雲
餘暉裡
你已不再展飄逸的風采
　不再寫暮情的晚歌

因為是雲
你就必須更像雲
像雲孤獨
像雲蒼白
像雲在高處
守望著太陽沉落在遠海
守望著吹拂不化的憂悒
暮色密集

晚風不欲起程
秋已在你的俯視裡
悄悄枯萎
鄉愁和愛愛俱已風化為石
在你孤遠的守望裡

詩人如雲漂泊，就越來越像雲，終於成為一朵雲，孤獨與蒼白在高處守望，「**為一個完美的詮釋／為一個詩意上小小的失誤**」。詮釋什麼？失誤是什麼？應該就是詩的創作與堅持，一切的守望，都源自對詩創作的熱誠。

包含守望著暮色晚風「**鄉愁和愛愛俱已風化為石／在你孤遠的守望裡**」。這暗示詩人心中的鄉愁和愛戀依然在，故須守望，若已風化為石，則不須守望，守望石頭是沒意義的。也因鄉愁和愛戀還在，詩人才有存在的價值，才有詩的誕生。賞讀〈航海日記〉。（**註七**）

不識水性
卻愛海的蔚藍
沒有航圖

卻愛孤帆遠航

不管浮木或燈塔
不管攀附或指引
都是海深情的救贖

今夜海鷗隨泊的港灣
彼岸燈火輝煌的召喚
都是思維的異鄉

我不是去流浪
只是不停地遷徙
要在無人認得陌生口岸
點一杯藍色的海洋
在微醺裡隱居
在航海日記上
寫一切隨風飄逝

唯你燦如浪花的容顏
清晰永駐

這應該就是一首「造境」之作，詩人按心中所思之「主觀虛構」，創造一個理想、浪漫、唯美的情境，基本上就是詩人的「理想國」，並不存在於真實世界。任何船必有航行設備，若真實的「寫境」之作，那麼沒有航圖是不能航行的，沒有航海者會冒這種風險，唯一的例外是發生意外事件。

但「造境」之作雖以虛構為特徵，也決非虛妄荒誕之夢囈，仍合於詩人現實生活的規則，這便是王國維「造境」和「寫境」的基本觀點。（註八）〈航海日記〉確實「造」出不錯的境界，隱喻詩人的生活風格和人生哲學，凡事自在、無住，隨緣漂泊，「人生何用苦安排」！「我不是去流浪／只是不停地遷徙」，不刻意安排計畫（沒有航圖），沒有起點，也沒有終點，在無盡的旅行中「無住生詩」，這就是航海日記的內容。這許多的旅途，到底〈旅途〉還有什麼可記下來的？（註九）

旅途

是我另一種隱居的方式
不停地選擇
一個移動的迷宮
把意象與風景置入

是人潮喧嘩燈火輝煌裡的
路人甲
是無人歇足黯淡驛站上的
過客
一切都在旅途上

每篇記遊
都是孤寂的入出口
人因內隱記憶的清晰
令一切情境無法重來

每個歲末的鈴聲
都在催促著回憶和內疚
冬至的大寒夜
在雪地尋搜純淨的冷白
或讀取天上熠熠星火取暖

你總是扮演著
夢中的失蹤人口
讓未來的旅程
不致於太寂寞

從動靜、有無、大小等相對概念，製造反差效果，增強拉扯力道，進而產生「矛盾統一」的美感，搞藝術（文學、音樂、電影等）的創作者，幾乎都善於此道。「旅途／是我另一種隱居的方式」，這是綠蒂風格的「矛盾統一」律，以漂泊為隱居的方式。依正常理解，旅行是動態的，從一地到另一地，尤其綠蒂式的旅行，沒有起點又沒有終點；而隱居是固定住於某一點，是一種完全靜態情境。旅行和隱居是「零和遊戲」，不能並存，如今詩人使其並存，更使二者統一，這就是「造境」創造的境界。

旅途也有很多意涵，世上人人都是地球上的過客，人人都是路人甲，眾生都在「旅途」中，沒有起點，沒有終點。因為眾生都在生生世世中，隨「業」流轉，不斷的漂流、流轉！千山獨行，寫自己的旅途遊記。詩人正好在此刻旅途碰到冬至的大寒夜，「在雪地尋搜純淨的冷白／或讀取天上熠熠星火取暖……讓未來的旅程／不致於太寂寞」。只是，漂泊和孤寂終究是一家人，大多時候心中也是孤冷的，星光取暖的效果很低，詩人堅持「無盡的漂泊是我執迷的流浪」（註十）則使孤寂成為享受，冷寒成為磨練，都成了詩作的元素。就持續一個人去漂泊了！

一個人的旅行
像隻單飛的候鳥
獨自飛越天光雲影
漂遊陌生清寂的自在

有浪花飛白的地方
就是海的開始

〈那個午後〉中段（註十一）

綠蒂十幾部詩集都是行旅與心境的寫照，由此反推，若無行旅便無這十幾部詩集，難怪他要說「無盡的漂泊是我執迷的流浪」。因為漂泊的成果豐碩啊！

浪漫主義是綠蒂詩作的基調，而善於觀照，心性處於自在，無住，大大提昇作品的意境。凡此，詩人若達不到「思想解放」，「不住色聲香味觸法」都是做不到的，漂泊也是「白做工」！

註　釋：

註一：星雲大師，〈隨分自在〉，《人間福報》，二〇一五年三月九日。

註二：綠蒂，〈風的旅程〉，《北港溪的黃昏》（台北：普音文化事業股份有限公司，二〇一七年六月），頁三四—三六。

註三：龍牙居遁禪師，撫州南城（江西）人。生於唐文宗太和九年（八三五年），圓寂於後唐莊宗同光元年（九二三年）。

註四：綠蒂，〈雲的旅行〉，同註二，頁一〇〇—一〇二。

註五：王安石，字介甫，號半山，江西撫州人。生於宋天禧五年（一〇二一年），卒於宋哲宗元祐元年（一〇八六年）。北宋政治家、文學家，為唐宋八大家之一，後任宰相職位，討荊國公，後人也叫他王荊公。宋哲宗即位，加司空。

註六：綠蒂，〈雲〉，《風的捕手》（台北：秋水詩刊社，民國八十九年四月），頁一四五—一四六。

註七：綠蒂，〈航海日記〉，同註二，頁二六—二七。

註八：陳慶輝，《中國詩學》（台北：文史哲出版社，民國八十三年十二月），第四章〈詩歌意境論〉。

註九：綠蒂，〈旅途〉，同註二，頁二八—三〇。

註十：綠蒂，〈海之頌〉，《冬雪冰清》（台北：普音文化事業股份有限公司，二〇〇二年四月），頁六〇—六二。

註十一：綠蒂，〈那個午後〉，《春天記事》（台北：普音文化事業股份有限公司，二〇〇三年四月），頁二八—三一。

第二十一章　那些「牆」，阻隔了誰？

「牆」，就是牆，到處有牆，大牆小牆無所不在，尤其台灣地區牆之多如恆河沙，好像台灣人只會築牆，別無所長。但其實人人都不願意有牆，卻又拼命築牆，人人都活在矛盾狀態中，所以牆的概念很負面。

我們中國自古以來有一座巨牆（洋名叫Great Wall，萬里長城），可謂地球上最偉大的牆。它雖有保衛和防禦的正面價值，也有保守和欠缺積極精神的負面意義。但無論如何！它現在是中國之瑰寶，施工期有二千年之久，全球觀光客送來白花花銀子，只為看這座大牆，這牆比綠蒂的詩有價值多了。

當下全球媒體都在注目另一座尚未建造的牆，打開近年（二〇一八、一九年）報紙，幾乎都在報導這座「夢中之牆」。這座可能（如果建成）數百公里的巨大高牆，便是當今地球上最強大邪惡的強權——美帝，他們的瘋人總統特朗普（川普），計畫要在美墨邊界築一座大牆，把壞蛋阻隔在外。其國內反對者多，幸好！到筆者寫本文時（二〇一九年四月），尚未取得國會通過，「牆」的問題還有得拖，因為這座牆很負面，也很邪惡！資本主義之邪惡可怕，美國完全露出實相了！

綠蒂心中也有很多牆，他說他的詩就是牆。這怎麼可能！詩歸詩，牆歸牆，各自活在不同的國度。如果詩可以是牆，那麼我們中國的萬里長城就是「萬里長詩」，而特朗普只不過在「築詩」，大家何必罵他！

綠蒂確實「以詩為牆，以牆為詩」，這真是現代詩壇詩創作之一絕。他有幾首「牆」詩極為不凡，意涵豐富，筆者好奇，特設一章賞讀，以窺牆內外之真相，或與吾國長城和川普有何不同！〈牆〉。（註一）

一面牆
一面看不見的牆
風無法穿越
愛無法穿透的
一面牆

阻隔了我對世界的觀察
阻隔了世界對我的注視

牆一體兩面
呼吸著純真與污濁
映照著光明與黑暗
攀附著信任與質疑
記載著忠貞與背叛
我面對時
同時幻想著另一面的容貌

牆無所不在
即使在夢裡
突然想起它的顏色
想起黃昏陽台上漫步的野鴿子

牆是鴿灰色的
我不知為何它不是黑夜的黝暗
而是黃昏的野鴿子

牆永不腐朽
在無盡止的漂泊中
依然是行囊的背負
在沙漠中　它是枯不死的胡楊
在大海裡　它是沈不沒的桅杆
當時間的機械巨臂也無力摧毀
只能用等待
讓它風蝕為廢墟或者古蹟
或許有朝

回到真正的原鄉家園
將這面牆固定豎立成碑
銘誌這一生荒蕪的歲月

這一面牆，看不見的牆，正是佛陀所說的「五濁世界」的真相，存在人與人之間的疏離和懷疑。乃至是人所不能完全脫除的貪、瞋、痴、慢、疑等，這些才是比長城厚、比川普牆壞的「無形之牆」。這種牆，阻隔了人對客觀世界環境的觀察和理解，當然也阻隔了客觀世界對人的啟蒙和教育，這是詩人高度反思和觀照，所見到人類物種的普遍「悲哀」。

這牆是一體兩面，說的是人性和神性（佛性）並存的掙扎，人人都有佛性，故人人是佛，也人人是觀世音，只因被名利貪欲所障礙，因而成了惡人，幹出天大的罪惡。所以，人「呼吸著純真與污濁／映照著光明與黑暗／攀附著信任與質疑／記載著忠貞與背叛」。這是人類的矛盾性，眾生都在善惡之間徘徊，詩人當然也是，但詩人能兩面觀照，這是詩人的智慧。

牆無所不在，難以形容它的容顏，這牆也永恆不壞，直到人類物種滅亡，牆就不在了。

詩人在無盡的漂泊中，從未停止思考，把「牆」背在行囊中，這是詩創作的重量。直到生

命結束了「回到真正的原鄉家園」，牆變成刻著銘文的碑，這銘文正是詩人一輩子所創作的詩。賞讀另一座〈牆〉。（註二）

海在城外
浪花在城外
未來也在城外
吶喊你
以雪白的澎湃
姓名在激盪中復見
不再只是陰影下的一個號碼
落寞的眼光也算一種祝福
為你的出城
為何你的起程如此滿載憂鬱
為何你的展翼如是遲疑

於那夢寐以求的飛翔
於那無拘束的藍海碧空
指著那抹灰色的城牆
你凝重地回應
問那面牆去
十年歲月，日日所面對的
不是上帝
而是那面牆
十年歲月，唯一真正和你交談過的
不是愛
只是那面牆

那面牆，是絕緣中的絕緣體
　　是屹立在喧嘩中的孤絕
　　是為春風遺忘的牆

是愛也無法穿透的牆

海在城外
浪花在城外
未來也在城外
吶喊你
而你默默伏思
今朝，陽光陌生地迎向你
而你不知，該向誰道聲珍重
你不能馱負著這抹牆離去
這抹鴿灰色的牆

只要有「牆」的存在，就有牆內和牆外之分。通常牆外象徵一個更大更寬廣的自由世界，象徵一種更美好的生活條件；而牆內象徵某種身心受到的限制，或不易突破的困境。所以，詩一開始說城外，即非城外，而是一種象徵，海闊天空都在牆外，就詩人而言，指詩創作必須突破某些限制，才能有上乘之作。

綠蒂是一個純粹詩人，一生思索都在詩作品上，「十年歲月，日日所面對的／不是上帝／而是那面牆／十年歲月，唯一真正和你交談過的／不是愛／只是那面牆」。意思說，這十年來日夜所思，都在找尋突破，以往可能尚未領悟到突破點，十年來的摸索至少知道「敵人」的存在，敵人是一道要突破的牆。

詩人要大立大破才能有上乘之經典傳世，古今不朽的詩人都因有大突破，才有上乘之作，李白、杜甫、蘇東坡等，他們突破了那面「牆」。但現代詩人呢？也許余光中、周夢蝶已突破他們心中的巨牆。而綠蒂呢？「那面牆，是絕緣中的絕緣體／是屹立在喧嘩中的孤絕／是為春風遺忘的牆／是愛也無法穿透的牆」。對綠蒂而言，他尚在尋求突破之道，這牆太高太厚了，連愛也不能穿透，只能說一切尚在努力中。「城外」和「未來」都在向詩人吶喊，自在、無住的詩人，漂泊是他的天職天命，他自許不要「馱負著這牆離去」，暗示有生之年定會大突破。

類似牆的意涵，以「城」做為一種定點限制意象，「城外」象徵更寬廣的世界，可以自在的揮灑，是一首〈風與城〉。（註三）

縱然風能夠
穿越重重的蘆葦和往事
請勿來看我
在我起程離去之前
且讓這些小小的孤寂獨立
屬於城的深夜
是毋須誰來喚醒

城的思密不透風
連春天的足跡也禁止
城，是一幅淡彩
淡得無法織就旌旗的彩色
城就撐不起一面綠色的飄揚
去迎你的招展

說過
也寫過
愛你的輕盈
愛你的飄逸
那只是纖纖的詩意
　只是為你流盼的神采祝福
激情的意象早已煙化裊裊
在那季紅蓮綻開的盛夏

城只是方方整整的
孤寂的誓言
城，土灰得一點也不亮麗
不須來看我
我的城
不是沙灘上的城堡

不是誰都能堆砌的遊戲
我的城
沒有英姿煥發的騎士
沒有嘹亮的號角

城只是方方整整的
牢不可破的古老誓言

〈城與風〉意涵豐富，「城」和「風」意象也很鮮明，象徵隱居與漂泊，更有「城內」和「城外」的多層次詮釋，類似「牆」的情境，城代表尚未突破的牆內，風代表突破後的牆外。當然，這些都是詩人自己的隱喻，暗示在詩創作旅遊上，不斷尋求突破，突破人我之間的牆，不會固守於城（定點），會向城外飛翔，如風的自在行旅創作。有二位前輩詩人對這首詩觀察深入，並有很高評價。

著名詩人一信說綠蒂早年嚮往「風與雲」意象，到他成熟成名後，把「雲」的意象移轉到「城」。這是他人生創作上的一大轉變，〈風與城〉寫出他心中所愛及自我塑形，有自

謙，也有自負和自許。（註四）

老詩人鍾鼎文先生說，讀到他的〈城與風〉，發現他靜的一面，是經過長時期的潛修，在詩藝上獲致了相當可貴的心得與手法，確能得之於心而應之於手。（註五）鍾老更提到綠蒂作品有了「天人合一」和「物我交融」化境，對佛學禪意的領悟頗得竅門，這些在前面各章，筆者均已略有著墨。綠蒂始終在追求上乘之詩藝和境界，〈詩〉就成了他心中要突破的牆。（註六）

詩，是心中的一道牆
　一道孤獨的牆
面向我
也面向浮華的世界
呼吸著純真
而挺立於現實的煎熬
不知它有多高
仰望，始知超越
　始知鍥而不捨

　　始知追索完美的飢渴
不知要積砌多久
不知要屹立多久
或許只一朝一暮
或許彌堅而永恆

風攜不走莊嚴的姿式
歲月斑剝不了愛與美的疊砌
在牆垛上，依然我能
俯拾起一卷哀愁
　　或者一幅愉悅
縱然熾熱的心已燃燒於盡
愛的餘燼仍恆久溫暖

詩，是我對生命最美好的答語
詩，使我恆立於孤寂而免於孤寂

詩，是詩人心中的一道牆，尚待突破的牆，這首孤絕的牆是詩，把綠蒂的「牆」追到終極，其實就是眾生的分別心，眾生因有分別心才在心中浮起一道巨牆，形成牆外牆內的阻隔，分別心越是嚴重，人越是嚴重沈淪。所以，佛菩薩心中是沒有牆的，佛菩薩的境界是「不二」的，沒有生死、有無、你我、大小……等之分別，才是「眾生平等」的真意（義）。是故《華嚴經》說：「心佛及眾生，是三無差別，諸佛悉了知，一切從心轉。」詩人要突破的「牆」，就是要突破這種分別心，詩作才會達到上乘。大凡有智慧的修行者，上乘之作家詩人藝術家等，都是日日夜夜在尋求突破這道牆——突破分別心之法門。如王安石的〈擬寒山拾得〉（節錄）：

昨日見張三，嫌他不守己；
歸來自悔責，分別亦非理。
今日見張三，分別心復起；
若除此惡習，佛法無多子。

「張三」是借喻人因不明白自性，隨外境妄起種種分別心。若能去除分別心，自然可以證悟佛法。「佛法無多子」一詞，出自《景德傳燈錄》卷十二〈鎮州臨濟義去禪師〉，說明佛法都在平常生活中，只要靜認自性本有的東西，因緣成熟時，自然觸目即通。

詩人何時可以突破這巨牆？目前的「進度」是「**詩，是我對生命最美好的答語／詩，使我恆立於孤寂而免於孤寂**」。我意，詩是綠蒂的宗教，更已是綠蒂的「法身」。牆阻隔了所有人，阻隔不了詩人。

註　釋：

註一：綠蒂，〈牆〉，《秋光雲影》（台北：普音文化事業股份有限公司，二〇〇八年月），頁一五〇—一五三。

註二：綠蒂，〈牆〉，《泊岸》（台北：躍昇文化事業有限公司，民國八十四年七月）頁一〇四—一〇六。

註三：綠蒂，〈風與城〉，同註二，頁三九—四一。

註四：一信，〈風凝城方傲宋秦〉，見《風的捕手》（台北：秋水詩刊社，民國八十九年四月），頁二三二—二四二。

註五：鍾鼎文，〈讀「城與風」有感〉，同註二，頁一五二—一五七。

註六：綠蒂，〈詩〉，同註二，頁六〇—六一。

第二十二章　總結：〈黃昏的歲月〉到〈終站〉

人老了！乃至就快走到「終站」，心中都在想什麼？或老人家要怎麼過日子？可能已成現代網路上的「顯學」，每天都有朋友傳來很多「老人學」文章。最近筆者看到一則較有價值和啟示性的短文，倭國有臨終關懷的護士整理一千個臨終遺書，成一本《臨終前會後悔的二十五件事》作品，其前五名是：（一）沒有做自己想做的事。（二）被情緒左右度過一生。（三）大部份時間都用來工作。（四）沒能談一場永存記憶的戀愛。（五）沒能去想去的地方旅行。

假設，這五項以每項二十分，用來檢驗詩人綠蒂，依筆者對他幾十年的認識了解，他至少可打九十五分以上，筆者自我檢驗也自信有九十分以上。

但人是有高度思維思想的物種，尤其作家、詩人、哲學家，可謂依靠思想而生存，這三類人都是「我思故我在」的稀有動物。他們絕不會停止思考，就算修行已到很圓融境界，

作品也已達上乘之境，只要一口氣在，仍在思索人生最終極的歸宿何在?吾國明代高僧憨山德清即是，如他的詩：（註一）

滾滾紅塵古路長，不知何事走他鄉；
回頭日望家山遠，滿目空雲帶夕陽。

憨山德清是吾國明代四大高僧之一（餘三：蓮池袾宏、紫柏真可、蕅益智旭，四家簡稱「蓮柏椒蕅」）。他到晚年尚且還有如是感嘆！這感嘆是詩的外意，其內意是啟蒙眾生，要好好珍惜光陰，珍惜每一份機緣，否則歲月不饒人，眨眼就走到蒼蒼茫茫的黃昏歲月，臨到「終站」才來感嘆露水人生空餘怨，來不及啦！

筆者深感「夕陽無限好、黃昏最自在」，這是我的真心話，至今出版的一百三十幾部書中，一百二十部是退休後十九年間完成的。若不退休，絕無此成績，這是筆者人生一輩子最想做的事，但這些不是本書要講範圍，勿須多言！還是回到綠蒂詩話。

普遍性、全面性的研究了綠蒂一生至今的千首詩，並做主題式的研究歸納，二十餘章論述和例舉，相信已能很接近的探索到綠蒂詩之全貌。詩的行腳竟已走到必須做結論的時

候，賞讀〈歲月的黃昏〉。（註二）

旁依著海
旁依著異鄉風情的
是小木屋　以及
夕暉拉長的身影

一本詩
一壺茶
靜坐在一個秋的午後
往事總等待在風起處
諾言一如變色的紅葉
飄逝成最寂寞的風景
你的飛翔
是我詩永遠的傷口

心疼的淚水已沉澱成無言的湖泊

原來　十年的夢尚未醒來
就算穿過秋末凋萎的預言
也無法在寒冬的霜雪中
燃燒你的回眸取暖
遍野的落花
白髮披伏的蘆葦
是美麗與哀愁宿命的終點

呼嘯的海風打翻墨黑的染缸
淹沒海景的晶璀
也淹沒我歲月的黃昏
徒讓躊躇的海鷗
在黑夜的大海上

尋覓復尋覓
你夢中星河的圖騰

詩人的欲望是很低的，一本詩集，一壺茶，就可以用一個午後神遊太虛，只是到了這黃昏歲月，詩人仍在異鄉漂泊。「往事總等待在風起處／諾言一如變色的紅葉……心疼的淚水……」。這「風起處」象徵人生變化的無常，詩人靜坐小木屋，滿懷洶湧，這輩子為了詩路的堅持有過傷口，回顧起來恐淚成湖泊。

詩中有十年夢未醒，綠蒂詩常出現「十年」一詞，如〈牆〉詩有「十年歲月，日日所面對的……」。（註三）其他詩也常有，乃至「三千年前的螺紋印記……」（註四）十年也好，三千年也罷，都是不確定詞，僅象徵很長久的一段時間。詩人創作這首詩之前很長的日子裡，一直在進行的某種夢想，而夢想尚未實現就進入銀髮歲月，有如白髮披伏的蘆葦。「徒讓躊躇的海鷗／在黑夜的大海上／尋覓復尋覓／你夢中星河的圖騰」。這也可以象徵詩人在詩途上孤寂的漂泊，一把年紀了，仍在尋尋覓覓，找尋夢中的「圖騰」，希望他早些找到。賞讀〈六十五歲的城堡〉一詩。（註五）

鴿影散落在城堡的暮靄
城垣的色調漸次灰暗下來
記憶的故居迤邐了黃昏的身影
梧桐葉落滿地
因風乾而縮綣的往事
模糊了眼前裝飾的繁華

半價的機票與車票
伯伯的尊稱與讓座
搜尋懷舊的老店在琳琅滿目的市招中
猶如現實畫布上開始剝落的粉彩

不適合群居的人，即便
再多相識與不識的
聚光燈

明了又暗，攏了又散
獨自吟唱的
還是心中的那首歌

在鐘樓的高處　眺望
山的蓊鬱　海的浩瀚
我的六十五歲就圍困成一座小小孤城
芝麻與綠豆閒散為必需的囤糧
灰白的鬢色是嚴肅的衛士
閱護與書寫築成孤寂的護城河

從風雲的漂泊，到六十五歲圍困成一座小小的孤城。其實詩人始終是一座孤城，一座不斷移動、遷徙、漂流的孤城。並非只有六十五歲才有孤城的感受，而是這當下突然在法律上正式被定位為「老人」，有了老人的待遇，才更感覺像一座孤城。

人際關係表面上看光鮮亮麗，主持種種藝文活動，開會交流。這些在詩人來說，「再多相識與不識的／聚光燈／明了又暗，攏了又散」，如夢幻泡影，如露亦如電啊！從年輕到老「獨自吟唱的／還是心中的那首歌……」。按筆者所識，綠蒂半個多世紀來「不忘初心」，他始終如一。所不同的，是歲月長期淬鍊下，生命的底蘊構築有了厚度，作品境界昇華到前所未有的高度。詩人越老越瀟灑自在，且看〈圍城・七十〉。（註六）

七十載的風花雪月
漫長行腳的塵與土
以詩歌為石
以音樂為磚
砌造一座小小的城堡
藉以收納與釋放
收納示意讓座的眼神
釋放對鏡驀現的霜髮
收納鏡中陌生的對白
釋放荒廢歲月的泛黃

展開行旅日記的地圖
插上多少標示的旗
綠色的是意氣風發
藍色的是遺憾愧疚
清晰記憶的是
古遠曾經燦爛的笑容
模糊遺忘的是
明日也許來臨的光照

去護城河畔
垂釣一個暮色變幻的黃昏
垂釣一個未曾寫就的思念
不用等待　入夜的城
不會亮起輝煌的燈

只有夜鶯
攜風悄悄掠過

城只是孤寂的困圍
沒有騎士
沒有號角
城鏤刻愛
也鏤刻終點
屬於城的鴿灰色
方整而堅牢
屬於城的深夜
不需春風的叩訪
也不需誰來喚醒

人生七十才開始，綠蒂在七十做了回顧和反省，孤城還是往昔那座孤城，只是氣氛上比較感傷，好像這裡便是「終點站」。「城鏤刻愛／也鏤刻終點／屬於城的鴿灰色……也不需誰來喚醒」。難道一覺不醒嗎？還是根本就不想醒來！「灰色」被認為是比較欠缺積極的戰鬥精神，這也合於詩人一貫的自在漂泊，「不適合群居的人」，都是一個人旅行。

綠蒂的「城」和「牆」系列作品，在色調上都屬「鴿灰色」。如〈牆〉一詩「牆是鴿灰色的」（註七），在〈風與城〉一詩，「城，土灰得一點也不亮麗……我的城／沒有英姿煥發的騎士／沒有嘹亮的號角……」。（註八）這首〈圍城‧七十〉風格也類似，都是沒有騎士，沒有號角，有的只是鏤刻於城（心中）的愛。

筆者以為，古今中外，要當一個純粹、真正的詩人，當如綠蒂，不追求掌聲，不攀附富貴榮華，不忘初心，始終如一，離此一步，即非純粹詩人。綠蒂的七十載風花雪月，以詩歌為石，以音樂為磚，砌造一座小城堡，是他理想中的「詩屋」，也是他生命中最有價值的「金屋」。賞讀〈終站〉。（註九）

風的旅程沒有終站
生命卻有終點
以自認優雅的身影下車

像雲悠然自在
潔白而了無掛礙
我只是去追尋
另一種隱居的方式

勿以傷心的眼淚追思
不要俗氣的鮮花送行
只是出發旅行去遠方的更遠方
不再回來
不再留言板寫那些隱喻的祝福
散落在各處的旅情
已來不及裝訂成冊給閱讀的歲月

一生只是眼前的一瞬
像一冊被風急速翻閱的舊書

從未停留在某個美麗的段落
炊煙在長河落日中
飄升而逝
夜鷺在月華初上裡
低掠而過
徒留書寫的文字在靜止的心房
將每個愛璀璨成滿天星光

人距離終站尚遠，詩卻已走到終站。大概人取得「老人」資格後，感慨就多起來了！尤其總覺得無常隨時會降臨，如〈寒山詩〉，「君看葉裡花，能得幾時好；今日畏人攀，明朝待誰掃；可憐嬌姸情，年多轉成老；將世比於花，紅顏豈長保。」（註十）人生如白駒過隙，詩人也感受到一生只是眼前的一瞬，所以要事先有個心理準備，「優雅的身影下車／像雲悠然自在／潔白而了無掛礙／我只是去追尋／另一種隱居的方式」。簡短幾句已道出詩人的生命態度，乃至是他的信仰，生老病死是自然流轉，此生生命的結束，只不過到另一地方隱居。

詩人也交待了身後的告別式，不要俗氣的鮮花送行，大家也不要傷心追思，「炊煙在長河落日中／飄升而逝」，象徵生命如煙，很快飄逝而去。我想，詩人的送行，詩歌朗誦應該最適合，再出版他的詩全集，使他的作品永流傳是詩人最愛。

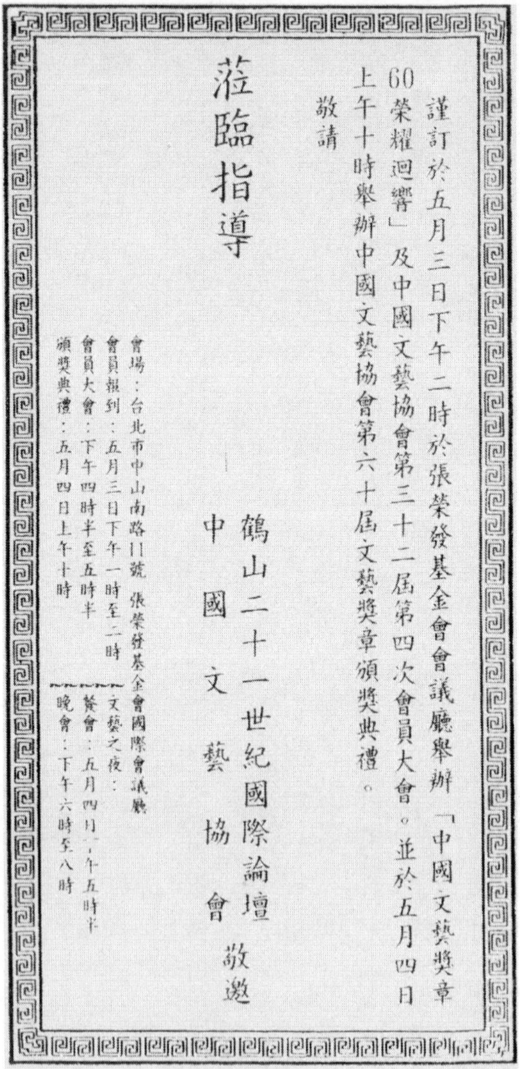
謹訂於五月三日下午二時於張榮發基金會會議廳舉辦「中國文藝獎章60榮耀迴響」及中國文藝協會第三十二屆第四次會員大會。並於五月四日上午十時舉辦中國文藝協會第六十屆文藝獎章頒獎典禮。

敬請

蒞臨指導

鶴山二十一世紀國際論壇
中國文藝協會 敬邀

會場：台北市中山南路11號 張榮發基金會國際會議廳
會員報到：五月三日下午一時至二時
會員大會：下午四時半至五時半
頒獎典禮：五月四日上午十時
文藝之夜：
餐會：五月四日下午五時半
晚會：下午六時至八時

正當本書寫作進度也將走到「終站」之際，筆者收到綠蒂主辦今年藝文活動大典邀請函（如附印）。這是：「鶴山二十一世紀國際論壇」、「中國文藝協會會員大會」、「中國文藝協會第六十屆文藝獎章頒獎典禮」，前後歷時兩天的中國文學大饗宴。這是綠蒂當一個純粹詩人以外，為中國文藝所做的「長期義工」，筆者怎能不叫他「義工菩薩」，觀自在綠蒂！

研究了這麼多綠蒂現代詩品，認識了這麼久的詩人人品，可以簡單的說，詩歌文學已經是綠蒂的信仰、綠蒂的宗教，也將成為綠蒂的「法身」。他所追求詩歌的美，即使是死亡或者衰老的陰影，也不能遮抹。當他走到生命的終點，有詩就是美好而永恆的存在，那是他人生的期盼。（引《風的捕手》序）

詩，是綠蒂形像和境界的代言人，是他感情唯一的窗口，是對生命最美好的答語，是他人生完成自我實現的唯一途徑。而沿途，閃耀著自在、無住、孤寂、漂泊和鄉愁五種星輝，構築成綠蒂詩的境界。

註釋：

註一：憨山德清，南直全椒人（今屬安徽），生於明嘉靖二十五年（一五四六年），圓寂於明熹宗天啟三年（一六二三年）。明代四大高僧之一，字澄印，號憨山，謚號弘覺禪師。傳承臨濟宗，為禪宗復興重要人物，與紫柏真可是至交。

註二：綠蒂，〈歲月的黃昏〉，《泊岸》（台北：躍昇文化事業股份有限公司，民國八十四年七月），頁二一—二三。

註三：綠蒂，〈牆〉，同註二，頁一〇四—一〇六。

註四：綠蒂，〈秋分・旅人〉，《春天記事》（台北：普音文化事業股份有限公司，二〇〇三年四月），頁一三八—一四〇。

註五：綠蒂，〈六十五歲的城堡〉，《冬雪冰清》（台北：普音文化事業股份有限公司，二〇一二年四月），頁二四—二五。

註六：綠蒂，〈圍城・七十〉，同註五，頁八八—九〇。

註七：綠蒂，〈牆〉，《秋光雲影》（台北：普音文化事業股份有限公司，二〇〇八年九月），頁一五〇—一五三。

註八：綠蒂，〈風與城〉，《綠蒂詩選》（台北：台灣商務印書館股份有限公司，二〇〇六年十一月），頁二一—二三。

註九：綠蒂，〈終站〉，《北港溪的黃昏》（台北：普音文化事業股份有限公司，二〇一七年六月），頁四二—四四。

註十：寒山，約生於唐周武后天授二年（六九一年），圓寂於唐德宗貞元九年（七九三年），長安人。長期隱居台州始豐（今浙江天台）西之寒岩（即寒山），故號「寒山子」。相傳寒山與國清寺拾得二人，為文殊、普賢菩薩的化身，是僧人，也是詩人。有《寒山子詩集》流傳於世。

附錄

綠蒂（王吉隆）文學生命歷程與創作年表

一九四二年（一歲）

△綠蒂，本名王吉隆，一月七（農曆一九四一年十一月）日生於台灣省雲林縣北港鎮。父親為儒醫詩人、私塾「尚修書房」主持人王東燁先生。

一九四八年（七歲）

△入讀北港南陽國民小學。

一九五三年（十二歲）

△入讀北港初中。

一九五六年（十五歲）

△考入省立北港高中，愛看中外文學名著。閱讀《少年維特的煩惱》之際，開始練習詩創作，隨意的用了「綠蒂」這個筆名。

一九五九年（十八歲）

△考入淡江大學化學系，因對文學的熱愛轉學中文系。中國青年寫作協會常務理事。

一九六〇年（十九歲）

△處女詩集《藍星》出版。中國青年詩人聯誼會總幹事。

一九六一年（二十歲）

△九月，從田湜手中接下《野風》文藝月刊雜誌主編。《中國新詩》雜誌於五月創刊，八月出版第二期後停刊，之後復刊，由綠蒂、楊文、楊逸主編。創立了長歌出版社。

一九六二年（二十一歲）

△五月四日，《野火詩刊》創刊，綠蒂、素跡主編。

一九六三年（二十二歲）

△十一月十二日，第二本詩集《綠色的塑像》由野風出版社出版。

一九六四年（二十三歲）

△十一月十二日，與一信、朱橋創立「中國青年詩人聯誼會」，出版書刊，設立「中國青年優秀詩人獎」，並巡迴各大專校院，舉辦座談會及詩歌朗誦。

△十一月二十二日，與一信、宇彬共同創辦《中國新詩》，任發行人，中國青人詩人聯誼會舉行。

一九六五年（二十四歲）

△八月，詩作〈雨中韻〉選入幼獅文藝第一四〇期。

△十月，創辦《中國新詩》，由「中國青年詩人聯誼會」編輯發行。

一九六七年（二十六歲）

△十一月十二日，與鍾鼎文、鍾雷、一信及各大詩社發起成立「中華民國新詩學會」。

一九六九年（二十八歲）

△八月二十五—三十日，參加菲律賓首屆世界詩人大會。（第一屆世界詩人大會，鍾鼎文為團長）

一九七〇年（二十九歲）

△任中國新詩學會總幹事。擔任青年救國團夏令文藝營指導員。創辦長歌出版社。

△五月，主編《中國新詩選》，由長歌出版社出版。

一九七二年（三十一歲）

△創辦《文學沙龍》，於西門町武昌街，作為「文藝牙雅集」。

一九七三年（三十二歲）

△九月，與鍾鼎文、古丁創辦英文《英文中國詩刊》（Chinese Poetry），任社長。

△十一月十一—十七日，參加第二屆在台北圓山大飯店舉行的世界詩人大會。

一九七四年（三十三歲）

△一月，與古丁、涂靜怡共同舉辦《秋水詩刊》，任發行人。

一九七五年（三十四歲）

△獲教育部頒贈「詩教獎」。

一九七六年（三十五歲）

△二月七日，主持《秋水詩刊》兩年來第一次作者聯歡會。

△六月二十三—二十七日，參加第三屆在美國馬里蘭州巴爾的摩市舉行的世界詩人大會。

一九七七年（三十六歲）

△任中華民國新詩學會秘書長。

一九七九年（三十八歲）

△七月二—七日，參加第四屆在韓國漢城市舉行的世界詩人大會。

一九八一年（四十歲）

△七月六—十日，參加第五屆在美國舊金山舉行的世界詩人大會。

一九八二年（四十一歲）

△元月，當選中華民國新詩學會理事。

△七月十九—廿四日，參加第六屆在西班牙馬德里市舉行的世界詩人大會。

△十一月二十一日，出席泰國總理兼詩人尼巴莫親王應邀來華訪問歡迎茶會。

一九八四年（四十三歲）

△參加第七屆在摩洛哥克西市舉辦的世界詩人大會。

一九八五年（四十四歲）

△九月底，參加第八屆在希臘科孚島舉辦的世界詩人大會。

△十二月十三日，出任中華民國新詩學會第六屆總幹事。

一九八六年（四十五歲）

△獲頒美國世界藝術文化學院 World Academy of Arts and Culture 榮譽文學博士。

△十二月二十八—三十一日，參加第九屆在印度馬德拉斯市舉行的世界詩人大會。續擔任中華民國新詩學會秘書長。

一九八七年（四十六歲）

△五月三十一日，出席詩人節慶祝大會，獲頒詩運獎。

一九八八年（四十七歲）

△十一月十四—十八日，參加第十屆在泰國曼谷市舉行著世界詩人大會，擔任台灣代表團秘書長。

一九八九年（四十八歲）

△九月，《新詩學報》創刊，發行人鍾鼎文，綠蒂擔任主編。

一九九〇年（四十九歲）

△參加第十一屆在埃及開羅市舉行的世界詩人大會。擔任中華民國新詩學會代表團秘書長。

一九九一年（五十歲）

△五月，詩集《風與城》由協城出版社出版。

△八月，應邀到北京參加「艾青作品國際研討會」。

一九九三年（五十二歲）

△獲得香港廣大學院文學博士。應聘任美國世界藝術文化學院副院長。

一九九四年（五十三歲）

△八月，擔任第十五屆台北世界詩人大會會長。獲得美國世界藝術文化學院榮譽文學博士。

一九九五年（五十四歲）

△詩集《雲上之梯》出版（自選詩集英譯本）。

△七月，詩集《泊岸》出版，躍昇文化公司出版。

一九九六年（五十五歲）

△主編《中華新詩選》，由文史哲出版社出版。

△十二月主編《寶島風采》由台灣省政府新聞處發行。

一九九七年（五十六歲）

△四月，詩集《坐看風起時》由秋水詩刊社出版。續應聘美國世界藝術文化學院副院長。

一九九八年（五十七歲）

△四月，詩集《沉澱的潮聲》在大陸由中國文聯出版社出版。

△六月，主編《中華新詩選粹》由中華民國新詩學會編選。

△七月二十六日，應蒙古國著名詩人森・哈達之邀，訪問外蒙苦。應日本東京創價大學及關西學園邀請專題演講，並獲頒創價大學最高榮譽成就獎。出任中華民國新詩學會理事長。

一九九九年（五十八歲）

△應聘為香港廣大學院文研究所客座教授。詩集《As I Sat and Watched the Rise》出版。擔任中國文藝協會第二十八屆理事長。

△五月四日，與一信主編的《詩報》復刊，由中國新詩學會策劃。

△十月，參加第二十屆在墨西哥舉行的世界詩人大會。

△十月十二日，策劃、及評審「詩迎千禧年」徵詩活動，由行政院文建會主辦。

二〇〇〇年（五十九歲）

△一月，出席在北京舉辦之「綠蒂作品研討會」，由中國作家協會舉辦。

△四月，詩集《風的捕手》由秋水詩刊社出版。

△八月，參加第二十一屆在希臘舉行的世界詩人大會。八月，主持文建會「詩迎千禧年」活動。八月，主辦「詩與人生」商學研討會。

二〇〇一年（六十歲）

△四月，詩集《孤寂的星空》由秋水詩刊社出版。

△八月，應雲南大理文聯之邀，率團出席大理主持的「詩歌座談會」。

二〇〇二年（六十一歲）

△出席由中國作家協會在北京現代文學館主辦「綠蒂作品研討會」。續任中華民國新詩學會理事長。

△八月十三—二十四日，應大陸中國文聯之邀，率團訪問新疆十二天。

二〇〇三年（六十二歲）

△四月，詩集《春天記事》出版，普音文化公司。

△五月，《文學人》創刊，綠蒂為發行人。續任中國文藝協會第二十九屆理事長。

二〇〇四年（六十三歲）

△六月，詩集《夏日山城》由普音文化公司出版。

△八月，參加第二十四屆在漢城舉行的世界詩人大會。

△十月，應波士頓 Simmons College 之邀，赴美參加「中國詩歌研討會」。順成訪問洛杉磯會晤華文作家協會。

△十一月，以詩集《夏日山城》獲得中山學術文化基金會主辦之第三十九屆中山文藝創作獎。

二〇〇五年（六十四歲）

△任《新原人》季刊總編輯。

△七月，出席澳門主辦的「兩岸四地詩歌書法論壇」。七月，應中國文學藝術界聯合會邀請，率中國文藝協會訪問團赴北京、山西、內蒙古三地訪問，並出席兩岸文藝交流研討會。

二〇〇六年（六十五歲）

△續任中華民國新詩學會理事長。

△九月，詩集《存在美麗的瞬間》在大陸由中國文聯出版社出版。九月，出席第二十六屆在蒙古烏蘭巴托舉行的世界詩人大會。

△十一月，主編台灣商務印書館出版發行之「現代文學典藏系列」。十一月，詩集《綠蒂詩集》由台灣商務印書館出版。

二〇〇七年（六十六歲）

△九月，出席第二十七屆在印度馬德拉斯市（清奈市）舉行的世界詩人大會。出席雲林縣華山詩人節活動，並參加以「詩情畫意　咖啡文學」為主題之詩歌朗誦會。

二〇〇八年（六十七歲）

△九月，詩集《秋光雲影》由普音文化公司出版。

△九月二十八日，出席由中華民國文化促進會、台灣兩岸文化藝術聯盟、澳門中華民族文化促進會聯合主辦之「兩岸文化交流協會商會議」。

二〇〇九年（六十八歲）

△六月十七日，主持由台灣文藝協會與中國文學藝術聯合會聯合舉辦「世紀初藝術—海峽兩岸繪畫聯展」開幕典禮及研討會。

△十月二—四日，出席重慶師大主辦海岸兩岸「中秋月圓」詩歌朗誦會，及「台灣詩人綠蒂、雪飛作品研討會」。

△獲頒北港高中傑出校友。

二〇一〇年（六十九歲）

△五月四日，榮獲中國文藝協會九十年第五十一屆榮譽中國文藝獎章「文學詩歌獎」。擔任「第六屆台北文學獎」評選。

△十月，參加韓國第三十屆世界詩人大會，獲頒「國際桂冠詩人獎」。

二〇一一年（七十歲）

△五月四日，當選中國文藝協會第三十一屆理事長。

△九月，舉辦「海峽兩岸書畫名家聯展」。

△十二月十七日，應邀出席「澳門馬萬祺詩歌論壇」。

二〇一二年（七十一歲）

△四月，出版《冬雪冰清》詩集，普音文化公司。

二〇一三年（七十二歲）

△十一月，擔任在台北舉辦第三十三屆世界詩人大會會長。

△舉辦海峽兩岸藝術家水墨丹青大展。

二〇一四年（七十三歲）

△一月，出席由中國作家協會及中國詩歌學會於現代文學館主辦的「綠蒂作品及四季風華作品研討會」。獲國際詩人筆會頒贈傑出詩歌貢獻獎。獲第三十四屆秘魯世界詩人大會頒贈「桂冠詩人獎」。

△十月，接任秋水詩刊主編，並改版擴大發行。應邀出席洛陽詩歌節，應聘為洛陽師範學院榮譽教授。

二〇一五年（七十四歲）

△應聘為淮陽漂母杯「愛心文化大使」。應聘為嘉興月河杯「文化大使」。

二〇一六年（七十五歲）

△應邀嘉賓出席中國文聯第十次文代會。應邀出席香港兩岸四地藝術論壇。

二〇一七年（七十六歲）

△六月，出版詩集《北港灣的黃昏》，普音文化出版；並在張榮發基金會舉辦新書發

表會。

二〇一八年（七十七歲）

△元月，寶島藝術展，率團赴中國文聯舉辦藝術展。

△九月，出席北京大學現代詩百年紀念研討會。

△十月，赴貴州出席第三十八屆世界詩人大會。

△十二月，應邀出席廣東清邁國際詩歌會議。

二〇一九年（七十八歲）

△元月三日，赴台大中文系研究所談「詩刊・詩創作經驗」。

△三—五月：籌辦「中國文藝獎章60榮耀迴響」、「中國文藝協會第32屆會員大會」、「鶴山二十一世紀國際論壇」及「文藝獎章頒獎典禮」。此多項活動於五月三日、四日，在張榮發基金會會議廳舉辦。

△六月十一、十二日，出席澳門第十一屆「兩岸四地藝術論壇」。

陳福成著作全編總目

壹、兩岸關係

1. 決戰閏八月
2. 防衛大臺灣
3. 解開兩岸十大弔詭
4. 大陸政策與兩岸關係

貳、國家安全

5. 國家安全與情治機關的弔詭
6. 國家安全與戰略關係
7. 國家安全論壇。

參、中國學四部曲

8. 中國歷代戰爭新詮
9. 中國近代黨派發展研究新詮
10. 中國政治思想新詮
11. 中國四大兵法家新詮：孫子、吳起、孫臏、孔明

肆、歷史、人類、文化、宗教、會黨

12. 神劍與屠刀
13 中國神譜
14. 天帝教的中華文化意涵
15. 奴婢妾匪到革命家之路：復興廣播電台謝雪紅訪講錄
16. 洪門、青幫與哥老會研究

伍、詩〈現代詩、傳統詩〉、文學

17. 幻夢花開一江山
18. 赤縣行腳・神州心旅
19. 「外公」與「外婆」的詩
20. 尋找一座山
21. 春秋記實
22. 性情世界
23. 春秋詩選
24. 八方風雲性情世界
25. 古晟的誕生
26. 把腳印典藏在雲端
27. 從魯迅文學醫人魂救國魂說起
28. 六十後詩雜記詩集

陸、現代詩（詩人、詩社）研究

29. 三月詩會研究
30. 我們的春秋大業：三月詩會二十年別集
31. 中國當代平民詩人王學忠
32. 讀詩稗記
33. 嚴謹與浪漫之間
34. 一信詩學研究：解剖一隻九頭詩鵠
35. 囚徒
36. 胡爾泰現代詩臆說
37. 王學忠籲天詩錄

柒、春秋典型人物研究、遊記

38. 山西芮城劉焦智「鳳梅人」報研究

二〇一五

2015年9月後新著

編號	書　　　名	出版社	出版時間	定價	字數（萬）	內容性質
81	一隻菜鳥的學佛初認識	文史哲	2015.09	460	12	學佛心得
82	海青青的天空	文史哲	2015.09	250	6	現代詩評
83	為播詩種與莊雲惠詩作初探	文史哲	2015.11	280	5	童詩、現代詩評
84	世界洪門歷史文化協會論壇	文史哲	2016.01	280	6	洪門活動紀錄
85	三黨搞統一 —— 解剖共產黨、國民黨、民進黨怎樣搞統一	文史哲	2016.03	420	13	政治、統一
86	緣來艱辛非尋常 —— 賞讀范揚松仿古體詩稿	文史哲	2016.04	400	9	詩、文學
87	大兵法家范蠡研究－商聖財神陶朱公傳奇	文史哲	2016.06	280	8	范蠡研究
88	典藏斷滅的文明：最後一代書寫身影的告別紀念	文史哲	2016.08	450	8	各種手稿
89	葉莎現代詩研究欣賞：靈山一朵花的美感	文史哲	2016.08	220	6	現代詩評
90	臺灣大學退休人員聯誼會第十屆理事長實記暨 2015～2016 重要事件簿	文史哲	2017.04	400	8	日記
91	我與當代中國大學圖書館的因緣	文史哲	2017.04	300	5	紀念狀
92	廣西旅遊參訪紀行（編著）	文史哲	2017.10	300	6	詩、遊記
93	中國鄉土詩人金土作品研究	文史哲	2017.12	420	11	文學研究
94	鄭雅文現代詩的佛法衍繹	文史哲	出版中		6	文學研究
95	莫渝現代詩賞析	文史哲	出版中		7	文學研究
96	現代田園詩人許其正作品研析	文史哲	出版中		12	文學研究
97	林錫嘉現代詩賞析	文史哲	出版中		10	文學研究
98	曾美霞現代詩研析	文史哲	出版中		7	文學研究
99	劉正偉現代詩賞析：情詩王子的愛戀世界	文史哲	出版中		9	文學研究
100	陳寧貴現代詩研究：全才詩人的詩情遊蹤	文史哲	出版中		9	文學研究
101	陳福成作品述評（編著）	文史哲	出版中		9	文學研究
102						
103						
104						
105						
106						
107						
108						
109						
110						
111						
112						

陳福成國防通識課程著編及其他作品

（各級學校教科書及其他）

編號	書　　名	出版社	教育部審定
1	國家安全概論（大學院校用）	幼　獅	民國 86 年
2	國家安全概述（高中職、專科用）	幼　獅	民國 86 年
3	國家安全概論（台灣大學專用書）	台　大	（臺大不送審）
4	軍事研究（大專院校用）	全　華	民國 95 年
5	國防通識（第一冊、高中學生用）	龍　騰	民國 94 年課程要綱
6	國防通識（第二冊、高中學生用）	龍　騰	同
7	國防通識（第三冊、高中學生用）	龍　騰	同
8	國防通識（第四冊、高中學生用）	龍　騰	同
9	國防通識（第一冊、教師專用）	龍　騰	同
10	國防通識（第二冊、教師專用）	龍　騰	同
11	國防通識（第三冊、教師專用）	龍　騰	同
12	國防通識（第四冊、教師專用）	龍　騰	同
13	臺灣大學退休人員聯誼會會務通訊	文史哲	
14	把腳印典藏在雲端：三月詩會詩人手稿詩	文史哲	
15	留住末代書寫的身影：三月詩會詩人往來書簡殘存集	文史哲	
16	三世因緣：書畫芳香幾世情	文史哲	

註：以上除編號 4，餘均非賣品，編號 4 至 12 均合著。

編號 13 定價一千元。